LE PRIX

LE PRIX

LES LAIRDS DES HIGHLANDS
TOME DEUX

KIM SAKWA

Traduction par
EMMA VELLOIT, VALENTIN TRANSLATION

Taggart
Press

LE PRIX

CHAPITRE 1

Présent

Maggie Sinclair fixa du regard les yeux luisants de la plus vieille créature en vie qu'elle ait vue. Cherchant le moindre soupçon de danger ou d'alerte – quelque chose qui lui assurerait qu'elle était authentique. La femme, le sosie de la vieille sorcière ayant donné à la princesse la pomme empoisonnée, tordit son long doigt tortueux vers elle pour lui faire signe d'approcher. Un frisson parcourut la colonne vertébrale de Maggie et la pièce plongea dans un silence irréel. Une brume grise s'élevait des vieilles lattes abîmées du plancher et atteignait la hauteur de la table, où elle s'arrêtait et s'estompait autour d'elles.

C'était effrayant et, sans aucun doute, de nature mystique. Pour la énième fois depuis qu'elle avait franchi la porte de cette femme, Maggie se demanda dans quoi elle avait bien pu se fourrer.

Une tonne de rumeurs courait sur la vieille sorcière. *Cette* vieille sorcière. Des rumeurs sur des prédictions qu'elle aurait faites et qui se seraient réalisées. Sur leur précision. Maggie

"

n'avait jamais été bien sûre de croire aux voyantes et aux médiums, mais elle n'avait jamais été aussi désespérée non plus.

Elle était toujours parvenue à trouver des preuves fiables pour la faire pencher d'un côté comme de l'autre à différents moments de sa vie. Maggie était entraînée pour réfléchir et suivre les preuves. Toutes les preuves. En revanche, elle était aussi entraînée à suivre son instinct. Non qu'elle ait eu le besoin, ou même le désir, de s'intéresser aux sciences occultes par le passé. Ce n'était donc pas quelque chose auquel elle avait beaucoup songé. Maintenant, pourtant, c'était différent.

Plus tôt ce jour-là, quand Céleste, celle qui aurait dû être sa belle-sœur, avait suggéré qu'elle vienne ici, elle n'avait pas cillé. Elle avait hoché fermement la tête et pris les mains de Céleste, se surprenant devant sa soudaine foi dans les capacités de cette sorcière. Bien sûr qu'elle voulait entrer en contact avec Derek. Elle voulait plus que ça. Elle voulait le retrouver.

Point à la ligne.

Deux minutes plus tard, elle sortait une provision d'argent de son coffre et traînait Céleste vers la porte.

Quand elles s'étaient garées devant un cottage vieillot avec un chemin en pierres, Maggie avait senti son estomac plonger. Vu l'expression sur le visage de Céleste, celle-ci avait ressenti la même chose.

Main dans la main, elles avaient marché sur le chemin recouvert de mousse et avaient grimpé les marches en bois qui grinçaient. La porte s'était ouverte avant qu'elles ne posent un pied sur le porche, les faisant toutes deux sursauter.

Une femme voûtée se trouvait dans l'entrée sombre, un linceul autour de la tête et sur ses épaules recouvrant son cou et la plupart de ses traits. D'un geste, elle les avait fait entrer.

De peur de perdre son courage si elle jetait un coup d'œil à Céleste, Maggie s'était avancée avant de pouvoir réfléchir à ce qu'elle faisait.

Désormais, elle était assise face à cette femme mystique qui vivait sur le Chemin de la pomme sauvage – une ironie que

Maggie percevait bien. La pomme sauvage. Le fruit poison qu'on donne à la princesse. Une sorcière.

En une nanoseconde, Maggie se mit à croire.

Elle jeta un regard à sa droite, vers Céleste, assise dans un coin. Trop tard pour faire demi-tour maintenant. Malgré son air nerveux, Céleste hocha vivement la tête. Traduction : *J'ai peur aussi, mais allons-y.* C'était tout l'encouragement dont elle avait besoin. Maggie se pencha, posa son regard sur la femme aux yeux luisants et inclina la tête en signe d'assentiment.

— Il y a un prix pour ce que tu cherches, mon enfant, dit la vieille sorcière d'un ton sérieux.

Maggie avait déjà décidé que tant qu'elle n'avait pas une revisite du petit ami abusif et effrayant de Nicole Kidman dans *Les Ensorceleuses,* revenu d'entre les morts, elle était partante. Elle savait que ce n'était pas raisonnable, mais le deuil fait accepter toutes sortes de choses déraisonnables. Maggie le savait, maintenant.

— Je m'en fiche, dit-elle en mesurant ses mots.

Elle plissa les yeux, déterminée. Elle voulait retrouver l'amour de sa vie.

Le visage ridé de la vieille femme se tordit. Maggie ne sut dire si c'était d'excitation ou de satisfaction. Quelque chose de menaçant dans ses yeux incandescents la fit frissonner encore et déglutir. *Arrête. Ne fais pas ton bébé.*

Inquiète à l'idée que la femme change d'avis, Maggie sortit les photos de Derek de la poche avant de sa chemise en flanelle – une de Derek – et la posa à plat sur la table en bois.

La photo était l'une de ses préférées, prises à un match de baseball du quartier. Derek était l'image même de la santé et de l'athlétisme, sans compter ses cheveux ébouriffés par le vent et l'éclat joueur dans ses yeux bleu foncé. Ne voulant pas la froisser ou la tacher plus qu'elle ne l'était déjà, Maggie étendit les doigts sur le bois et fit glisser la photo en avant jusqu'à ce qu'elle soit placée entre elles. Puis, elle approcha le paquet de billets de la femme. Céleste n'était pas sûre de ses tarifs. Ce n'était pas comme s'il y avait un forfait « ramenez mon petit ami décédé à la vie ». Maggie avait donc rapporté un paquet des économies de son coffre.

Derek était tout ce qu'elle avait. Il était son roc depuis le premier jour où ils s'étaient rencontrés au lycée, il y a presque dix ans. Le garçon qui jouait au foot en espérant décrocher une bourse était devenu son tout. Dès l'instant où il s'était assis face à elle au CDI où elle proposait du tutorat, une connexion immédiate les avait réunis. Il était devenu son protecteur depuis ce jour-là. Et peu après, Céleste et elle étaient devenues aussi proches que des sœurs. Peut-être plus proches encore. Ils avaient instantanément formé une famille. Pas juste comme des adolescents. Leur lien était de ceux qui durent. Qui restent en vie et demeurent malgré l'université et la vie adulte. Comme s'ils étaient destinés à se rencontrer et être ensemble.

Maggie ferait tout, *tout*, pour le récupérer. Ce dernier mois avait été le pire de sa vie.

La vieille femme plissa les yeux et passa en revue du doigt les billets avec attention.

Quand Maggie lança un nouveau regard à Céleste, elle la vit frissonner. Comme si le regard de la vieille sorcière avait une conséquence physique sur elle. Céleste écarquilla les yeux à l'attention de Maggie, l'air de dire *on devrait peut-être filer d'ici*. Mais Maggie ne bougerait pas. Elle soutint le regard de Céleste, le menton levé avec détermination. Céleste hocha la tête, d'abord à Maggie, puis à la sorcière.

Là-dessus, la vieille femme saisit la photo de Derek et la glissa sous le col de sa robe, contre sa poitrine. Pendant un instant, Maggie ressentit une vague de panique et faillit tendre la main et exiger de récupérer la photo, terrifiée à l'idée de ne jamais la revoir. À la place, elle inspira profondément, se rappelant que c'était ainsi qu'il fallait procéder. Puis, elle regarda la femme clopiner sur ses vieilles jambes vers un buffet, où elle prit maladroitement un petit coffre.

Une fois l'objet rapporté à la table, elle le dépoussiéra de ses mains et souleva le couvercle. Elle commença à marmonner pour elle-même tout en tripotant le contenu. Enfin, les yeux de la sorcière se portèrent sur ceux de Maggie et elle sortit un livre relié en cuir ancien. Elle passa ses mains sur la couverture avec respect avant de l'ouvrir et de tourner précautionneusement les feuilles épaisses de parchemin. Elle s'arrêta, traça une ligne du doigt en haut de la page avant de lire à voix haute :

— Dans le plus grand clan des Highlands, il est né, croassa-t-elle.

Sa voix était encore assez puissante. Maggie écoutait, captivée.

— D'une autre... non... non... pas ça.

Puis, aussi abruptement qu'elle avait commencé à lire, la vieille sorcière s'arrêta et mit le livre de côté. Maggie était surprise et perdue, mais se dit que si la magie existait, bien sûr, elle serait imprévisible.

Elle s'apprêtait à demander ce qu'il s'était passé quand la vieille femme marmonna :

— Médecin, détective et ...

Maggie resta bouche bée sous le choc, devant ce qu'elle croyait être le début d'une de ces blagues stupides *un prêtre, un pasteur et un rabbin*. La sorcière s'arrêta et lui lança un regard tranchant. Là-dessus, Maggie comprit avec un sursaut, *attendez*, qu'*elle* était la blague. Maggie était détective dans une des plus grandes agences des forces de l'ordre du pays. Elle s'était cassé le cul pour en arriver là, avec des bourses partielles à l'université et dans les écoles spécialisées. Tout ce dur labeur avait payé. À moins que la sorcière ne parle de Derek, qui était – avait été, se corrigea-t-elle – détective également. Mais qui était le médecin ? Maggie était perdue. Cherchait-elle du sens là où il n'y en avait pas ? Elle n'en savait rien.

Elle se pencha en avant pour voir la sorcière farfouiller encore dans le coffre, retirant cette fois toute une collection de babioles. Il y avait de grandes pierres, des sortes de joyaux, de différentes formes et couleurs. La femme prit le temps d'en inspecter plusieurs avant qu'un semble lui convenir. Elle écarquilla les yeux et se hérissa visiblement en touchant une belle pierre bleue, hoquetant avant de lever les yeux vers Maggie. Lentement, elle tendit la main vers la sienne. Maggie fut surprise de la découvrir chaude, surtout que sa propre main à elle était glacée jusqu'au sang. Mais la main de la femme irradiait de chaleur.

Vraiment.

— Rappelle-toi, mon enfant, c'est toi qui as demandé.

Sans laisser à Maggie le temps de réagir, elle tourna sa main et plaça le joyau qu'elle avait sorti du coffre dans sa paume. Le grand saphir était chaud au toucher – étrange, pour une pierre. Pendant une seconde, il rayonna, comme les yeux de la femme.

— Maintenant, pars, dit-elle.

Elle referma les doigts de Maggie autour du joyau, se leva et prit l'argent.

— Le temps fera le reste.

— Attendez ! l'appela Maggie en serrant la pierre tandis que la femme repartait vers l'arrière de la maison. Qu'est-ce que je suis censée faire avec ça ?

La vieille femme se retourna vers elle.

— Garde-la avec toi.

CHAPITRE 2

Écosse, 1428

Callum O'Roarke s'efforça de lisser le tartan recouvrant le cercueil de sa femme. Une fois satisfait de ses soins, il en étendit un autre, plus petit, par-dessus. Un morceau symbolique d'armure pour la femme qu'il avait épousée un an avant, et un petit pour leur bébé à naître.

Il n'avait pas pu les protéger durant leur vie. Le moins qu'il pouvait faire était de leur offrir une protection maintenant, aussi inadéquat et inopportun que ce fût. En baissant la tête, il pria pour que Dieu les accueillît et une main lourde l'attrapa par l'épaule dans une étreinte fraternelle.

Callum se tourna et osa un regard peiné avec son ami.

— Il est temps, Callum.

La voix de Greylen était calme au milieu des eaux troubles dans lesquelles il nageait désormais. Ces derniers jours, Callum était perdu et rongé par l'incertitude. Il doutait de quoi faire. Il était reconnaissant envers ceux autour de lui qui savaient. Ce n'était pas qu'il n'avait jamais enterré des êtres aimés. Il l'avait fait.

Son père. Sa mère. Cette fois, c'était différent. Ce n'était pas qu'il ne *savait* pas quoi faire, c'était qu'il détestait ce qu'il avait à faire. Il *savait* qu'il était temps. Seulement, il n'était pas prêt. Il n'était pas sûr qu'on pût être prêt.

Quel que soit le moment.

Du moins, pas pour ça.

Il hocha la tête à l'attention de son ami, puis du prêtre du village, attendant son assentiment. Les portes du donjon s'ouvrirent et Callum fut accueilli d'un grondement de tonnerre bruyant.

C'était adapté ; lui aussi était en colère.

Sa femme, enceinte d'un enfant, était allée aider sa mère. Comme l'automne était là et que l'hiver viendrait vite, il était parti procéder à du commerce bien nécessaire. S'il avait été chez lui quand on avait appris la détresse de la mère de Fiona, il l'aurait accompagnée en personne.

Hélas, son cheval était revenu sans sa cavalière le soir même. Elle avait été trouvée le lendemain matin. Callum ne savait pas ce qui lui avait fait perdre son assiette, mais elle n'avait pas survécu à la chute.

Maintenant, ils portaient le cercueil contenant sa femme et leur enfant qui ne naîtra jamais dans une longue et lente procession jusqu'au caveau familial, en haut d'une colline qui dominait la terre de sa famille. Ils reposeraient à côté de sa mère. Elle veillerait à ce que Fiona et leur bébé aient une transition souple vers ce qu'il espérait être les portes pures du paradis.

Callum n'était pas religieux. Ce n'était pas qu'il ne croyait *pas*. Durant sa vie, il avait pris Dieu et la religion pour acquis. Il croyait en Lui, pour sûr. Ce n'était que lorsqu'il avait besoin de foi pour survivre qu'il trouvait le temps pour Dieu. Étrange, quand on y pensait. Si ce n'était pas de la faiblesse qu'un homme, un guerrier comme lui, puisse chercher le Tout-Puissant par temps de besoin, cet homme ne serait-il pas meilleur de le chercher à tout moment ? Cela valait le coup d'y réfléchir.

Une fois de retour au donjon, les invités s'attardèrent alors qu'il ne voulait qu'être seul. Même si les personnes en question étaient les plus proches de sa vie. Greylen et sa femme Gwen, Gavin, Darach, Aidan et Ronan. Ils étaient tous venus à sa porte les quelques jours qui avaient suivi la mort de Fiona. Des hommes qu'il considérait comme des frères, ou des camarades, puisqu'ils semblaient faits du même bois. Ils avaient tous enduré son deuil. Gwen aussi avait pleuré dans ses bras. Fiona et elle étaient vite devenues amies les quelques fois où elles avaient été ensemble. Même si les pleurs de Gwen avaient aidé à soulager Callum d'un peu de la douleur qu'il contenait à l'intérieur, deuil qu'il gardait à distance autrement, il voulait maintenant qu'ils partissent.

Il croisa le regard de Greylen de l'autre côté de la pièce, qui hocha la tête, compréhensif. Ce n'était pas qu'il y avait beaucoup de monde à l'intérieur. C'était juste qu'ils étaient, eh bien... *là*. Il ne pouvait pas jeter tout le monde à la porte. Il ne le voulait pas. La plupart vivaient à des heures de voyages, quand ce n'était pas des jours. Il voulait de la solitude, c'est tout.

Sur le hochement de tête de Greylen, Callum se tourna pour monter à l'étage, ravi d'être laissé à lui-même. Il se rendit d'abord dans la chambre d'enfant et resta planté au milieu. Avant, cette pièce l'avait rempli d'espoir et de joie. Maintenant, il se demandait ce qu'il était censé faire de ces choses-là. Des vêtements et couvertures que Fiona avait méticuleusement cousus ces derniers mois, les babioles sur lesquelles il était tombé en voyageant et bien sûr, les héritages de famille transmis de génération en génération. Il fit la même chose dans sa chambre. Observa toutes les affaires de Fiona. C'était difficile de voir sa main dans chaque endroit qu'il regardait. Comment pouvait-on vivre malgré des circonstances aussi désolantes ? Et *pourquoi* ? Callum ne savait pas s'il devait voir ces objets personnels comme des rappels de ce qu'il avait perdu ou comme des choses qui devaient le réconforter.

Peut-être que dans quelques semaines ou quelques mois, il les placerait dans une des chambres aux étages supérieurs. Ou peut-être les ajouterait-il à l'une des pièces de l'aile que sa mère avait occupée. Elle était encore remplie de ses affaires. Callum pensait qu'avec le temps, Fiona pourrait raccommoder certains vêtements de sa mère pour qu'ils lui aillent. Ou qu'ils iraient peut-être à leur fille un jour, s'ils en avaient une. Maintenant, il semblait que personne n'utiliserait plus les trésors de sa mère.

Il partit à cheval cette nuit, traversant le seul endroit où il ressentait un tant soit peu de paix. La terre de Dunhill. Callum monta sur des kilomètres, s'arrêtant en haut d'une crête qui donnait sur la mer, où il fixa du regard le ciel sombre rempli d'étoiles brillantes.

La colère le consumait et dans un éclat de rage, il tira son épée, comme pour menacer Dieu Lui-même. Furieux que *lui* – un homme bon – eût à endurer un coup aussi terrible. Il cria à Dieu, sa rage épaulée quelques instants plus tard par une meute de loups qui le rejoignit et hurla. Le tonnerre résonna au-dessus de sa tête, suivi une demi-seconde plus tard par un éclair.

La tempête était proche.

Les yeux écarquillés, Callum l'observa dans un mélange d'émerveillement et d'horreur, peut-être même un peu de paix devant cette ironie. Et le voilà qui criait à Dieu que ce n'était pas juste. Qu'il voulait retrouver sa femme et son bébé. Et Dieu... Il l'avait entendu ! Dieu l'avait entendu et le laissait rejoindre sa femme et son bébé.

Ce fut sa dernière pensée quand un éclair frappa le bout de sa lame. Son épée étincela tandis que l'énergie surpuissante courait sur toute sa longueur... puis le consumait.

CHAPITRE 3

Deux ans plus tard

Maggie serra son manteau contre elle et le noua à sa taille. Elle avait rassemblé ses maigres affaires sur une commode contre le mur et vérifia qu'elle avait ses *autres* affaires – les objets qu'elle avait *rapportés* avec elle et qui ne devaient pas être vus – avant de faire son lit.

Elle s'agenouilla pour pouvoir sentir l'épée – oui, *l'épée* –, celle qu'elle avait découverte attachée au vieux cadre de son lit et qui l'était maintenant à celui-ci. Elle sentit la présence de Sœur Cateline sur le pas de la porte.

À son arrivée, Maggie avait du mal à prononcer son prénom. « Kat-e-*leen* » se disait-elle à elle-même, même maintenant, se forçant à le prononcer à la française malgré son accent américain. La sœur sourit et Maggie sentit une sensation de chaleur l'inonder. Elle en était venue à aimer Sœur Cateline durant le temps passé ici.

Maggie n'était pas étrangère des cloîtres religieux. Quand sa mère était décédée, elle avait été recueillie par leur pasteur et sa famille. Les Michaels avaient deux jeunes filles en primaire et ils avaient beaucoup de devoirs entre l'église, leurs paroissiens et leur service à la communauté. Une aubaine pour Maggie, supposait-elle. Être poussée dans la mêlée à un moment pareil, pile quand elle avait le plus besoin de distraction. Cela l'avait tenue occupée et concentrée. Elle avait quatorze ans et heureusement, elle n'avait pas eu à changer d'école. La troisième avait été difficile. Mais elle avait réussi et avait maintenu le niveau de ses notes également.

Aussi loin que Maggie s'en souvienne, il n'y avait toujours eu que sa mère et elle – jusqu'à ce qu'il n'y ait plus que Maggie. Elle n'avait jamais rencontré son père et elles ne parlaient jamais de lui. Il était juste absent.

Sous les yeux de Maggie, sa mère excellait à être mère célibataire. Elle travaillait dur, avait un grand cœur et tirait toujours le meilleur de ce qu'elles avaient. C'était l'un des traits que Maggie admirait le plus chez elle. Elle était active dans leur communauté également. Dans la maison de quartier et à l'église. Cette communauté avait permis à Maggie de ne jamais se sentir seule. Elle ne manquait jamais de rien.

Vivre à l'abbaye était différent de vivre chez le pasteur et passer du temps auprès de son église ; l'ordre et les rituels qui venaient avec ce genre de vie n'étaient pas trop excessifs.

Voyager dans le temps pour arriver là, par contre ? Eh bien, c'était une histoire complètement différente.

Depuis dix-huit mois maintenant, Maggie vivait en Écosse avec les sœurs à l'abbaye Brackish.

Dix-huit. *Longs.* Mois.

Elle s'estimait chanceuse de les avoir trouvées – et c'était toujours le cas, malgré la surprotection de Sœur Cateline –, vu les circonstances dans lesquelles elle était arrivée. Transportée sans cérémonie des siècles dans le passé, avec pour seules affaires à son nom les maigres choses qu'elle avait sur sa personne.

Sœur Cateline avait accordé un regard à son apparence débraillée et à l'épée qu'elle traînait et avait su qu'elle était en difficulté. Elle avait fermé les yeux sur l'évident. Comme ses habits du XXIe siècle et le téléphone qu'elle ne cessait d'agiter devant leurs visages, frustrée qu'il ne fonctionne pas. Malgré ça, elle l'avait accueillie dans leur petit couvent.

Maggie remerciait Dieu chaque jour que les sœurs aient su qu'elle ne représentait pas une menace pour elles. Et plus encore, qu'elle avait incontestablement besoin d'elles. Elle était dans un sale état. Les premières semaines, quand elle s'était murée dans le silence après avoir compris ce qui était arrivé, elle eut le droit à la compassion et la compréhension. En fait, toutes les sœurs étaient gentilles et maternelles avec elle.

La vie semblait continuer à lui jouer des tours. Pourtant, chaque fois, Maggie avait trouvé sécurité et protection.

Désormais, les sœurs l'envoyaient au nord dans une nouvelle maison, permanente. Maggie n'était pas ravie de quitter la sécurité de ce qui était devenu sa résidence, ici, dans ce siècle. Chaque fois que Sœur Cateline en avait parlé, ce qu'elle avait fait presque dès le début, Maggie l'avait priée de la laisser rester.

Ce n'était pas comme si elles n'avaient pas de place pour elle et elle avait toujours pu se rendre utile. Même les premières semaines où elle se focalisait sur *comment* tout ça s'était produit. Elle avait serpillé tout en épuisant toutes les possibles explications sur ce qui lui était arrivé. Elle avait cousu ou essayé – soyons honnête – tout en utilisant cette partie analytique de son cerveau, acceptant l'évidence autour d'elle. Elle avait frappé des tapis quand elle avait cessé de nier, acceptant comme *réalité* qu'elle était coincée au XVe siècle.

C'était là qu'elle était tombée d'accord avec les sœurs de l'abbaye. Elle n'avait pas réussi à retourner dans sa propre époque. Alors elle avait cessé de résister à l'idée de quitter l'abbaye. Maintenant, on la faisait partir. Gentiment, oui, et avec un nouvel endroit prêt pour elle. Mais partir quand même. Sœur Cateline devait avoir une bonne raison. Même si elle ne le disait pas. Peut-être qu'un peu de changement lui ferait du bien, se disait Maggie. Peut-être était-ce pour le mieux.

Selon Sœur Cateline, on s'occuperait bien d'elle et, plus important, elle serait en sécurité. Son neveu avait accepté de lui offrir refuge. De ce que la sœur lui avait confié, c'était un homme bon et fiable. En fait, elle lui avait dit que lui et ses compagnons étaient de vrais exemples de chevalerie.

Maggie ne pouvait imaginer un tel saint – surtout en 1430 – mais venant de Sœur Cateline, c'était un grand compliment. Elle espérait qu'elle avait raison.

Dieu seul savait ce qui lui arriverait à l'avenir. Maggie ne prenait plus ce sentiment à la légère. La vie était devenue bien sérieuse. Vu qu'elle était en train d'apprendre à vivre après la perte de son petit ami et qu'elle luttait pour placer un pied devant l'autre, elle n'aurait jamais vu cela venir. Même maintenant, elle s'étonnait de ce qui était arrivé.

Quelques mois après sa rencontre avec la vieille sorcière, comme elle en était venue à l'appeler tendrement, Maggie avait laissé tomber un bouton de manchette de Derek sur le sol de leur chambre. Jurant dans sa barbe, elle s'était agenouillée pour le récupérer et avait vu un grand objet enroulé dans un linge sous le cadre de leur lit.

Au début, elle avait cru que c'était un fusil. Ce qui aurait été étrange en soi, puisque Derek et elle n'avaient jamais été très armes à feu. À part celles fournies par le ministère au travail. Encore plus étrange, elle ne l'avait jamais remarqué avant. À l'évidence, elle n'avait jamais regardé sous le lit de cet angle-là. Mais elle avait nettoyé et passé la serpillière plein de fois avant.

Maggie était sûre qu'elle l'aurait vue si elle avait été là.

Elle avait fait le tour des affaires de Derek les semaines précédentes. Elle n'était pas prête à s'en débarrasser pour l'instant. Mais plus elle vivait avec les affaires de Derek et sans lui, plus la réalité s'installait.

Celle où elle était seule et qu'elle devait apprendre à vivre sans lui.

Elle avait Céleste, bien sûr, et elles étaient plus proches que jamais. Elles passaient le gros de leurs soirées ensemble, à se réconforter. Les premiers jours, c'était difficile de respirer. Elles s'étaient littéralement soutenues l'une l'autre. Ça n'était pas beaucoup mieux au fur et à mesure des semaines. Parfois, c'était pire. Mais elles eurent quelques moments décents au milieu.

Quand Maggie avait dégluti et commencé à trier les affaires de Derek, Céleste avait été là pour aider. Même les objets les plus communs, comme une brosse à dents ou un vieux ticket de caisse, semblaient importants pour Maggie. Et les choses *vraiment* importantes seraient encore plus difficiles.

Maggie avait décidé qu'elle attendrait un an avant de s'attaquer aux grosses affaires. Alors trouver ce bouton de manchette était une surprise. Elle ne se souvenait plus de ce qui l'avait fait ouvrir le couvercle de sa boîte à bijoux pour commencer, elle y regardait rarement. Les boutons l'avaient attirée et elle était restée plantée là à en tripoter le contenu. La montre de sa mère, quelques paires de boucles d'oreille et les boutons de manchette de Derek.

Elle avait pleuré en les prenant dans sa main. La nostalgie l'avait envahie et elle s'était rappelé avoir dansé avec lui au mariage d'un ami. La chaleur du cou de Derek sous sa main, le confort de son torse où elle avait posé sa tête, l'odeur de sa peau. Ces souvenirs tangibles étaient les meilleurs et aussi les pires.

Chassant ces pensées, Maggie avait décidé de les garder sur sa table de chevet, au moins pour une nuit. Comme ça, quand elle irait au lit plus tard, elle pourrait les regarder. Revoir toute la soirée qu'ils avaient partagée, puis pleurer jusqu'à s'endormir. Comme à point nommé, elle avait trébuché.

Sur rien – elle avait vérifié.

Un des boutons était tombé de sa main et avait roulé sous le lit. C'était presque comique, le ralenti de l'expression d'horreur qu'elle avait senti apparaître sur son visage, comme s'il y avait un abysse sous le lit et non pas du parquet. Et elle s'était agenouillée sur le sol. *C'était là* qu'elle avait vu le grand objet attaché au cadre de son lit. Pourtant, dans le brouillard du deuil, la logique ne l'avait pas emporté.

Si elle avait été dans son état normal, et pas paniquée pour ce bouton de manchette, elle aurait pu prendre le temps de déterminer comment l'atteindre sans retirer le matelas et le sommier à ressorts de leur fondation. Mais elle n'avait vu aucune autre façon.

Après les avoir soulevés sur le côté, elle était restée là, essoufflée, un pied entre les lattes, encore incapable de reconnaître l'objet emballé. Quelques autres trucs variés avaient élu résidence sous le lit. Maggie avait ramassé son sachet de jeu de jacks[1] qui lui apportait réconfort depuis la mort de sa mère et l'avait fourré dans sa poche.

Elle s'était ensuite débattue avec l'objet emballé. D'abord, elle avait essayé de le libérer par la force brute. Encore quelque chose qu'elle n'aurait pas dû faire sans avoir l'esprit clair. Impatiente, elle avait tripoté le cadre du lit, utilisant le couteau de poche de Derek pour trancher les liens épais qui retenaient l'objet. Il était tombé avec un bruit sourd au sol et elle l'avait tiré entre lattes jusqu'à ce qu'il repose sur ses genoux.

Étonnée par le poids – bien trop lourd pour être un fusil –, elle avait commencé à ouvrir le linge, le déroulant comme un tapis ou matelas de yoga, jusqu'à se retrouver à fixer du regard une épée ancienne. Ébahie, Maggie l'avait soulevée pour la regarder de plus près. Elle était longue et polie, éclatante, même. Un motif complexe et tressé formait la poignée et la garde était ornée du blason d'un loup.

Le loup était ce qui avait fait tambouriner son cœur.

Les loups avaient toujours été l'obsession de Derek. Il les adorait depuis qu'il était enfant. En travaillant sur son arbre généalogique pour un projet à l'école, il avait découvert surexcité que son nom de famille – Lowell – voulait même dire *jeune loup* et l'avait pris comme un signe. Alors qu'il y ait un loup sur cette

---

1. Variante américaine d'un jeu d'osselets, le jeu de jacks se joue avec des jacks (des osselets se terminant par des pics) et deux balles rouges ou multicolores.

épée la reliait intrinsèquement à Derek. Du moins, aux yeux de Maggie.

D'où venait-elle ? Combien de temps avait-elle été sous le lit ? Cela devait être une acquisition récente. C'était étrange que Derek ne lui en ait jamais parlé. Maggie ne pensait pas qu'il l'ait confisquée lors d'une de leurs enquêtes. Il ne contournerait pas le protocole. Aucune enquête impliquant une épée ancienne ne lui revenait par ailleurs en mémoire. Elle se demanda si ce n'était pas un héritage familial.

Mais tout de même : pourquoi garder le secret ?

Encore plus perplexe, Maggie avait remarqué un creux sous le blason qui ne semblait pas aller avec le reste de la garde. Le creux paraissait étrange. Comme si quelque chose devait être placé dedans et était manquant. Passant ses doigts dessus, Maggie avait imaginé un joyau ou une sculpture.

Attends. Elle avait plissé les yeux en examinant le creux, sa forme et sa taille. Quelque chose avait alors traversé son esprit.

Non, c'était impossible. Elle s'était dit que ce pressentiment était fou. Mais elle ne pouvait se débarrasser de la curiosité qui l'animait. Tout en surveillant l'épée, comme si elle allait disparaître si elle regardait ailleurs, Maggie s'était approchée de la commode où elle avait placé le joyau que la sorcière lui avait donné tant de mois avant.

Elle l'avait conservé dans sa poche comme demandé et elle s'y était habituée, si bien qu'elle y pensait à peine maintenant. La vieille sorcière lui avait dit de le garder, alors il était toujours avec elle, sauf quand elle se douchait.

Maggie ramassa le joyau bleu éclatant et le tourna dans sa main. Elle allait retourner vers l'épée quand elle avait marqué une pause, remarquant une des figurines de loup que Derek fabriquait. Il en avait fait des centaines au fil des ans. Il les sculptait en bois. Au fur et à mesure, il s'était amélioré jusqu'à y exceller. Elle s'était mise à porter un médaillon qu'elle avait trouvé dans la table de chevet de Derek. Au début, elle pensait qu'il l'avait fait, mais il n'avait pas cet air fraîchement poli de ses autres sculptures. Pourtant, quelque chose l'ensorcelait avec ce médaillon et elle ne s'était sentie calme qu'une fois le collier attaché derrière son cou.

À cet instant-là, elle l'avait soulevé, tirant sur le cordon en cuir pour faire sortir le médaillon de sous son haut, et l'avait examiné. Elle avait hoqueté. Le loup sur le médaillon était identique à celui de l'épée. Était-ce une sorte de coïncidence folle ? Derek l'avait-il acheté avec l'épée ?

Le téléphone coincé entre son épaule et son oreille, Maggie avait appelé Céleste et tiré l'épée sur ses genoux. Elle avait ressorti le médaillon de nouveau, le comparant à la poignée de l'épée.

Ils étaient *identiques*. *Étrange,* pensa-t-elle.

Elle demanda à Céleste si elle avait un jour entendu dire que Derek avait une épée, songeant que cela devait être un vieil héritage de famille qu'il n'avait jamais mentionné. Céleste était aussi perplexe que Maggie. Le cœur battant, elle avait étudié la forme du creux sur l'épée et tourné le grand saphir dans sa main, se demandant s'il pouvait y loger. Elle croyait que oui. La voix de Céleste avait résonné dans son oreille, soutenant qu'elle ne savait rien d'une épée, et Maggie avait placé la pierre.

Soudain, elle avait été submergée par la sensation d'être sous l'eau. Elle entendait à peine la voix de Céleste. Elle semblait lointaine et déformée. Sa vision s'était troublée pendant de longues secondes avant de se cristalliser. Le joyau – la seule chose qu'elle voyait clairement – s'était mis à luire et elle avait entendu le hurlement d'un loup avant que le sol ne se dérobe sous elle et que tout devienne noir.

Quand elle avait ouvert les yeux, Maggie se trouvait dans un champ, sous un arbre. Complètement désorientée, elle avait fait la première chose qui semblait logique : rappeler Céleste.

Elle ne savait pas combien de temps elle avait passé assise à taper le numéro de Céleste, devenant de plus en plus frustrée en voyant qu'il ne se passait rien. Après avoir accepté qu'il n'y avait absolument aucun service, elle avait commencé à observer l'environnement autour d'elle. Cherchant des indices sur où elle était et ce qu'il s'était passé. Son regard était tombé sur ce qui ressemblait à une abbaye, au milieu d'un champ inconnu.

Il y a un prix pour ce que tu cherches. Et Maggie l'avait accepté.

Il semblerait que le destin avait quelque chose pour elle.

Elle ne savait toujours pas quoi.

CHAPITRE 4

Guère très heureux, son état perpétuel récent, Callum leva la main pour empêcher Albert de poursuivre.

— La jeune femme, se contenta de dire Albert.

Callum était fatigué d'entendre les mêmes inquiétudes encore et encore. Avec un soupir résigné, il se répéta. Encore.

— J'ai déjà dit à ma tante qu'elle était la bienvenue ici.

Il lui avait dit maintes et maintes fois que cette jeune femme trouverait ici refuge et protection. Une fois en personne *et* de nombreuses fois par correspondance. Il en avait marre de le dire.

Il n'était pas homme à revenir sur sa parole.

Jamais.

Combien de fois devait-elle lui demander ?

Sa tante lui avait d'abord rendu visite au printemps dernier, quelques mois après la mort de Fiona. Vu que Cateline quittait rarement l'abbaye, il avait été choqué de la trouver devant sa porte. Il avait dit à sa tante qu'il réfléchirait à sa requête pour héberger la dernière arrivante de l'abbaye, qui n'était pas intéressée à l'idée de devenir novice. Cela étant, il avait prévenu qu'il ne pensait pas se réinstaller à Dunhill avant l'automne suivant. Ils s'étaient alors disputés et, à y repenser, Callum avait honte de s'être emporté.

À l'époque, il était en colère. En colère d'avoir perdu sa femme et amer de ne plus avoir de famille. Voir sa tante était un rappel de tout ce qu'il avait perdu, elle y compris.

Cateline était partie peu de temps après la mort de sa mère. Sa tante et sa mère avaient été si proches. Si proches que l'idée d'être entourée par ses affaires était trop lourde pour elle. Il comprenait maintenant pourquoi elle était partie. C'était dur de vivre avec ce rappel constant.

Il était rentré à Dunhill il y avait deux mois et l'avait fait savoir à sa tante. À la fois pour s'excuser et pour accepter sa requête. Elle avait répondu en toute hâte, l'informant qu'elles se mettraient en route dans la semaine et lui demandant d'envoyer une escorte.

Et maintenant quoi ?

Il regarda Albert, qui avait la décence d'attendre patiemment que Callum se rendît compte qu'il ne savait pas de quoi allait lui parler Albert. Ne cédant pas, il l'encouragea simplement :

— Eh bien ?

— Dans quelle chambre voulez-vous que nous la placions ?

Callum se hérissa. Nessa ou Rose devaient bien avoir décidé ça. Avec un brin d'irritation, il y réfléchit.

— Mets-la dans la chambre à côté de celle de ma tante.

Une fois décidé, il partit. Ses bruits de pas lourds étaient les seuls bruits dans le donjon vide. Il s'y était habitué.

À la solitude et au silence.

Le deuil faisait partie de la vie. Il le savait. Pourtant, dernièrement, cela semblait prendre toute sa vie. Il s'était attendu à des pertes, mais il avait attendu autre chose au milieu. De l'amour, de l'amitié, la paternité et un peu de joie.

Le nombre répété de pertes pesait sur lui maintenant. On pouvait s'en apercevoir en regardant la cour par la fenêtre. Dunhill n'était plus la place forte animée qu'elle avait jadis été. Il n'y avait pas de signal brillant en haut des collines. Malheureusement, Dunhill Proper fonctionnait dans son entièreté grâce à une équipe affaiblie, moins de vingt personnes, au lieu du personnel robuste qui était jadis employé.

Callum supervisait beaucoup – ou en fait, tout. Du moins, depuis son retour. Même s'il n'avait pas une centaine ou plus de personnes à sa charge, il avait quand même des bouches à nourrir, du bétail, des récoltes et le donjon à entretenir.

Il se courba, choisit deux pierres et se fraya un chemin vers les écuries. C'était le seul endroit où il se sentait à l'aise.

Parmi les chevaux, l'atmosphère était différente ; le silence n'était pas aussi assourdissant. Edward, le maître d'écurie, nettoyait une stalle avec son garçon. Callum sourit en les voyant, père et fils.

Peut-être y avait-il une suite après tout.

Le cheval de Callum lui donna un coup de museau tandis qu'il allait chercher la selle.

— Je sais, mon gars, dit-il avec une caresse.

La bête savait ce dont il avait besoin et trépignait, d'un air de dire *allons-y*. Callum était heureux de le satisfaire.

Callum et son étalon se rendirent sur la colline où il s'efforça de retirer la terre accumulée en une nuit. Il commença comme toujours par la tombe de Fiona et du bébé. Puis, il passa à celles de sa mère et de son père. Il n'avait pas grand-chose à dire dernièrement. Callum ne perdait plus de temps à trouver quoi dire. Seul le rituel lui apportait du réconfort. Le reste, la réalité, non.

Après une rapide chevauchée, il se retrouva à monter les marches. Si Dunhill devait rouvrir une nouvelle fois et qu'il fallait occuper ses pièces, Callum voulait avoir un moment seul à l'intérieur avant. Il avait évité ces chambres depuis son retour.

Les pièces remplies des rappels de ce qu'il avait perdu. En fait, c'était en triant les possessions de Fiona des mois après son décès qu'il avait décidé de partir. Il avait terminé sa tâche, placé les objets qu'elle chérissait le plus dans une malle en bois qu'il avait passé un mois entier à sculpter. Callum avait mis beaucoup de soin à trouver le bois parfait, le poncer, le teindre et le façonner. Puis, il l'avait remplie, prenant le gros d'un après-midi à plier et stocker à peu près tout, encore et encore, jusqu'à déposer les quelques objets qu'elle avait cousus pour le bébé.

Il était resté agenouillé là de longues minutes, à frotter le couvercle. Regrettant de ne pas sentir encore une fois la chaleur de sa peau. Avec un dernier élan de douleur, il avait posé le front sur le couvercle, puis avait préparé un sac, décidé à partir avant le souper.

Il accepterait sa vie, mais ça ne voulait pas dire qu'il devait rester dans les confins de Dunhill avec ces rappels constants. C'était cet après-midi-là que sa tante s'était présentée à lui sans prévenir, il y a presque un an.

Planté sur le seuil d'une des cinq chambres entre les deux tourelles, Callum posa la main sur la porte et son front par-dessus. Il était envahi de souvenirs. De Fiona, oïl, mais aussi de ses parents.

Son père avait passé des années à construire ce château, un château digne d'une reine. Pour l'amour de sa vie, sa belle Isabeau. La mère de Callum était l'incarnation même de l'amour, de la chaleur, de la générosité et il n'y avait rien que son père n'aurait pas fait pour elle. Lui construire un château n'était qu'une de ces choses.

Durant le règne de son père, Dunhill avait prospéré. Des centaines de personnes avaient travaillé la terre, s'y étaient installés, ainsi qu'au sein des murs du donjon. Consolider Dunhill Proper et augmenter le nombre d'habitants était le cadeau de son père à la famille d'Isabeau et Cateline. C'était une époque de croissance et renaissance. Surtout après la peste qui avait ravagé le continent.

Callum ne perdit pas de temps à observer les pièces. Des pièces dans son souvenir éclatantes et remplies de vie et de chaleur. Mais il put au moins leur jeter un coup d'œil maintenant et penser aux bons souvenirs en premier. Il n'était plus submergé par la force du deuil récent. C'était déjà quelque chose.

En refermant la porte de ses parents, il fut frappé par la profondeur de ce qu'ils partageaient. Il n'y avait jamais songé. Pas de sa vie adulte, en tout cas. À bien y repenser, il se rendit compte qu'une part de lui avait toujours cru qu'il aurait ça aussi. Il pensait avoir sa vie en ordre. Un chemin défini et sûr.

Maintenant, en songeant à ce qui était et ce qui ne serait jamais, tous les discours de sa mère sur le destin lui semblèrent futiles. Sa vie avait pris un tournant différent. Sa famille ne profitait plus de la bonne fortune.

Heureusement, sa mère n'était pas là pour voir un tel spectacle.

CHAPITRE 5

Dunhill Proper, comme l'appelait Sœur Cateline, apparut au loin à la moitié de l'après-midi. Le voir apporta à Maggie une étonnante et soudaine sensation de réconfort si forte qu'elle la submergea. D'où lui venait ce sentiment ? Maggie n'en savait rien, mais il la consumait si pleinement que son attachement à cet endroit sembla ancré dans son âme.

Jusqu'à présent, l'idée d'être séparée de Sœur Cateline – sa corde de sécurité dans le XVe siècle – l'avait terrifiée. Pourtant, si sa nouvelle maison incluait ces terres, Maggie songea qu'elle pourrait y être bien.

La propriété s'étendait sur des kilomètres de splendides collines, de montagnes escarpées et de cours d'eau luxuriants. Elle songea à combien l'endroit pourrait être vibrant le printemps venu. Maggie se rendit compte qu'elle se sentait *optimiste*, quelque chose qu'elle avait perdu depuis deux ans.

Bien sûr, la vie à l'abbaye avait été agréable. Et les religieuses étaient gentilles, mais elle ne s'était pas sentie chez elle. Elle avait passé un an et demi à essayer de retourner dans son époque à elle. À être terrifiée à l'idée que le tapis s'ouvre sous ses pieds et qu'elle termine dans un endroit encore plus étrange. Maggie avait tempéré contre le tourbillon dans l'espace-temps qui l'avait envoyée des centaines d'années en arrière, mais peut-être n'était-ce pas tant un hasard.

Peut-être le *destin* l'avait-il envoyée là. C'était possible. Elle vivait au XVe siècle, après tout.

Elle avait perdu beaucoup de temps à penser à ces choses-là en un an et demi. Par exemple : comment avait-elle fini là pour commencer ? Quel était l'objectif de tout *ça* – sa vie et sa présence ici ? Elle ne pouvait s'empêcher de penser à ce que la vieille sorcière avait dit. Médecin, détective, et elle s'était arrêtée avant de finir la liste.

Et ensuite, bien sûr, il y avait l'avertissement lugubre. *Il y a un prix pour ce que tu cherches.*

Maggie frissonnait chaque fois qu'elle y pensait. Était-ce *ça*, le prix ? Maggie ferait-elle un temps ici, puis rentrerait magiquement et toute la mort de Derek ne serait qu'un mauvais rêve ? Derek serait-il en vie ? Ou se seraient-ils trompés en emmenant son corps et il ne serait pas vraiment mort ? Pourrait-elle un jour rentrer à la maison ? Et si oui, que retrouverait-elle ?

Elle n'arrêtait pas de penser à Céleste aussi. Elle lui manquait et elle se sentait coupable de l'avoir laissée. Pas qu'elle l'ait fait volontairement, bien sûr. Maggie savait ce que c'était de perdre les gens qu'on aimait et chérissait. Maintenant, Céleste l'avait vécu deux fois. Une fois pour Derek et une fois pour Maggie.

Céleste et elle s'étaient parlé tous les jours pendant dix ans. Et puis, *pouf*, c'était fini. Maggie avait l'impression de l'avoir abandonnée. Elle se demandait ce que Céleste, ses collègues et même les Michaels pensaient. Elle espérait surtout que tout le monde allait bien. Que personne ne s'inquiétait pour elle.

Peut-être que par un effet magique du voyage dans le temps, ils ne savaient même pas qu'elle était partie. Dans certains films qu'elle avait regardés, ça fonctionnait comme ça.

Trois heures après être entrées sur cette terre, le donjon – *château*, se corrigea-t-elle – se dressa au loin. La dernière chose à laquelle Maggie s'attendait était de voir un... château magique aux airs de château français. Elle regarda par-dessus son épaule, se demandant s'il apparaissait ainsi à cause du soleil.

Elle se redressa, repoussant ses questions inutiles sur comment et pourquoi et ce qui suivrait. Faire bonne impression était important, non ? Être à la merci des autres était le plus difficile de… eh bien, tout ça.

Sœur Cateline avait clairement beaucoup d'affection pour son neveu, vu combien elle parlait de lui en bien. Elle espérait que la sœur ne se trompait pas sur le personnage de son neveu, mais elle avait vu le meilleur et le pire des gens.

Dans les deux époques, maintenant.

Honnêtement, cela la laissa moins optimiste. Pourtant, la sœur lui avait aussi dit que son neveu avait perdu sa femme et son enfant encore à naître deux ans auparavant – à peu près au moment où Maggie avait perdu Derek. Elle se demanda si cela pourrait les aider à se comprendre.

Ils franchirent le mur extérieur et elle fut frappée par l'absence de gens. De ce qu'elle avait entendu, les terres des lairds étaient occupées par ceux sous leur protection. Pourtant, ils n'avaient pas vu la moindre âme. Maggie rit toute seule. Depuis quand disait-elle *pas la moindre âme* ?

Le XVe siècle devait commencer à déteindre sur elle.

Avant qu'elle ne s'en rende compte, les hommes qui les escortaient aidaient Maggie et Sœur Cateline à descendre. Ils attendirent gentiment un instant avant de la lâcher. Ses jambes vacillèrent, mais elle se reprit vite. Maggie ajusta son manteau, puis fourra ses mains plus profondément dans la fourrure, espérant avoir l'air sereine.

C'était un air qu'elle avait tenté de perfectionner et elle avait accumulé beaucoup d'expérience chez les sœurs.

Elle inhala profondément et les portes du donjon s'ouvrirent. Un homme âgé sortit, surprenant Maggie. Elle n'avait jamais pensé que le neveu de Sœur Cateline aurait la cinquantaine. Mais l'homme plus âgé s'écarta, laissant la place à un autre. Maggie lâcha le souffle qu'elle retenait. Bien sûr que le neveu de Sœur Cateline ne serait pas aussi âgé que la religieuse elle-même ! Son soulagement était si immense qu'elle faillit faire la révérence en songeant : *Dieu merci*.

L'air aussi serein que possible, Maggie leva les yeux vers l'homme qui venait les accueillir. Il était habillé d'une chemise, d'un pantalon et de bottes. Elle avait toujours cru que les highlanders portaient des kilts, mais ce phénomène n'avait à l'évidence pas encore pris. Il était grand, les épaules larges et se mouvait avec aise et précision. Il parla brièvement aux hommes qui les accompagnaient avant de se tourner vers Sœur Cateline et elle. Il salua sa tante d'un baiser sur la joue, puis regarda Maggie. Elle garda les yeux baissés pour ne pas apparaître trop directe et sourit timidement.

— Callum, voici Margaret Sinclair, votre nouvelle protégée.

Maggie n'aurait jamais de la vie pensé qu'elle serait à la charge de quelqu'un. Et pourtant voilà qu'elle le devenait.

Elle leva enfin les yeux et croisa son regard. Sa première réaction fut du soulagement. Il semblait avoir la fin de la vingtaine ou le début de la trentaine. Jusque-là, il avait bien vieilli, malgré l'époque – *le XVe siècle*. Une cicatrice allait de sa tempe gauche à l'orée de ses cheveux. Cela ne détournait en rien l'attention de son visage.

En fait, cela le rendait plus séduisant.

Cet homme était sacrément beau. Elle était surprise qu'il ne se soit pas remarié. Elle se rendit compte qu'elle le fixait du regard et sentit le rouge lui monter aux joues. Pourtant, au fond, elle sentait que ça n'avait pas d'importance.

Ses yeux, d'une teinte profonde de bleu, n'étaient remplis de rien d'autre que de la chaleur. Il lui semblait familier. Aussi étrange que ça puisse paraître, elle le connaissait sans le connaître – elle ne pouvait pas le décrire autrement.

L'esprit de Maggie tournait à toute vitesse, tellement que sa tête allait littéralement exploser. Quitter la sécurité que lui offraient Sœur Cateline et l'abbaye était terrifiant.

Elle se sentait comme une petite fille à nouveau transportée chez les Michaels. Ils avaient été une très agréable famille, mais cela avait été tout nouveau pour elle et effrayant. Ici, l'abbaye était tout ce qu'elle connaissait. C'était devenu familier et sûr. Pourtant, Maggie savait qu'elle devait suivre son intuition. Elle savait que tout irait bien.

— Êtes-vous la sœur que ma tante m'a décrite ? demanda-t-il. Ou simplement Miss Sinclair ?

Sa voix était rauque, pourtant son accent et son gaélique écossais étaient simples à comprendre.

Elle avait eu plus d'un an d'immersion langagière pour apprendre quelques nouveaux dialectes. Heureusement, il n'y avait dans sa question ni colère ni réprimande cachée et Maggie lui répondit honnêtement. Au moins, là-dessus, elle partirait du bon pied.

— Je ne suis pas une sœur, Laird O'Roarke, mais je me suis réfugiée avec les sœurs de l'abbaye Brackish. Votre tante a été très gentille avec moi. Je me suis grandement attachée à elle et elle me manquera beaucoup.

Une vague de tristesse la submergea et ses yeux se remplirent de larmes. Les traits du laird O'Roarke s'adoucirent.

— Vous pouvez m'appeler Callum. Je vous assure que ma tante est toujours la bienvenue ici. Vous la reverrez très bientôt.

Sa compassion faillit sceller sa perte. Elle inclina la tête en réponse, ce qui lui permit de se reprendre.

— Merci pour votre bonté. Quant à moi, monsieur, je préfère qu'on m'appelle Maggie.

— Très bien, alors. Albert et moi irons chercher vos affaires, dit-il en indiquant d'un geste l'homme plus âgé.

Il semblait être un majordome ou une sorte de valet.

Maggie n'avait qu'un petit coffre d'affaires. Une maigre garde-robe, ses objets personnels chéris en trésor et l'épée.

La fameuse épée.

Celle dont elle avait essayé de retirer la pierre chaque jour, espérant que cela la ramène chez elle. À son époque. Pas ce siècle où la vie était rude et parfois humide, sale et cruelle.

Elle supposait que cela avait été plus facile pour elle à l'abbaye recluse où elles vivaient simplement et où l'environnement était désert. L'abbaye était propre et les sœurs gentilles. Mais Maggie avait envie d'une certaine liberté qui lui manquait.

Elle espérait qu'elle serait mieux ici, mais se prépara pour ce qu'elle pourrait trouver à l'intérieur. Si c'était décrépi et sale, nettoyer ce château lui prendrait toute une vie. *Hé, au moins ça me donnera quelque chose à faire pendant que j'essaie de comprendre comment rentrer.* Jusque-là, le joyau dans son épée avait refusé de bouger.

Elle avait essayé à s'en donner la nausée.

Albert tendit la main vers son coffre, mais Callum lui confia la sacoche de Sœur Cateline à la place. Elle fut encore une fois frappée par son attention. C'était bon signe. Si Dieu le voulait.

Callum porta le coffre de Maggie en haut des marches et le posa près de la porte. Puis, il retourna près de la charrette prendre son épée. Maggie espérait qu'elle ressemble à un tapis roulé ou un bâton. Il la hissa sur son épaule et retourna vers le donjon.

Maggie et Sœur Cateline le suivirent. Les yeux de Maggie observaient les alentours, essayant d'avoir une vue d'ensemble de l'endroit. Intérieurement, elle soupira de soulagement en entrant. Les sols étaient recouverts de joncs et des tissus riches chargés de filigranes étaient placés stratégiquement aux murs. La demeure de Callum semblait propre.

Bon Dieu, c'était encore mieux que ça. De ce qu'elle voyait, elle était agréable, même en cette période.

Elle trébucha quand ses genoux devinrent mous, mais Callum tendit la main et la rééquilibra. Elle croisa son regard tandis que sa grande main se refermait autour de son bras. La chaleur la consuma de ce contact et elle sut qu'il le sentait aussi. Il écarquilla les yeux avant de se reprendre. Puis, il indiqua l'épée recouverte, toujours juchée sur son épaule.

— Qu'est-ce que c'est ? demanda-t-il en la posant sur le sol.

Maggie essaya de l'arrêter quand il commença à la déballer.

— Attendez ! s'écria-t-elle.

— C'est chaud. C'est devenu chaud quand je vous ai touchée.

Là-dessus, Maggie s'immobilisa. *Comment était-ce possible ?* Elle regarda si le soleil la réchauffait depuis une fenêtre ou une fente dans la pierre, peut-être. Mais bien sûr, ce n'était pas le cas. Elle était juste devant quand ça s'était produit, à l'observer.

— Vous êtes sûr ?

Désormais plus inquiète à l'idée qu'il voie l'épée, elle se demanda plutôt ce qui avait causé ça. Après un temps d'arrêt, Callum réagit en différé et répéta la question :

— Si je suis *sûr* ?

Oups. On ne remet pas en question le laird. Il semblait irrité, expression du visage qui lui allait bien. Elle marmonna une excuse. *Note à soi-même : Callum ne doit pas être remis en question.*

— C'est une épée. Un héritage familial.

La bombe était jetée. Autant se lancer. Alors ici dans l'entrée du donjon, ils s'agenouillèrent sur le sol couvert de joncs. Quand il retira le dernier pan de toile de jute et que l'épée fut découverte, il leva les yeux vers elle. Un frisson lui parcourut l'échine.

— Où avez-vous eu ça ? demanda-t-il.

Il était en colère et suspicieux.

— Que voulez-vous dire ? Elle est à moi, affirma-t-elle, désespérée.

— Cette épée était dans ma famille depuis des années avant qu'elle ne soit perdue il y a deux ans.

— Cette épée était mon...

— Faites attention ! aboya-t-il.

Et elle retira sa main. Elle avait essayé d'attraper la lame, puisque sa main était sur la poignée.

— Callum, s'interposa Sœur Cateline. Sœur Margaret...

— Ce n'est pas une sœur ! Et ceci n'est pas son épée !

Mon Dieu, il était furieux.

Maggie attrapa la garde à cet instant, désespérée à l'idée de la reprendre, peu importe combien Callum était plus épais et fort qu'elle. Dans la précipitation, l'une de ses mains recouvrit l'une des siennes et l'autre la pierre. Elle aurait juré qu'elle luisait maintenant, chose qu'elle n'avait pas faite depuis dix-huit mois. Elle l'avait observée.

Souvent.

Attendant que la pierre reprenne vie. Ça n'avait jamais été le cas. Pas depuis qu'elle l'avait catapultée ici en Écosse, cinq cent quarante-deux jours plus tôt.

Maggie se figea. Était-ce tout ? Était-ce pour ça que Sœur Cateline avait tant insisté pour que Maggie vienne ici ? Sœur Cateline ne disait jamais rien. Le jour où Maggie était tombée sur l'abbaye et avait tambouriné à leurs portes, ce n'était pas Maggie, mais la présence de l'épée qui l'avait poussée à la faire entrer.

Maggie en était sûre, maintenant. Bien entendu, elle était bouleversée à l'époque et les sœurs aidaient, mais les yeux de Sœur Cateline avaient failli quitter leurs orbites quand elle avait vu l'arme. Et pas d'un air de dire *vous êtes là pour nous tuer*.

Avait-elle su qu'amener Maggie et l'épée ici réveillerait la pierre ?

La pierre allait-elle la ramener chez elle ?

Callum viendrait-il avec elle ?

Il lui fallut un temps pour se rendre compte que, si la pierre brillait, c'était tout ce qui semblait se produire. Il n'y eut pas de vision floue et le visage sévère quoique beau de Callum était clair devant elle. La pièce ne tournait pas autour d'elle et elle entendait très bien. Elle n'avait pas du tout la sensation d'être sous l'eau.

Elle espéra que la pierre serait irisée à ses yeux ou qu'il ne remarquerait rien d'étrange. La dernière chose dont elle avait besoin était qu'il la déclare sorcière.

Stupide vieille sorcière. Elle la détestait et la visualisa tomber en tas de poussière, comme une des mauvaises sorcières.

— Où avez-vous eu cette pierre ? demanda Callum d'une voix plus douce maintenant.

Il continua de toucher la pierre. Maggie réfléchit à comment lui répondre. Qu'était-elle censée lui dire ? La vieille sorcière me l'a donnée ? Un sortilège m'a fait voyager dans le temps quand j'ai placé la pierre dans l'épée ?

Ouais, c'est ça.

À la place, elle se contenta d'un :

— Que voulez-vous dire ? Elle fait partie de l'épée.

Ce n'était pas un mensonge. Une déformation de la vérité, certes.

Il secoua la tête.

— Non. Le joyau n'y était pas.

Il ne leva pas les yeux vers elle et garda le regard sur l'épée.

À le voir une paume sous la lame observer avec appréciation l'arme tout en suivant du doigt la poignée et la garde, Maggie frémit.

— Eh bien dans ces cas-là, il semblerait que ce ne soit pas votre épée.

Elle essaya de se défaire d'un étrange sentiment de déjà-vu.

Il lui sourit et elle manqua de défaillir en voyant l'éclat taquin dans ses yeux. C'était un éclat de joie pure. Un qu'elle n'avait jamais vu sur personne depuis... eh bien, depuis Derek. Il ressemblait à ça sur la photo qu'elle avait donnée à la vieille sorcière. Celle qu'elle n'avait jamais récupérée.

— Si, Maggie, ça l'est.

Il lui fallut un moment pour s'extirper de sa torpeur.

— Comment pouvez-vous en être aussi sûr ?

Il échangea ses mains, tint la poignée avec sa main gauche et tendit la droite, paume vers le haut.

Elle hoqueta.

Sans réfléchir, elle attrapa sa main pour examiner le motif tressé complexe marqué dans sa peau, identique à celui de l'épée. Quand ses pouces effleurèrent la cicatrice, elle sentit son ventre plonger.

C'était la troisième fois maintenant.

Ce n'était pas une coïncidence.

Quand elle leva les yeux vers lui, elle le vit qui soutenait son regard. Ses yeux lui renvoyaient cette sensation de tourbillon dans son ventre.

Sœur Cateline s'interposa alors, faisant sursauter Maggie.

— Nous réglerons ça plus tard. La journée a été longue, rappela-t-elle en les jaugeant du regard.

Callum détacha son regard d'elle et étudia sa tante.

— Tu sais que c'est mon épée, ma tante. Tu étais là le jour où mon père me l'a donnée.

Maggie retint son souffle, ne sachant pas ce qu'elle dirait. Cette épée était tout ce qu'elle avait de valeur. C'était celle de Derek. Un de son seul lien à chez elle.

Sœur Cateline haussa les épaules et répliqua :

— Que veux-tu que je te dise, Callum ? Je suis vieille.

Maggie se demanda de nouveau si elle avait su tout du long. Et si oui, pourquoi n'avait-elle rien dit ? Elle leva les yeux vers Callum.

— S'il vous plaît, je vous en prie, ne me la prenez pas. C'est tout ce que j'ai.

Il sembla pris de court par sa requête et baissa les yeux sur ses mains qui tenaient toujours la sienne. Embarrassée de se voir la serrer contre sa poitrine, elle desserra sa poigne. Callum retira lentement sa main et Maggie en ressentit profondément la perte.

Après un long moment de silence, les yeux dans les yeux, il se leva et l'aida à en faire de même en enroulant sa grande main autour de son bras. Il ne dit rien sur l'épée, mais il y avait un éclat de résignation dans ses yeux qui rendit Maggie vacillante de soulagement.

Elle n'était pas sûre de ce qu'était cet accord. Mais l'idée de passer à autre chose après cette introduction épuisante et cette démonstration était grandement appréciable. Sans un mot de plus, Callum se tourna et se dirigea vers l'escalier. Maggie s'arrêta, incertaine, mais avec un coup de coude de Sœur Cateline, elle le suivit, la religieuse et Albert sur son sillage.

Se concentrer sur le décor lui permit de se calmer et de laisser la panique diminuer suite à la découverte intense de l'épée. Dans sa vie au XXIe siècle, Maggie était obsédée par les visites guidées virtuelles des maisons à vendre. Céleste et elle s'envoyaient des liens sans relâche, s'inventant des vies fictionnelles qu'elles mèneraient en y habitant. Les maisons qu'elles choisissaient étaient grandes et élégantes, mais aucune n'était aussi belle que le splendide château du XVe siècle que Maggie avait trouvé en vente quelque part en France, une fois. Bien sûr, il avait été rénové, mais ce château-ci le lui rappelait.

Les sols et murs en pierre étaient gris clair et propres. Les fenêtres étaient en verre épais, encadrées de volets, avec de profonds rebords de fenêtre. Les poutres larges en bois teint soutenaient le plafond au premier étage. L'escalier longeait le mur sur la droite dans une longue ascension pas trop pentue vers un grand palier qui reliait deux tourelles.

Visiblement, il y avait cinq chambres à cet étage. Chacune avait une grande porte en bois au milieu d'une arche épaisse en pierre. La seconde chambre devant laquelle ils passèrent serait celle où dormirait Sœur Cateline. Quand Albert tint la porte ouverte pour la religieuse, Maggie faillit hoqueter à voix haute. Elle n'avait eu qu'un aperçu, mais la pièce semblait très jolie. Sœur Cateline lui dit au revoir et Albert la suivit avec sa sacoche. Maggie retint son souffle, se demandant laquelle serait la sienne et ce qui se trouverait à l'intérieur.

Toujours muet, Callum ouvrit la porte d'à côté, sur la droite, et attendit qu'elle entre. En avançant d'un pas, elle faillit trébucher et tomber au sol tandis qu'un flot de larmes lui montait encore aux yeux. Des bonnes larmes.

Ce n'était *pas* le château sombre, humide et sale auquel on s'attendrait pour l'époque. De beaux tapis recouvraient les sols, de jolies tapisseries étaient accrochées aux murs et du tissu d'ameublement riche décorait la majorité des meubles. *Comment diable avait-elle eu la chance de finir ici ? Attends... la chance ? D'où lui venait cette idée ?*

La pièce en elle-même était assez grande, avec un lit à

baldaquin contre le mur du fond. Une zone pour s'habiller se trouvait à gauche, un secrétaire et un espace pour la correspondance personnelle ou autre, à sa droite. Enfin, un espace détente attirant avait été mis en place devant la grande cheminée.

Maggie fit volte-face vers Callum, la bouche grande ouverte d'émerveillement. Pile à ce moment-là, une jeune fille entra dans la pièce et tira la révérence.

— Maggie, voici Nessa. Elle veillera à ce dont vous pourriez avoir besoin, lui indiqua Callum.

Nessa se hâta aussitôt d'aller allumer un feu. Callum mit un point d'honneur à poser l'épée sur deux crochets en fer juste à côté de lui sur le mur, comme s'ils étaient placés là spécifiquement pour accueillir une arme.

— Bon, laissons ça ici pour l'instant, dit-il avant de quitter la pièce.

Un instant plus tard, il était de retour avec son coffre. Il le posa et lui désigna le paravent dans l'espace dressing, où se trouvait une autre porte.

— Vous trouverez une antichambre et des latrines personnelles au fond.

Il la quitta alors.

Nessa courait dans tous les sens, mais Maggie resta plantée au centre de la chambre. *Sa* chambre. C'était submergeant, cette sensation qui la traversait. Elle était passée de vivre dans des conditions humbles et plutôt lugubres à ça. Elle était reconnaissante pour les nombreuses bénédictions qui semblaient l'attendre. Non que voyager dans le temps soit une bénédiction. Mais elle se sentait chanceuse d'avoir trouvé Sœur Cateline et maintenant de venir à Dunhill.

Pendant que Nessa accrochait ses vêtements dans l'armoire, Maggie prit ses deux sacs en lin et écarta discrètement ses trésors de son époque. Son téléphone, son jeu de jacks et le médaillon de loup, qu'elle agrippa sous son haut. Tout ça était sur elle quand elle était arrivée.

Nessa proposa de lui préparer un bain. À son immense gratitude, elle lui fit un grand sourire et lui montra la baignoire dans l'antichambre, qu'elle avait déjà à moitié remplie d'eau fraîche. Refusant l'aide de Maggie quand elle la proposa, Nessa fit deux voyages avec des bassines d'eau chaude pour qu'elle puisse avoir un bon bain.

Maggie alla chercher son savon dans son coffre, mais Nessa sourit et secoua la tête. Elle ouvrit un petit placard contre le mur et sortit un plateau rempli de savons et d'affaires de toilette. Maggie lui lança un immense sourire, puis éclata de rire.

— Alors voilà d'où vient la réserve de Sœur Cateline ? Je me suis toujours posé la question.

— Oïl, elle et Maîtresse Isabeau adoraient les savons. Callum et son père en rapportaient toujours à la maison quand ils revenaient de voyage.

Après lui avoir montré où les linges en lin se trouvaient et en avoir étendu un sur un banc, Nessa la laissa en toute intimité.

Callum confronta sa tante dès qu'ils entrèrent dans sa chambre. Elle était à côté de celle de Margaret – non, Maggie, se corrigea-t-il. Ainsi parla-t-il à voix basse, malgré les épais murs en pierre, de peur que le bruit traversât.

— Tu sais que c'est mon épée.

Sa tante se tourna et lui jeta un regard acerbe.

— Bien sûr que je sais que c'est ton épée, Callum. C'est pour ça que je l'ai apportée ici. J'essaie de la faire venir depuis plus d'un an maintenant ! ajouta-t-elle en tapotant du doigt le torse de son neveu.

Callum soupira et hocha la tête. Elle avait essayé, oui. Son irritation était justifiée. Mais quand même...

— Nous ne sommes pas dans un château magique à la Camelot, ma tante. Le gardien de l'épée n'est pas destiné à quoi que ce soit.

— Elle a la pierre, répliqua-t-elle.

Comme si c'était très important.

Il était vrai que le fait que Maggie fût en possession du saphir était inhabituel – étrange, même – mais Callum n'était pas du genre à céder aux complots, même pour des choses joliment imaginées comme cela. Il aurait parié qu'il y avait des dizaines d'endroits où l'on pouvait obtenir une pierre qui y logeait.

— Ça ne veut pas dire que mon épée est soudain devenue Excalibur ou je ne sais quoi.

— Si tu le dis, Callum.

Elle farfouilla dans son sac, ignorant sa présence, mais Callum crut déceler un petit sourire au coin de ses lèvres. Bien sûr, elle savait qu'elle avait piqué sa curiosité.

— Ma tante ?

— Oh, Callum, soupira-t-elle avec un sourire mélancolique. Ta mère et moi adorions tellement les récits de Camelot, de Tristan et Isolde, de...

— Oïl, ma tante, je m'en rappelle bien. C'est la raison pour laquelle nous avons un solarium rempli de romans et de poésie.

Sa mère et sa tante adoraient les récits romantiques, c'était comme ça que son père avait rencontré sa mère.

Sa tante se plaça devant lui et prit son visage dans ses mains.

— Elle me manque tellement. Je peux encore entendre sa voix, Callum.

Elle se mit à pleurer en parlant. Pour être honnête, lui-même sentit les larmes monter. Sa mère était éclatante et belle. Animée et pleine d'affection, elle était la lumière aux yeux de tous. Son père l'adorait, comme tous ceux qui avaient la chance de croiser son chemin.

Souhaitant repousser l'inondation d'émotions que ce souvenir provoquerait sûrement, ou au moins s'en débarrasser vite, Callum se concentra sur son épée et le mystère qui l'entourait. En vérité, personne n'avait jamais parlé du creux dans le pommeau de l'épée. Étrange, comprenait-il désormais.

C'était comme si tout le long de sa vie, ça n'avait pas eu d'importance.

Pourtant, maintenant, selon sa tante, cela voulait tout dire.

— Comment as-tu su pour la pierre ?

Sa tante sourit alors, ce qui fit couler quelques larmes du coin de ses yeux. Elle lui prit la main et le mena dans l'espace salon de la chambre, près de la cheminée, un geste qui lui rappela sa mère.

Viens, Callum, lui disait sa mère en prenant sa main dans la sienne. *Viens t'asseoir avec maman.* Elle voulait savoir ce qu'il avait fait ce jour-là, ou bien elle lui racontait une histoire drôle. Quand il était encore très jeune, elle le tirait sur ses genoux. Sa joue chaude contre la tempe de Callum, sa voix chantante douce à son oreille.

Il avait eu hâte de ces choses-là avec son propre fils ou sa fille, de l'inonder de chaleur et d'amour comme sa mère l'avait fait.

En grandissant, leurs conversations auprès du feu parlaient d'amour et de tout ce que cela apportait, en bien comme en mal. Qu'est-ce qu'il ne donnerait pas pour l'avoir avec lui maintenant.

Une histoire de plus... Un sourire de plus... N'importe quoi.

Elle rendait la vie meilleure, peu importe les circonstances. Même au plus sombre des moments.

Callum était désormais assis avec sa tante dans l'un de ses fauteuils préférés. Un des nombreux qui avaient fait le voyage depuis la maison ancestrale de sa mère et de sa tante en Aquitaine, jusqu'aux rivages de Dunhill. Envoyé avec amour par le grand-père de Callum qui voulait que leurs filles aient un bout de chez elles.

Comme le racontait sa mère, le grand-père de Callum avait amené ses filles à la bastide de Libourne. Il devait y rencontrer un marchand qui avait écrit qu'il avait en sa possession de nombreux livres que son grand-père cherchait pour sa mère et sa tante. Ayant déjà eu affaire au marchand par le passé, il avait saisi l'occasion. On lui avait dit qu'il avait ensuite regretté cette rencontre, car l'ami du marchand – le père de Callum – n'avait eu besoin que d'un regard à sa mère pour tomber fou amoureux.

— Elle me manque tous les jours, Callum, lui dit Cateline. Je suis désolée que tu aies autant souffert. Peut-être devrais-je rester à Dunhill et quitter l'église. Peut-être Margaret est-elle la raison pour laquelle je devais y être.

— Bien sûr, tu es la bienvenue quand tu le souhaites. Mais que veux-tu dire, Margaret est la raison de ta présence là-bas ?

— Quand j'ai vu l'épée avec sa pierre fermement en place, j'ai su de suite qu'il y avait plus à l'histoire de Maggie. Ta mère a retiré le joyau quand tu n'étais qu'un bébé dans son ventre, pour payer pour la protection de ton cœur.

— On voit bien comment ça s'est terminé. Pas avec l'histoire d'amour épique traditionnelle que vous adoriez, la mienne est devenue une tragédie. C'est une bonne chose que la pierre nous soit revenue, si nous avons été aussi grossièrement escroqués.

— Tout d'abord, mon neveu, répondit-elle en prenant ses joues. Elle me manque tous les jours. Elle était la personne la plus proche de moi, ma confidente et... nous avons tellement aimé te regarder grandir.

Elle sourit. Comme souvent quand ils parlaient de sa mère, elle devenait distraite.

— Ton père aussi. Je suis désolée que tu sois seul, mais il faut que cela soit clair... tu as *souffert* d'une tragédie, mais ta vie n'est *pas* une tragédie.

Il ne voulait pas parler davantage de ce sujet.

— Parle-moi de la pierre.

— Ah, commença Cateline les yeux brillants. *Ça*, c'est une histoire. Chaque printemps, ton père nous emmenait à une fête, qui attirait du monde de très loin. Chaque année, parmi les marchands et le bétail, il y avait ceux qui pratiquaient les arts occultes. Isabeau était tentée par un grand nombre d'entre eux, mais elle disait que ceux qui avaient vraiment des pouvoirs n'avaient pas besoin de chercher à faire affaire. Elle ne voulait parler qu'à l'une d'entre eux. La femme céleste aux yeux vibrants, qui ne s'embêtait jamais d'un décor tapageur ou de tours de passe-passe. Cette femme, aux yeux qui semblaient luire, n'avait besoin que d'elle-même, rien de plus. Une année, Isabeau est allée la trouver et lui a dit qu'elle voulait assurer à son fils le plus grand des amours.

Cela ne surprenait pas le moins du monde Callum. Sa mère

avait toujours été du genre à croire en la magie. Elle croyait que tout était possible quand il s'agissait d'amour véritable. Peu importait ce que sa mère et sa tante pensaient avoir marchandé pourtant, cela ne s'était probablement pas passé. L'amour profond et durable qu'il avait eu était enfoui là-bas, sur la colline. Ce qui lui rappela qu'il devait encore placer une pierre sur leur tombe aujourd'hui.

— Je n'oublierai jamais cette femme regardant le ventre de ta mère et poser une main dessus, raconta Cateline après un moment, d'une voix calme.

Sans savoir ce qui lui arrivait, il comprit que ce n'était pas simplement un joli récit. Si jusque-là, il avait écouté d'une demi-oreille et avec beaucoup de doutes, il commença à saisir la gravité de cette histoire.

— Puis, elle a plongé son regard dans les yeux de ta mère et a dit de la voix la plus menaçante que j'ai entendue...

Elle frémit.

— Qu'a-t-elle dit, ma tante ?

— Elle a dit : *Il y a un prix pour ce que tu cherches.*

— Et qu'a fait Mère ?

— Ce soir-là, elle a retiré la pierre de l'épée de ton père. À l'aube, nous avons passé la matinée à pourchasser le groupe qui était parti la nuit vers leur prochaine destination.

Bon Dieu, quand il s'agissait d'amour, sa mère n'avait peur de rien.

— J'imagine que vous l'avez trouvée.

Sa tante hocha la tête.

— La pierre avec laquelle Isabeau a payé est celle placée dans ton épée.

— Tu en es sûre ?

— Je parierais ma vie dessus. Je vais te dire, Callum Sebastian O'Roarke, ta mère a ramené l'espoir et la vie dans mon vieux cœur.

C'était beaucoup à encaisser, cette histoire que lui contait sa tante et il ne fut pas dérangé quand elle le congédia, fatiguée de sa journée. Après avoir quitté sa chambre, Callum retourna à la porte fermée de Maggie. Tout en se grattant la barbe, il se demanda comment elle avait trouvé l'épée. Elle avait disparu une nuit il y avait deux ans maintenant. La pierre était un encore plus grand mystère. Maggie était bien trop jeune pour être l'enchanteresse à qui sa mère avait rendu visite des décennies auparavant.

Il n'avait pas vu l'épée depuis la nuit où il avait crié sur le Tout-Puissant et avait été frappé par la tempête.

Il avait perdu cette bataille.

Son cheval, heureusement indemne, quoique nerveux, l'attendait à côté de lui. Callum avait bandé sa main et cherché l'arme, mais elle n'était nulle part et il avait conclu qu'elle avait dû tomber dans l'eau. Plus tard, il avait fait faire une autre épée, mais elle ne lui avait jamais convenu comme celle qu'il avait perdue.

Fixant les cicatrices sur sa paume, il se rappela le regard de Maggie quand elle les avait vues. Comme elle avait hoqueté et pris sa main dans les siennes. C'était une étrange sensation, d'être touché avec tant d'attention. D'être regardé aussi... aussi curieusement.

Il aurait juré pouvoir encore sentir son contact.

Callum ne la revit pas avant le dîner. Quand elle entra dans la salle à manger, la grâce de ses mouvements le frappa. Une prouesse, étant donné qu'elle avançait avec prudence, comme si une trappe pouvait céder sous ses pas. Ses yeux allaient et venaient autour d'elle. Si son père ne l'avait pas entraîné à détecter de telles subtilités, ce comportement discret serait passé inaperçu.

Ce qui était plus intriguant, c'était le contraste entre ses cheveux noirs et sa peau albâtre. Margaret Sinclair était très belle, malgré le tissu simple et abîmé de sa robe. Vivre à l'abbaye ne lui permettait pas d'avoir grand-chose. Au moins, la robe lui allait bien, songea Callum.

Ils se réunirent autour de la table et il se questionna sur l'appréhension de Maggie. Après tout, elle était dans un endroit étrange avec des personnes étrangères. Quand Cateline entra, il remarqua que les épaules de Maggie se détendirent visiblement.

— Ide est une bonne cuisinière, indiqua Callum, espérant enfin apaiser Maggie.

Car en effet, la cuisine à Dunhill était bien au-dessus de la normale.

— Oh oïl, confirma sa tante le sourire aux lèvres, tout en prenant la main de Maggie. Je t'ai caché quelques petites choses, ma belle. Tu t'apprêtes à en découvrir une autre.

Bon Dieu. Son cœur se serra en voyant le regard que Maggie lui lança. À l'évidence, elle ressentait plus que de l'affection pour sa tante.

— Si c'en est une autre, ma tante, quelle était la première ? demanda Callum.

Maggie le regarda à ce moment-là.

— Je ne savais pas que votre demeure serait aussi agréable.

Il sourit.

— Oïl, ma mère et la famille de ma tante avaient beaucoup de moyens.

Maggie sembla surprise.

— Ah oui ? Sœur Cateline, vous ne me l'avez jamais dit.

Ide, Albert et Nessa apportèrent alors le souper. Ide se surpassait toujours quand sa tante était là. Celle-ci avait une place spéciale dans son cœur. Pour dire la vérité, Ide préparait toujours de bons plats, même quand le repas était simple.

Ce soir ne fut pas différent. Une viande savoureuse avec des légumes-racines et du pain épais et croustillant apparut sur la table, un des plats préférés de sa tante. Maggie rayonna quand il ouvrit la soupière. Elle prit une petite portion et mangea lentement, comme savourant chaque bouchée.

Tante Cateline tint Callum occupé, lui donnant des nouvelles de leur famille éloignée. Mais Callum ne cessait de se déconcentrer. Ses yeux retombaient encore et encore sur Maggie. Il l'observait tendre la main pour déchirer un morceau de pain, tandis que la voix de sa tante bourdonnait dans son oreille.

Quand il lui passa du beurre, qui était hors de sa portée, elle sourit et murmura des remerciements. Sa voix était douce et plaisante.

Callum la remarqua jeter un coup d'œil à la soupière plusieurs fois dans la conversation. Il se resservit avant de la pousser vers elle. Elle leva les yeux.

— Mangez, lui dit-il. La cuisine a sa propre part. Et puis, Ide serait insultée que vous ne finissiez pas.

Pour le dessert, ils eurent une pâtisserie remplie de fruits qu'Ide avait appris à faire la dernière fois qu'elle était allée rendre visite aux MacGreggor à Seagrave. Leur cuisinière était remarquable. La femme de Greylen, Gwen, prenait de grandes libertés dans ses menus, une aubaine pour eux. Si Maggie était ravie de ce repas simple, il ne pouvait qu'imaginer son plaisir à... *Comme c'était étrange...* Il avait envie de la voir heureuse.

Cela faisait si longtemps qu'il n'avait pas ressenti ça qu'il faillit en tomber de sa chaise. C'était remarquable. Quelque chose d'aussi simple que de veiller sur quelqu'un pourrait lui apporter un peu de paix, ou plus encore, une étincelle de vie.

À y réfléchir, il ressentit un pincement de culpabilité. N'était-ce pas abandonner le souvenir de sa femme et de son bébé ? Il repoussa cette idée et reporta son attention sur sa tante, qui racontait à Maggie comment Isabeau et elle avaient rencontré le père de Callum pour la première fois, et l'excitation qui avait suivi. Comment leur maison en Aquitaine était devenue un fourmillement d'activité les mois suivants, jusqu'à ce que les sœurs se rendissent à Dunhill.

À entendre sa tante, on pourrait croire qu'une armée les escortait. Les hommes en lesquels son père avait le plus confiance les avaient accompagnées. Callum savait d'expérience, à les avoir fréquentés quand il était petit, qu'ils avaient leur façon de vous donner l'impression d'être au beau milieu des chevaliers de Camelot. Callum se considérait chanceux d'avoir grandi dans l'ombre d'hommes bien entraînés, intelligents et sans peur.

Il fut surpris de voir le dîner se poursuivre avec tant d'aise. En fait, ce fut également le cas pour le reste de la soirée. Après le souper, ils avancèrent dans le rez-de-chaussée et montrèrent à Maggie les pièces d'importance, et d'autres qu'il avait en vérité oubliées. Puis, ils se promenèrent juste tous les deux dans la cour. La nuit était claire et il était encore tôt. En rentrant au donjon, sa tante les rassembla dans le grand salon.

— Maggie, ma chère. Pourquoi ne vas-tu pas chercher ton jeu ? Je pense que la dalle devant la cheminée dans le grand hall est assez lisse pour ne pas bloquer tes babioles.

Maggie regarda sa tante avec scepticisme, puis l'observa lui. Cateline avait certes été plus enjouée que d'habitude toute la soirée, levant son verre pour porter toast après toast tout en faisant parler Callum et Maggie. Presque comme si elle jouait à l'entremetteuse. Même si lui appréciait ses machineries, il pouvait comprendre que cela soit intimidant pour une nouvelle venue. Il haussa un sourcil, car il n'avait aucune idée de ce dont Cateline parlait.

— Ma tante est pleine d'idées et de concepts ce soir, Miss Sinclair. Qui sommes-nous pour éteindre sa flamme ?

Encore une fois, il espérait la mettre à l'aise.

Pendant qu'elle montait, il escorta sa tante dans le grand hall où il servit un petit verre de brandy. Sa tante déclina et s'installa dans un des grands fauteuils devant la cheminée. Il prit place dans celui à côté d'elle.

Miss Sinclair les rejoignit quelques instants plus tard et se plaça devant eux, avant de regarder sa tante. Callum réprima un sourire amusé, encore plus intrigué par ce qui s'apprêtait à se passer.

Sa tante hocha la tête.

— Vas-y, ma belle. J'adore te regarder jouer.

Maggie osa un regard dans sa direction et, à sa grande surprise, s'assit sur le sol en pierre froid. Il faillit recracher la gorgée de brandy qu'il venait de prendre quand elle plia sa jambe d'un côté et étendit l'autre sur le côté, révélant une bonne proportion de peau lisse presque jusqu'au genou.

Il l'observa et inclina la tête tandis qu'elle ouvrait un petit sachet noir avec un système de fermeture étrange. Puis, elle sortit avec précaution le contenu et le plaça en pile entre le V de ses cuisses avant de récupérer rapidement une sphère colorée qui commençait à rouler. Des objets étranges argentés étaient exposés devant elle.

— Je vous en prie, dites-moi, Maggie de Sinclair, qu'avez-vous là ? demanda-t-il intrigué.

— On appelle ça un jeu de jacks.

Elle récupéra les objets argentés dans sa main et les lui montra. Elle lui laissa le temps de les examiner. Son regard alla de lui à sa tante. Callum vit sa tante hocher la tête et moins d'une seconde plus tard, elle jeta doucement les pièces devant elle.

Il l'observa intensément pendant plusieurs minutes pendant qu'elle réalisait ce qui semblait être une séquence, certain de n'avoir jamais vu un jeu pareil. Il était encore plus sûr que, quoi que fût cette sphère, elle ne venait pas de ce monde. Il se rappela la femme de Greylen, qui possédait son lot d'étrangetés, elle aussi.

Alors, la sphère rebondit et vola vers lui. Il l'attrapa au moment où Maggie de Sinclair hoquetait. Il fit rouler entre ses doigts cette merveille qu'il ne comprenait pas.

Et alors, il fut certain que quelque chose de bien plus grand se déroulait à l'instant présent.

CHAPITRE 7

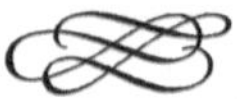

Maggie observait Sœur Cateline quitter Dunhill, le cœur de plus en plus lourd au fur et à mesure qu'elle s'éloignait. Maintenant que Cateline retournait à l'abbaye, Maggie se rendait compte qu'elle était vraiment seule. Elle resta en haut des marches à regarder la charrette jusqu'à ce qu'elle ne soit plus qu'un point à l'horizon, puis elle inspira profondément pour se calmer.

Quand elle se tourna, Maggie fut surprise de voir Callum appuyé contre l'embrasure des portes du donjon, à mâchonner une brindille. La matinée était chaude pour une fin d'automne et il avait laissé les liens de sa chemise desserrés. La tunique lui rappelait un Henley au col en V avec manches trois-quarts, ce qu'elle préférait acheter pour Derek, sauf qu'il y avait des lacets au lieu de boutons.

Pour un homme aussi sérieux et intense, il avait une attitude sous-jacente désinvolte. Elle s'aperçut à ce moment-là que c'était ce qui arrivait quand la dure réalité de la vie s'abattait sur vous. D'une nature optimiste et pleine de joie de vivre, on devenait douloureusement conscient de la nature arbitraire de la vie et des coups de la réalité. En n'ayant plus qu'un rapide aperçu de qui l'on avait été, il était facile de se sentir détaché.

D'être un peu imprudent. Elle était passée par là, elle comprenait.

— Elle reviendra. Plus tôt que vous ne le pensez.

C'était une gentille remarque, qui lui rappelait de nouveau son caractère attentionné. Sœur Cateline avait raison sur son neveu. Ces derniers jours, Callum avait été poli et naturellement bon. Proposant d'escorter sa tante dans le château, se levant quand la sœur ou elle entrait dans une pièce. Maggie l'avait même vu prendre le jeune bébé de Nessa, qui piquait une crise à cause d'une poussée de dents, pour apaiser le petit. C'était cette dernière chose qui l'avait le plus surprise.

Maggie, qui s'était toujours considérée bonne juge de caractère, nourrissait de hauts espoirs. Qui sait, ils pourraient même être amis. Ne serait-ce pas bien ? D'avoir un ami à nouveau.

— Je l'espère.

Sœur Cateline lui manquait déjà ; elle était la seule constante de Maggie.

Avec un hochement de tête, Callum commença à descendre les marches. Se sentant un peu perdu et n'ayant rien à faire, Maggie le suivit. Il se pencha sans prévenir – *là, au milieu des marches* – et elle lui rentra dedans.

Rapide comme l'éclair, il se retourna et les équilibra tous les deux avant qu'ils ne trébuchent.

— Vous allez bien ? demanda-t-il en étudiant attentivement son visage.

Maggie ne répondit pas pendant un moment, trop ébahie par sa poigne sur son biceps. Elle ne se rappelait pas la dernière fois qu'elle avait eu un contact humain.

Ce genre de contact humain – être tenue dans le cercle des bras de quelqu'un.

Ça faisait des années.

Elle rougit. Il était si près. Assez près pour qu'elle puisse sentir chaque centimètre de son corps musclé et impressionnant. Assez près pour détecter un soupçon d'odeur de pin sur son visage récemment lavé et rasé. Assez près pour voir les éclats vifs dans ses yeux d'un bleu profond. Assez près pour sentir sa chaleur, son souffle à l'haleine fraîche. La menthe, reconnut-elle. Il mâchonnait un brin de menthe.

On aurait dit un assaut frontal complet de Callum O'Roarke. Elle rit, espérant couvrir la sensation innommable qui devait être visible sur son visage.

— Je suis désolée. Je vous suivais.

Elle hocha les épaules, toujours dans ses bras et ajouta :

— Un peu comme un chiot.

Callum rit et ses traits se détendirent.

— Vous trouverez votre chemin, Maggie de Sinclair.

La veille aussi, il l'avait appelée ainsi, quand ils s'étaient retirés dans le grand hall après le souper. Sœur Cateline avait suggéré à Maggie que l'espace devant la cheminée serait parfait pour jouer aux jacks. Ce qui lui apportait un réconfort nostalgique. Alors pendant que Callum et Sœur Cateline étaient assis dans de grands fauteuils devant le feu, elle avait veillé au divertissement de la soirée. Si l'on peut dire. Même avec une activité des plus ennuyeuses pour un de ses contemporains, ils auraient pu la payer une fortune pour la regarder. Quand Callum l'avait interrogée sur son jeu de jacks, il l'avait fait d'une façon mystérieuse : *Je vous en prie, dites-moi, Maggie de Sinclair, qu'avez-vous là ?* Il en était d'autant plus intrigant, à boire son brandy dans un gobelet tandis que la lumière du feu dansait sur son visage.

Revenant au présent et à son affirmation, elle demanda :

— Comment le savez-vous ?

Il paraissait si sûr. Aussi assuré que lorsqu'il avait attrapé sa balle et l'avait passée entre son pouce et ses doigts avant de la lui rendre. Comme si la réponse à quelque chose lui était apparue clairement.

— On finit tous par le faire, Maggie. Peu importe ce que la vie nous envoie.

Sortant de ses rêveries, elle insista :

— Vous êtes sûr ?

Il réfléchit à sa question, sans la lâcher. Toute personne normale l'aurait déjà relâchée. Mais après tout, Maggie ne s'était pas dégagée non plus.

Callum acquiesça.

— Oïl, j'en suis sûr.

— Où avez-vous trouvé cette menthe ?

Il sourit, provoquant une autre réaction physique chez elle : elle sentit son estomac plonger et resserra sa main sur sa chemise par réflexe. Le tissu doux se crispait sous ses doigts. Elle s'interrogea sur la réaction de son corps à la proximité de Callum – ce n'était pas la première fois. Son cœur et son esprit voulaient lui résister – pour son bien et en la mémoire de Derek – mais c'était indéniable. Ils avaient une alchimie.

Une véritable alchimie physique.

L'idée de se laisser ressentir quelque chose, et encore plus, d'aimer quelqu'un, la terrifiait. Elle savait le naufrage que provoquait un cœur brisé. Elle fut ravie quand Callum la laissa se tenir seule. Enfin.

— Voilà une bonne question, dit-il avec un éclat agaçant dans les yeux. Ide la conserve dans une cruche sur le plan de travail.

Il fallut un moment à Maggie pour comprendre à quoi il répondait. Contente d'écarter ses pensées précédentes, elle se concentra là-dessus. La menthe.

Investie d'un nouveau but, elle sourit et tira la révérence – bon Dieu. Elle partit en murmurant un remerciement, se rendit en cuisine tout en répétant *i-da* dans sa tête, espérant que la bonne prononciation du nom d'Ide rentrerait enfin.

Dunhill était peut-être grand, mais de ce que Maggie en voyait, il n'y avait que quatorze personnes qui y vivaient. Oui, elle avait compté. Il n'y avait pas grand-chose pour la stimuler maintenant. La vie avançait si lentement, ici. Alors elle versait son énergie dans son environnement et cette terre inconnue.

Elle rentra dans le donjon et dépassa le vestibule, frappée par une vague de plaisir. Elle fut surprise de voir que c'était comme rentrer chez elle. Elle passa les doigts sur les fleurs fraîches que Nessa ou Rose avaient placées dans le vase. Il était au milieu d'une table ronde très grande et teinte, joliment sculptée, qui suivait les courbes de l'escalier.

Maggie s'émerveillait de la beauté de cet endroit qui serait désormais sa maison. C'était étrange, comme sentiment. Elle ne l'avait pas ressenti depuis longtemps. C'était agréable, aussi. Même avec la confusion qui accompagnait ce qu'elle ressentait avec Callum.

Les cuisines étaient à l'arrière du château. Maggie les avait aperçues, sa première nuit ici. Callum et Sœur Cateline lui avaient fait visiter le rez-de-chaussée. Toutes les pièces d'importance à cet étage avaient une entrée énorme en forme d'arche. Certaines avaient des doubles portes, comme le bureau de Callum et deux petits salons.

Plus elle s'approchait des cuisines et s'aventurait dans le château, plus l'architecture interne changeait. Les pièces étaient marquées par une seule porte, quoique joliment réalisée. C'était là que se trouvaient les logements du personnel, ainsi que les pièces plus utilitaires. Comme l'atelier de couture et celle remplie de rien d'autre que des torchons et du cirage à chaussures.

Après avoir tourné à gauche au bout du couloir, Maggie posa les yeux sur la cuisine. À l'intérieur, Ide et deux filles s'affairaient dans tous les sens. Maggie fit la révérence en entrant. C'était maintenant une habitude, se rendit-elle compte.

— Pas besoin de me faire la révérence, ma chérie, lui dit Ide.

Ses mots doux lui rappelaient Sœur Cateline.

— Callum me dit que vous avez de la menthe ?

— Oïl, et du persil. Lady Gwendolyn dit que les bénéfices sont nombreux.

Maggie se demanda qui était cette Lady Gwendolyn. C'était la deuxième fois qu'on mentionnait son prénom maintenant. Après le dessert la veille, Callum avait expliqué que de nombreuses recettes d'Ide venaient de Seagrave et de sa maîtresse.

Qui qu'elle soit, Maggie était reconnaissante qu'elle ait rapporté de la menthe à Dunhill. C'était l'une de ses saveurs préférées. Elle n'en avait pas senti depuis presque deux ans. Sur une grande table rectangulaire collée au mur, Ide avait étalé un assortiment d'objets. Les herbes précédemment mentionnées, un panier avec un tissu à carreaux en lin et du pain, un plateau de fromages et de fruits et un pichet d'eau fraîche. Maggie attrapa du persil et de la menthe, puis se servit une poire, qu'elle glissa dans la poche de sa robe.

De retour dans sa chambre, elle s'attarda près de la porte, touchant pensivement la pierre sur son épée. Peu importe l'heure de la journée, la lumière l'éclairait juste ce qu'il fallait pour la faire briller. Même si elle savait maintenant que son scintillement était un hasard – pas une indication qu'elle la renvoyait chez elle – elle avait pris pour coutume de la toucher à chaque passage.

Elle s'installa devant le secrétaire et écrivit une autre lettre pour Céleste, quelque chose qu'elle avait fait chaque jour depuis son arrivée à Dunhill. Quel luxe d'avoir de l'encre et une plume. Et un endroit agréable à elle, où s'asseoir.

La vue depuis sa chambre, en plein milieu du château, donnait sur la cour et les bâtiments l'entourant. Pas étonnant que la famille O'Roarke ait choisi cet endroit pour élire résidence. On pouvait voir qui allait et venait. Surtout en temps de crise ou de guerre. Maggie frémit à cette idée.

Plus tard, elle partit en exploration. Elle passa du temps à parcourir les étagères du solarium. Quelle chance pour elle que la famille de Callum apprécie la littérature. Vu qu'ils étaient au milieu de la Renaissance européenne, Maggie avait le choix entre de nombreux travaux littéraires, religieux et séculiers.

Imaginez sa surprise de trouver *Les Contes de Canterbury* de Chaucer et *la Divine Comédie* de Dante. Plusieurs récits de Tristan et Isolde, Camelot et le Graal de la légende arthurienne. Elle choisit un livre de cette dernière, écrit en français. Au moins une langue qu'elle comprenait, après quatre ans d'apprentissage au lycée et deux à la fac. La lire pourrait être plus difficile, mais elle s'y attela. Ce n'était pas comme si elle manquait de temps. Vu le nombre de livres qu'il y avait, autant s'y plonger.

Cet après-midi, depuis son perchoir dans le grand salon – c'était l'endroit qu'elle préférait – elle vit Callum entrer dans le donjon. Elle se demanda ce qu'il faisait pendant la journée. Qu'est-ce qui le retenait ailleurs pendant tant d'heures ?

Il passa ses doigts dans ses cheveux, une habitude qu'elle avait remarquée dès le début. De grandes mains, des mèches épaisses. Il commença à avancer dans le couloir vers son bureau, mais s'arrêta et l'observa un long moment avant de dire :

— Vous êtes en sécurité ici, Maggie.

L'intensité dans ses yeux la fit sursauter. D'où cela venait-il ?

— Pourquoi dites-vous cela ?

Soudain, elle ne se sentait *pas* en sécurité.

Il marcha jusqu'à elle et tendit lentement la main vers elle, avant de s'arrêter près de son cou. Maggie hocha la tête, l'autorisant à la toucher, essayant d'ignorer la chaleur qu'éveillait en elle sa main.

Callum toucha doucement sa nuque. Maggie frémit, se rappelant la sensation ressentie dans ses bras, le matin même. Elle se demanda s'il l'avait senti, lui aussi. Ce... ce *je-ne-sais-quoi* qu'il y avait entre eux.

— Cela, dit-il en tapotant son pouls, m'indique que vous avez peur.

Tout le monde n'était pas entraîné à remarquer de telles choses. De nouveau, elle fut frappée par sa perspicacité.

— Ce n'est pas parce que le battement de mon cœur est erratique que j'ai peur.

En l'occurrence, *il* faisait accélérer son cœur. Elle n'était pas sûre d'avoir envie de ça.

Il veilla à l'observer, silencieux quelques secondes.

— Peut-être. Mais sachez-le, tant que vous êtes là, sur ma terre, chez moi, vous êtes en sécurité.

Elle écarquilla les yeux. *Tant qu'*elle était là ? Sœur Cateline avait été très claire sur le fait que ceci devait être sa nouvelle demeure, mais Callum ne suggérait-il pas que ce soit temporaire ?

— Pardonnez-moi ?

Il soupira.

— Je ne voulais pas sous-entendre que vous pourriez ne pas y être. Quoi qu'il se soit produit avant, *ceci* est chez vous maintenant, Maggie. Je vous le jure. C'est permanent.

Elle se rendit compte qu'elle n'avait pas perdu ce doute tenace que le tapis sous ses pieds puisse être de nouveau tiré. Même si elle s'était facilement installée ici, elle avait peut-être *bel et bien* besoin de l'entendre. Et elle savait que cela devait venir de lui. Il y avait quelque chose chez Callum – peu importe ce que sa proximité éveillait chez elle – qui lui faisait se sentir en sécurité. Assurée.

Maggie se rappela la première fois qu'elle avait rencontré Derek. Combien elle s'était sentie en sécurité, aussi. Après tant de changements dans sa vie, il était aussitôt devenu son ancre. Pas juste en pensée ou en théorie, mais à un niveau profond et intrinsèque.

Callum était-il sa nouvelle ancre ? Même sans l'intensité et l'excitation adolescente ou les premières étoiles d'amour dans ses yeux, Callum semblait presque provenir du destin. Il y avait un sens plus solennel de l'attirance prédestinée, une connexion plus profonde et spirituelle, aussi. Ils étaient adultes, après tout, et ils étaient tous les deux dans le même sac.

Callum sourit alors, comme si tout était réglé, et s'excusa jusqu'au dîner.

Ce soir-là, elle le retrouva dans la petite salle à manger intime au bout d'un salon secondaire, où ils mangeaient depuis son arrivée. Maggie supposait qu'ils mangeaient là car c'était plus proche de la cuisine que la grande table dans le grand hall et puis, c'était très joli. Un petit feu de cheminée réchauffait toute la pièce et des rideaux étaient accrochés au plafond jusqu'au sol.

Elle avait de nouveau pris un bain, un vrai luxe, et portait la tenue simple dans laquelle elle avait voyagé. Nessa l'avait lavée et la robe sentait légèrement la menthe et la lavande. Elle était un peu fébrile, anxieuse, même, puisque ce serait leur premier repas sans Sœur Cateline.

Quand elle entra dans la petite pièce, Callum se leva et lui écarta sa chaise. Ce petit geste dissipa son angoisse un peu. Il était un gentleman et même gentil. Ses cheveux étaient humides et elle détecta l'odeur du pin encore une fois.

— Merci. Vous êtes très poli, Callum. Je suis sûre que votre mère était très fière.

Il sourit.

— Oïl, elle l'était. Elle m'a bien appris, elle *et* ma tante Cateline.

— Ça se voit.

— Demain, Nessa et Rose vous montreront l'atelier de couture. Il y a une mine de tissus parmi lesquels faire votre choix. Vous devriez avoir une garde-robe adaptée.

Maggie inclina la tête et le remercia, reconnaissante. Qui aurait cru qu'une garde-robe puisse être si importante ? Mais elle se rendit compte que c'était le cas, même une du XVe siècle. Ce n'était pas comme si elle avait eu un jour un placard rempli de vêtements de marques. Avec seulement trois robes simples à son nom maintenant, le moindre ajout était le bienvenu. Que ce soit une nouvelle robe *ou* une vieille.

Ide apporta le souper ; une volaille rôtie qu'elle avait assaisonnée à la perfection, servie avec une sauce sucrée et savoureuse. Cela lui rappela la farce à la saucisse et aux cerises séchées que Céleste et elle avaient faite à leur dernier Thanksgiving.

— Me parlerez-vous de votre famille, Maggie ?

Elle beurrait un autre morceau du délicieux pain d'Ide quand Callum lui posa cette question. Elle lui jeta un coup d'œil. Son regard était fixe, égal, rivé sur elle. Il savait comment poser une question et avoir une réponse. Intelligent. Il attendit.

Pendant qu'il attendait, elle songea : pourquoi pas ? Elle n'avait pas parlé de sa famille depuis des années. Littéralement.

— Au début, il n'y avait que ma mère et moi, commença-t-elle en ordonnant à sa voix de ne pas se briser. Elle était incroyable. Peu importe ce qu'il se passait, elle voyait toujours le bon côté des choses.

Les larmes lui montèrent aux yeux et elle se demanda comment sa mère aurait pris un voyage dans le temps au XVe siècle. Son attitude *le-futur-est-si-éclatant-qu'il-faut-porter-des-lunettes-de-soleil* surpasserait-elle le choc terrifiant ? Sûrement.

— Maggie ?

Elle lui accorda un petit sourire.

— Pardon, murmura-t-elle.

Il serra gentiment sa main. Maggie frissonna encore, ressentit ce contact jusque dans son ventre, comme s'il y avait une ligne directe. Elle essaya de l'ignorer, mais c'était chaque fois plus difficile.

— Elle est morte quand j'étais ado... quand j'avais quatorze ans, se corrigea-t-elle. J'ai vécu avec notre... Père Michaels et sa famille, après ça.

— Père Michael Linton, le prêtre des MacGreggor ?

— Non, non, non.

Elle s'était hâtée de couper court à son enthousiasme pour ce Père Michael, qui qu'il soit.

— Je me suis mal fait comprendre. C'était *Pasteur* Michaels, quelqu'un que je connaissais quand j'étais jeune. J'ai rencontré Derek peu de temps après et nous sommes restés ensemble un peu plus de dix ans.

— Qu'est-il arrivé à votre mari ?

Elle décida de ne pas lui dire la vérité. Ils ne s'étaient pas mariés. Même si c'était tout comme. Avec Derek, ils l'avaient toujours prévu. Mais il y avait toujours d'autres objectifs. Leurs carrières, des vacances, la maison. Et puis, ils étaient heureux. Ils formaient une famille heureuse ainsi.

— Il a été tué il y a deux ans.

Elle ne l'avait pas dit à voix haute depuis très longtemps.

— Je suis désolé, Maggie. Comment s'appelait-il ?

— Derek. Derek Lowell.

M. Réaction-différée souligna son erreur avant elle.

— Vous n'étiez pas mariés ?

Il semblait mortifié pour elle. Elle rit.

— Ce n'est rien, vraiment, dit-elle en tapotant sa main.

En se rendant compte qu'elle l'avait touché avec beaucoup de naturel, elle écarta sa main, mais il ne semblait pas s'en être rendu compte.

— Quel âge avez-vous ?

— Vingt-sept ans.

— Vous avez été ensemble dix ans et il ne vous a pas épousée ?

— Vous ne pouvez pas comprendre.

— Essayez de m'expliquer.

Comment se sortir de ce pétrin ? Elle éclata de rire à la place. Le regard sur le visage de Callum en disait long : il était horrifié.

— Que vous trouviez ça drôle m'échappe complètement, dit-il avec un regard soudain intense. Mais je vous assure ceci : si vous avez un prétendant, il vous demandera votre main et vous serez en toute sécurité.

— Je ne sais pas s'il y aura un autre prétendant, Callum. Je ne suis pas sûre d'avoir le cœur pour ça.

— Ah, je sais ce que vous ressentez. Un cœur brisé semble suffisant, non ?

Elle sourit, essaya de se reprendre cette fois avant de lui tapoter la main.

— Parlez-moi de votre femme.

Il resservit le vin. Tripota son assiette. Puis, posa ses coudes sur la table. Serra ses mains ensemble, avec l'air d'avoir toutes les intentions du monde de parler. Pourtant, un instant plus tard, il secoua la tête.

Pauvre Callum, elle connaissait ce sentiment.

Maggie laissa le silence durer. Elle voulait honorer les émotions qu'il traversait. Il but une gorgée de vin, se racla la gorge et dit enfin :

— Je l'aimais. Elle était sous ma responsabilité et elle est morte en mon absence.

Elle sentit son cœur se déchirer pour lui. Ces choses-là sont celles qui pèsent le plus.

— Mes excuses, je ne l'ai jamais dit à voix haute.

Elle recouvrit sa main de la sienne, sans plus se retenir pour une soi-disant bienséance, et la serra.

— Je comprends.

Elle essaya d'ignorer que ce pauvre homme torturé était encore plus beau à ses yeux parce qu'il souffrait.

— Le dire à voix haute aide. Si vous en avez besoin, vous pourrez le redire.

C'était agréable d'avoir un contemporain, pas si contemporain, avec lequel partager ça. Même si tout le monde avait toujours été compréhensif, elle n'avait jamais eu la sensation qu'ils comprenaient vraiment. Pas complètement. Callum comprenait sa peine, et elle, la sienne.

Ils parlèrent alors pendant des heures. Parfois à voix basse, d'autres fois en riant. Ils se confièrent sur des années de souvenirs. Tout le long, Maggie se rendait bien compte que ceci ne faisait que solidifier ce lien qu'ils partageaient.

C'était cathartique et agréable en même temps.

Elle n'avait jamais eu quelqu'un qui comprenait ce que c'était que de perdre la personne avec qui l'on partageait tout. Au cours de leur conversation, elle songea que Callum non plus n'avait pas eu ça.

Ils ne se retirèrent pas dans le grand salon ce soir-là. Vu qu'ils avaient passé la soirée en tête à tête, à parler à la lueur des bougies. Il la salua en haut des marches.

Avec une légèreté qu'elle n'avait pas ressentie depuis longtemps, elle se rendit dans sa chambre. Le feu brûlait et la lumière de la lune s'infiltrait par la fenêtre. Elle effleura d'un air absent la pierre, ce qui était désormais un rituel inconscient.

Si elle avait été chez elle – à son époque – elle aurait mis de la musique et se serait roulée en boule sur le canapé. Ou peut-être qu'elle aurait été dans le lit. Elle se nota de prendre d'autres livres du solarium le lendemain.

Ses pensées étaient plutôt plaisantes. Ce qui était une nouveauté en soit. Elle commençait à sombrer dans un sommeil paisible quand, fidèles à elles-mêmes, ses peurs refirent surface.

S'installait-elle un peu trop confortablement, à profiter un peu trop de la compagnie de Callum – et même de son personnel ? La crainte de perdre encore une fois tout ce qu'elle avait devint étouffante.

Après une heure torturée environ, elle s'endormit enfin.

CHAPITRE 8

Les cris de Maggie réveillèrent Callum en sursaut. Qu'il se fût endormi aussi vite était en soi un choc. Peut-être cette conversation pendant le souper avait-elle aidé. Les paroles échangées au dessert avec un autre verre de vin, pendant que les bougies brûlaient presque intégralement, avaient aidé encore plus.

Sa porte n'était pas fermée à clé et en entrant dans sa chambre, il posa les yeux sur le saphir qui brillait avec la lumière de la lune venant de la fenêtre. Elle avait laissé les volets ouverts et les rideaux bougeaient avec le vent.

Maggie cria encore, l'attirant à son chevet, où elle avait l'air si petite. Presque engloutie par le lin. Ses cheveux noirs contrastaient avec les draps dans lesquels elle dormait. Elle se tourna et se retourna, puis cria vivement, serrant le pendentif qu'il avait remarqué autour de son cou depuis son arrivée. D'habitude, elle le gardait caché sous ses vêtements ; quoi qu'il représentât, il lui prodiguait à l'évidence du réconfort.

Il secoua doucement son épaule du bout des doigts, pensant la réveiller. Ça ne marchait pas. Il insista un peu plus, utilisant le plat de sa main cette fois. Elle agrippa son poignet dans un étau et avant qu'il ne pût réagir, tira vers elle.

Une seconde après, il était allongé sur le ventre sur le lit, coincé sous son coude. Les yeux de Maggie s'ouvrirent d'un coup et s'écarquillèrent tandis qu'elle haletait, le bras de Callum toujours bloqué, le pouce dans un angle précaire. S'il n'avait pas été aussi surpris, Callum aurait réagi avec une précision défensive plus forte. Pourtant, il était là, visiblement coincé.

Il n'était pas en danger avec cette jeune femme, mais il avait pitié de l'homme qui serait un véritable ennemi.

— Pourquoi êtes-vous ici ? demanda-t-elle en le reconnaissant.

Ses yeux explorèrent la pièce. Comme si le danger rôdait toujours.

— Vous criiez.

Elle reporta ses yeux sur lui et les plissa.

— Je ne criais pas.

Callum se dit qu'il valait mieux ne pas protester et garda le regard ferme et direct. Sa respiration revenait à la normale. De petits nuages chauds se formaient entre eux.

Se reprenant, elle desserra sa poigne et lâcha son pouce. Puis, dans un mouvement qui le surprit, elle se laissa tomber sur le flanc, tête contre l'oreiller, en face de lui.

Sans mentionner la raison de sa présence dans sa chambre, ses cris et ses terreurs nocturnes évidentes, Maggie posa sa main mince sur le côté du visage de Callum.

— Je suis désolée de vous avoir dérangé, s'excusa-t-elle l'air épuisé.

Il était surpris par sa candeur, par l'innocence endormie de son geste et encore une fois, par ce qu'il ressentait à son contact. Il se sentait en vie. Comme avant qu'il se contente de tout faire machinalement.

— Ce n'est rien, répondit-il.

Elle sourit honteusement et, comme un bébé se sentant en sécurité, elle ferma ses jolis yeux et succomba au sommeil juste devant lui.

Callum la regarda pendant longtemps, se demandant ce qui

l'avait autant tourmentée. Guère très heureux de devoir admettre qu'il aimait la sensation de son corps dans ses bras, maintenant qu'elle s'y était frayé un chemin et qu'il l'enveloppait.

Il regarda la pièce autour de lui et ses yeux se posèrent sur l'épée. Étrange, il n'y avait pas trop songé depuis qu'il l'avait posée là à son arrivée. Il repensa à l'histoire de sa tante et dut avouer que la réapparition de l'épée, le joyau de famille bien en place, était déroutante.

Pendant un instant, il se demanda si cette histoire d'enchanteresse et de pierre était vraie. Il n'était pas sûr de le vouloir. *Mais regarde Grey et Gwen*, songea-t-il. Un amour prédit, maintenant plus fort que jamais.

Pouvait-il vraiment y avoir une *autre* prophétie exerçant son influence sur leur confrérie ? Ou peut-être avaient-ils été attirés l'un vers l'autre quand ils étaient enfants précisément à cause de ça ? Tout ça était trop pour Callum. Et puis, il comprenait ce que Maggie ressentait à l'idée de trouver quelqu'un d'autre. À l'idée de perdre cette personne.

En vérité, il n'y avait même pas réfléchi, pas une seule fois depuis la mort de Fiona. Il n'avait pas considéré l'idée de prendre une autre aimée, une autre femme. Jusqu'à récemment. Il y avait songé depuis l'arrivée de Maggie.

Bon Dieu, il y avait pensé plus d'une fois.

Il réfléchit à ce qu'il lui avait dit plus tôt, qu'elle était en sécurité sous ses bons soins et chez lui. Il corrigea cette déclaration :

— À partir de maintenant, Maggie de Sinclair, peu importe où vous irez, vous serez en sécurité. Je le jure.

Callum se réveilla avant l'aube, choqué d'avoir dormi si profondément pendant la nuit. Du moins, le reste de la nuit. Après s'être lentement démêlé de Maggie, il coinça les draps autour d'elle. Elle semblait encore paisible. Qu'y avait-il de mal à trouver du réconfort l'un avec l'autre ?

Quel mal ? Il n'y avait pas besoin qu'il y eût plus.

Involontairement, il effleura la pierre brillante en sortant et retourna rapidement à pas de loup dans sa chambre, de l'autre côté du couloir. Il ne pouvait s'empêcher de se souvenir de la sensation agréable de Maggie blottie dans ses bras. Il se demanda si cela venait d'elle, ou si n'importe quelle femme suffirait. C'était drôle qu'il essayât de le justifier tout en sachant que c'était un mensonge.

C'était bien Maggie.

Sept fois maintenant, il l'avait touchée ou avait été touché par elle.

Oïl, il avait compté.

Pas moyen de le nier, chaque contact était tel un coup de tonnerre, bouleversant.

Il le cachait juste mieux qu'elle.

CHAPITRE 9

Un soleil éclatant et une volée d'oies au-dessus du château saluèrent Maggie le matin. Après avoir eu tant de mal à s'endormir, elle se réveilla revigorée et optimiste. Elle s'étira en s'asseyant, rapprochant les draps étonnamment doux de son visage avant de les inhaler profondément.

Ils sentaient le pin. L'odeur lui fit penser à Callum et elle sourit en se rappelant les cheveux épais qui avaient séché durant leur repas, la veille. Son visage à la lueur des bougies. Les lumières vacillantes qui tombaient sur la cicatrice à sa tempe.

Elle avança jusqu'à la fenêtre et regarda la cour qui s'animait. Les rares habitants s'affairaient. Après un moment, elle fit son lit et commença sa routine matinale. Puis, elle partit chercher quelque chose de chaud à boire.

Chaque jour, Ide préparait une décoction agréable qu'elle laissait sur le buffet de la salle à manger. Aujourd'hui, c'était un thé chaud épicé avec des notes de gingembre et d'orange. Elle venait de boire une première gorgée quand Callum entra et se remplit une grande tasse pour lui. Il lâcha un petit bruit d'appréciation en buvant.

— Je suis complètement d'accord, renchérit-elle en l'observant.

Il sourit et lui murmura un bonjour.

— Vous avez bien dormi ?

Elle, oui. Peut-être que cette conversation la veille l'avait aidée à démêler certains souvenirs. Ou peut-être était-ce juste avoir quelqu'un à qui parler.

Il lui lança un regard curieux et presque dubitatif.

— Oïl..., dit-il avant de marquer une pause. Et vous ?

— Comme un bébé.

Il s'esclaffa et ses joues se colorèrent. C'était très séduisant.

— J'ai dit à Nessa et Rose de profiter du gros de la matinée. Dès que vous aurez pris votre petit déjeuner, vous devez les retrouver dans l'atelier de couture.

— Je crois que je vais manquer le petit déjeuner, l'informa-t-elle avec un sourire.

Elle avait oublié que c'était le jour pour de nouveaux vêtements. Cette idée la remplissait d'excitation.

Il tendit la main à la vitesse de l'éclair – les réflexes de cet homme étaient incroyables – et l'arrêta alors qu'elle se tournait pour partir.

— Ide ne sera pas contente, protesta-t-il avec un regard par-dessus son épaule.

Il lui lança ensuite un clin d'œil conspirateur. Puis, il attrapa un carré de lin et déposa au centre une large tranche de ce qui ressemblait à de la quiche.

— Cela suffira.

Elle accepta son petit déjeuner à emporter avec un remerciement et une révérence – *bon, elle tirait la révérence tout le temps maintenant. Il y avait bien pire dans la vie que d'être polie !*

Trois heures et des choix innombrables plus tard, Maggie se mit en quête de nourriture. Elle voyait trouble et avait besoin d'étendre ses jambes. Qui aurait su combien c'était pénible et intense de choisir des tissus ?

Non qu'elle ne soit pas reconnaissante. C'était une petite bénédiction qu'elle n'ait pas à coudre elle-même. Ses talents n'étaient pas terribles – il suffisait de questionner les sœurs là-dessus. Nessa et Rose, en revanche, semblaient ravies de préparer une nouvelle garde-robe pour Maggie.

Elle proposa d'aider pour leurs autres devoirs, afin d'alléger leur charge, mais elles lui répondirent par un non catégorique. Les deux fois où Maggie demanda. Malgré tout, elles l'informèrent qu'elle aurait au moins une nouvelle robe chaque jour.

Durant les quelques jours passés à Dunhill, sa routine contenait un petit déjeuner formel et un souper avec la *table d'hospitalité*, et entre temps, Maggie piochait dans l'étalage de nourriture quotidien et généreux d'Ide. Elle se demandait où la cuisinière avait trouvé cette idée très moderne, mais se dit que ce n'était peut-être pas si moderne, finalement.

Que savait-elle du moyen-âge ? À part ce qu'elle savait, bien sûr.

Elle riait toute seule d'un rien, parfois.

Peut-être qu'un peu de l'optimisme de sa mère ressortait. À moins que ce soit parce qu'elle avait parlé de sa mère avec Callum la veille. C'était la première fois qu'elle pensait autant à elle depuis des années. Maggie n'irait pas jusqu'à dire que le futur était éclatant ou quoi que ce soit, mais elle pouvait voir et même sentir que les choses avaient pris un tournant plus positif.

Quand elle entra dans les cuisines, elle salua Ide et les filles, qui refusèrent *également* sa proposition d'aide et la chassèrent vers *la table*. Ide apporta une autre grande tasse de thé chaud et Maggie attrapa du pain, du fromage et un fruit. C'était un peu son repas préféré.

Elle explora les terres autour du donjon cet après-midi-là. Elle découvrit deux adorables jardins fleuris bordés de haies et de chemins, décorés de fontaines, de tables en pierre et de bancs. Un nouvel endroit où aller, une fois le printemps venu et le temps plus chaud.

En revenant vers la cour, elle vit Callum pour la première fois depuis le petit déjeuner. Il lui fit un signe de tête et elle lui répondit par un signe de la main. Il se pencha – un peu comme la veille quand elle lui était rentrée dedans sans cérémonie – et ramassa deux pierres. Curieuse, elle le suivit dans les écuries et s'arrêta net.

Magnifique était le mot qui lui vint en tête. La structure à deux étages était grande et caverneuse, avec au moins vingt stalles. Toutes n'étaient pas occupées. Mais peu importe combien de chevaux étaient logés ici, ces animaux étaient bien soignés.

Maggie adorait les chevaux. Elle participait au camp d'été de l'église quand elle était enfant et l'équitation avait toujours été sa partie préférée. Elle signait toujours pour s'occuper des écuries, sachant que cela lui donnait plus de temps avec les animaux. Plus tard, quand elle avait emménagé avec les Michaels et qu'elle avait le temps, elle avait le luxe d'avoir la main libre sur la grange et l'écurie de l'église.

— Vous montez ? demanda Callum en la remarquant bouche bée sur le seuil.

— Oui. Je peux aussi aider à nettoyer les stalles et nourrir les chevaux.

Elle regarda le grenier à foin et fit un signe de la main au petit garçon qui lui souriait d'en haut.

Callum s'esclaffa.

— Je ne crois pas qu'Edward ou le petit Benjamin seraient contents, dit-il en parlant du maître d'écurie et de son fils.

Il la prit par le coude et la guida dans l'allée centrale.

— Il y a deux juments ici. On les sort chaque jour et on essaie de les monter. Si vous le voulez, vous pouvez en monter une, ou même les deux.

— Vraiment ?

Elle rayonnait et laissa sa main glisser sur les beaux poteaux en bois teintés qui encadraient les stalles.

Il sembla hésitant une seconde, puis répéta.

— Oïl, Maggie. Vraiment. Si jamais vous ne voyez pas le donjon, vous êtes allée trop loin. Ça vous laisse quand même beaucoup de liberté. Croyez-moi, mon grand-père a construit ce donjon avec ça en tête. Même de nuit, vous pouvez le voir à des lieues à la ronde vu son emplacement. Compris ?

Savourant sa chance, Maggie accepta rapidement. Une lieue faisant approximativement quatre kilomètres, elle avait largement assez pour l'instant. Honnêtement, elle ne pensait pas s'aventurer plus loin, de toute façon.

Sans un mot de plus, Callum sella son cheval, lui fit un signe de tête et s'en alla.

Ce ne fut que le lendemain que Maggie comprit à quel point il lui avait laissé de l'espace. Fidèle à ses mots, le grand-père de Callum avait bel et bien construit le donjon stratégiquement. Visible de loin, malgré les collines, à au moins cinq kilomètres de distance.

Lors de cette première montée officielle, Maggie croisa le tombeau familial. De belles tombes étaient sculptées avec le nom du grand-père de Callum, de ses parents et de sa femme adorée, Fiona. Elle sentit son cœur se briser en remarquant les pierres sur celle-ci. Maintenant elle savait pourquoi il se penchait dans la cour tous les matins en allant à l'écurie.

Le soir suivant, bien après le souper, Graham et Andrew revinrent après avoir escorté Cateline chez elle. Elle observa Callum les saluer depuis la fenêtre de sa chambre. Ils parlèrent pendant un temps et elle se découvrit captivée. Elle était réconfortée de les voir converser, acquiescer, se pousser et rire quelquefois. Elle n'entendait pas ce qu'ils disaient, mais elle voyait à leur échange qu'ils étaient proches et que la camaraderie leur avait manqué ces derniers jours.

Ça lui manquait aussi. La camaraderie. Bien sûr, les religieuses l'avaient accueillie, mais elle n'avait jamais vraiment fait partie de leur groupe. Elle n'avait même pas d'ami proche, ici, au XVe siècle. Personne comme Céleste.

Envieuse de cet échange, Maggie espéra qu'elle pourrait approfondir cette amitié, sans trop savoir comment la nommer, qui grandissait entre Callum et elle.

Elle pensa à ses potentielles activités matutinales. *Oui*, c'était comme ça que les gens ici disaient, *alors quoi*, ça lui plaisait maintenant. Il fallait bien s'intégrer, après tout. Elle ajouta « faire une petite promenade » à sa mince liste d'activités et grimpa dans son lit.

Les nuits étaient de plus en plus froides et Nessa avait enveloppé une pierre réchauffée dans le feu et l'avait glissée entre les draps. Ils sentaient encore une légère odeur de pin et elle les porta à son visage pour les sentir. C'était une odeur plaisante qui devenait bien trop familière.

Elle s'endormit peu de temps après, un sourire sur le visage.

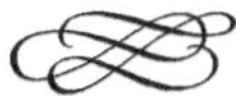

CHAPITRE 10

Assis derrière son bureau, Callum prit un nouveau bloc de bois et commença à le sculpter. Cela faisait un certain temps qu'il n'avait pas fait ça. Des années, en fait. Mais maintenant, il avait une pile de plus en plus grande d'étrangeté.

Un nouveau jeu de jacks pour Maggie.

Il sourit, pensant à la joie que cela pourrait lui apporter. À force de travailler avec tant de complexité, il avait mal aux doigts, mais l'activité l'apaisait. Si seulement il y avait pensé plus tôt. Peut-être n'aurait-il pas été aussi agité ces dernières années.

C'était un loisir qu'il avait appris de son père, qui était maître dans l'art. Avec le temps, les compétences de Callum s'étaient améliorées et il avait été capable de produire de belles répliques de presque tout, mais ses objets préférés restaient ceux que son père avait sculptés. Il se demanda alors pour la première fois depuis des années, ce qu'était devenu le médaillon que son père lui avait fait.

Callum se rendit compte avec un sursaut qu'il ne se rappelait pas la dernière fois qu'il l'avait vu, alors que cela avait jadis été sa possession la plus précieuse. Mettant de côté son projet actuel, il passa presque une heure à fouiller son bureau et ses étagères, en vain.

L'esprit agité, Callum resta éveillé tard dans la nuit. Il était heureux de retrouver Andrew et Graham, mais admettait que leur absence lui avait permis de passer plus de temps avec Maggie. Il avait apprécié ça aussi.

Il se demandait si ce n'était pas la Providence. Ce n'était pas la première fois qu'il se posait la question. Au moins depuis le jour de l'arrivée de Maggie et l'histoire de sa tante au festival où sa mère avait échangé le joyau avec la mystérieuse enchanteresse.

Si la magie existait pour Grey et Gwen, elle pouvait bien exister pour lui. Il serait un imbécile de ne pas y songer. La question de la Providence, de l'orientation divine, ou pas. Elle avait son épée, après tout. L'épée qui avait disparu la nuit de la tempête.

Il supposait que cela *pourrait* être une simple coïncidence que les sœurs eurent accueilli Maggie. Qu'elle eût l'épée avec le bijou perdu depuis longtemps. Et que chaque fois qu'ils se touchassent... eh bien, ils avaient une puissante alchimie. Cela *pouvait* n'être rien. Quelque chose en lui soufflait qu'il serait plus probable que ce fût le destin.

La vie semblait un peu plus éclatante dernièrement, la vague s'était-elle enfin retirée ?

Il s'esclaffa. La vie était plus qu'un peu plus éclatante. Il avait été dans cet état étrange pendant si longtemps qu'il ne s'était pas rendu compte combien il avait été entravé. Tout pesait si lourd sur lui. Du moins, c'est ce qu'il lui semblait. Il avait des devoirs, bien sûr. Tout le monde avait des devoirs. Même quand il avait quitté Dunhill pendant un bon moment, il avait occupé son temps à aider ses camarades.

Il avait passé presque un an à Seagrave après la mort de Fiona. Il n'avait jamais été aussi reconnaissant de ne pas avoir à penser ou s'attarder sur la vie. Juste agir. Suivre les ordres, donner des ordres. Même si Grey et lui étaient égaux, quand ils étaient ensemble, son ami prenait les devants. Bien qu'il fût heureux d'apporter du renfort.

Grey savait qu'il avait besoin d'une distraction et l'avait tenu occupé. Principalement en lui faisant entraîner les nouvelles recrues. Il se sentait très à l'aise autour de Greylen et Gwen. Même Lady Madelyn, Gavin et Isabelle quand ils leur rendaient visite, étaient faciles à vivre. Il n'y avait pas de conversation gênée.

Au lieu d'éviter de parler de son deuil, ils lui posaient des questions et prononçaient le nom de Fiona à voix haute, plutôt que de prétendre qu'elle n'avait jamais existé. Il trouvait que la majorité des gens étaient mal à l'aise, pas seulement avec sa mort, mais avec le fait de la mentionner tout court.

Ne *pas* dire son nom le gênait plus que de l'entendre.

Gwen lui avait donné une des chambres d'invité à leur étage. Callum aurait été content de séjourner avec les hommes de la garnison vu comme sa perte semblait à vif. Il présuma plus tard que Gwen l'avait placé proche d'eux exprès.

C'était son plan pour l'attirer dans leur famille et ainsi le ramener à la vie.

Rien de mieux que leurs chamailleries constantes et bruyantes pour être distrait, sans parler des enfants qu'ils glissaient dans ses bras maintes fois dans la journée. Avec le recul, les capacités de Gwen en compréhension psychiques étaient excellentes.

Seagrave et Dunhill étaient complètement différents. Grey avait des centaines de personnes sur sa terre et près d'une légion d'hommes à sa demande. Alors que Callum avait présentement très peu de personnes sous sa protection. Une armée se trouvait à sa disposition, si besoin. Même si, dernièrement, il n'y avait que de rares accrochages à Dunhill ou près de Dunhill. La majorité de ses contemporains étaient conscients de ses compétences. Parmi eux, aucun n'était assez bête pour le menacer.

Les rares à le faire avaient été abattus avec l'aide d'Andrew et de Graham.

Callum avait hâte de retourner à Seagrave. Le Festival d'Automne arriverait bientôt. La dernière célébration sur le rivage avant le printemps suivant. Il comptait s'y rendre et rapporter une charrette remplie de biens.

C'était sa dernière chance de s'approvisionner avant l'hiver. Non seulement les fournitures de base nécessaires pour la saison, mais également les gâteries de Gwen comme les olives, les agrumes, la vanille et les grains de café. En plus de l'abondance d'ingrédients que les capitaines de Grey ramenaient de leurs voyages de port en port.

Il amènerait Maggie avec lui, cette fois. L'excitation qu'il ressentait à cette idée le surprit. Vu ce qu'il avait vu de ses compétences équestres, elle avait un assez bon niveau pour la longue chevauchée. Il la regarderait de plus près pour s'en assurer, l'emmènerait peut-être avec lui dans une de ses sorties le soir.

Bon Dieu, les miracles ne cesseraient-ils jamais ? Lui, Callum Sebastian O'Roarke envisageait l'idée d'emmener Maggie pour sa promenade sacrée de nuit. Peut-être sa tante avait-elle eu raison tout du long. Il commençait à avoir la sensation que la place de Maggie était ici, après tout.

CHAPITRE 11

Une semaine plus tard, une autre journée ensoleillée accueillit Maggie à son réveil. Avec une détermination renouvelée et de l'enthousiasme, elle descendit l'escalier plus tôt qu'habituellement, habillée de la nouvelle robe que Nessa avait suspendue dans sa chambre.

Elle et Rose devaient l'avoir finie tard et l'avoir apportée après qu'elle se fut endormie. Elle était bleu foncé, avec une belle couture blanche. Elles l'avaient associée à un châle épais écossais accordé. Cela ne remplacerait pas l'un de ses manteaux chauds et pratiques, mais cela serait parfait dans le donjon et bien plus joli. Elle entra dans la cuisine, sachant qu'Ide serait encore à préparer le petit déjeuner. La majorité du personnel, sinon tous, serait à manger pendant qu'elle cuisinait.

— Regardez. Défilé de mode

Elle était entre la grande table où Ide pétrissait une pâte et celle où Nessa, Rose et Albert étaient attablés. Elle tourna sur elle-même et termina par une révérence. Elle y excellait, désormais.

L'audience applaudit. Même Callum, sur le seuil à l'arrière des cuisines. Elle se sentit rougir. Si elle avait su qu'il était là, elle n'aurait jamais fait sa petite routine de défilé. C'était la troisième fois qu'elle montrait sa robe, alors on pouvait dire que c'était une routine. Il avait dû partir à cheval tôt et rentrer par les écuries et la forge qui entourent le donjon du côté de la cour.

— Le cordonnier aurait déjà dû passer. Il est tard dans la saison, commenta Rose.

— Oïl, elle a raison, approuva Callum en entrant dans la pièce.

Il fit toute une histoire de sa nouvelle robe en prenant sa main et la levant haut. Elle tourna, sachant que c'était ce qu'il voulait. Elle aurait juste voulu qu'il arrête de lui prendre la main, car chaque fois qu'ils se touchaient, elle était douloureusement consciente de leur connexion. En baissant sa main, Maggie remarqua que la couleur de sa robe était identique à celle de ses yeux à lui.

— Elle n'a que deux paires de chaussures, renchérit Nessa.

Maggie détourna les yeux de ceux de Callum.

— Ça ira, vraiment.

Callum secoua la tête.

— Non, ça ne va pas.

Il hocha la tête en direction de Nessa pour la remercier et reprit :

— Venez, je pense avoir une solution adaptée.

Ide leur tendit chacun une grande tasse pleine du breuvage tout juste prêt du matin.

— Ça sent super bon, dit Maggie.

L'odeur de menthe verte remplissait l'air. Buvant une gorgée, elle imita le grognement d'appréciation de Callum. Celle-ci était peut-être sa préférée.

Le suivant sur l'étage principal, elle fut surprise de voir Callum prendre l'escalier et se diriger vers la tourelle à l'autre bout du couloir. Elle se demanda ce qui était derrière la porte. Elle avait exploré, mais cela lui avait semblé mal d'entrer dans les autres chambres de l'étage. Qui, elle le savait, avaient été ou étaient occupées par la famille.

— Callum, à qui est cet appartement ? demanda-t-elle en hésitant quand il lui fit signe d'entrer.

— Appartement ?

Oups, visiblement, ce mot n'existait pas encore.

— Chambre, se corrigea-t-elle.

Même si appartement était correct : il y avait un énorme espace divisé en au moins trois zones.

— C'était celle de mes parents, puis de ma mère, expliqua-t-il avec mélancolie en regardant la pièce, comme si elle était remplie de bons souvenirs. Venez, j'ai quelque chose à vous montrer.

Maggie resta sur le seuil, à observer. Les beaux meubles, les étoffes, les tapis et tous les détails intimes qui faisaient d'une maison un foyer où l'on est bien.

Une pile de livres était toujours posée sur une table près de la fenêtre, méticuleusement empilée et pleine de poussière. Un jeté de canapé décorait le sofa et le bout du lit. Quand les yeux de Maggie se posèrent sur un cabinet, dans un coin, son cœur se mit à battre en reconnaissant quelque chose.

— Attendez, dit-elle en se pressant pour examiner les dizaines de figurines en bois exposés. Qui a fait ça ?

Callum en prit un. Il sourit, le regard distant.

— Moi. Elle les a tous gardés, même les mauvais, de mes débuts.

Il s'esclaffa, comme il le faisait souvent. Elle aimait quand il riait. La couleur remplissait ses joues et sa posture sérieuse s'adoucissait un peu. C'était très mignon.

— Je peux ? demanda-t-elle en montrant une figurine.

— Bien sûr.

Avec précaution, le souffle court, elle attrapa un petit éléphant de la collection. Dans sa main, elle avait l'impression que c'était un bout de chez elle.

— Vous êtes très doué, le complimenta-t-elle la voix chargée d'émotion.

Elle commença à pleurer et se détourna, mortifiée. Callum

enroula ses grandes mains autour de ses épaules, la serrant par-derrière.

— Maggie ? Qu'y a-t-il ?

Cela faisait tant de bien d'être dans ses bras. Maggie s'appuya contre son torse, avant d'être submergée par la culpabilité. Comment pouvait-elle apprécier le contact d'un autre homme tout en pensant à Derek et à chez elle ? À quel point était-elle horrible ?

Elle prit une profonde inspiration, se reprit, s'essuya les yeux et se tourna. Le maudit homme ne recula pas et elle était nez à nez avec son torse.

Il lui leva le menton.

— Qu'est-ce qui ne va pas ? demanda-t-il en cherchant ses yeux.

— Derek sculptait aussi, dit-elle avec un haussement d'épaules. Il a fait beaucoup de ce genre de choses au fil des ans.

— Vraiment ?

Elle hocha la tête.

— Oïl.

Il la garda dans ses bras un instant. Peut-être parce qu'il ne savait pas quoi dire. Elle brisa le silence en première.

— Ça va, maintenant. Merci.

Il sembla apaisé par sa réponse, sûrement content que la crise soit passée.

— Venez, répéta-t-il en la menant là où il comptait l'emmener à l'origine.

Ils avancèrent dans un petit couloir, tournèrent à droite et entrèrent dans un dressing rempli des vêtements de sa mère.

— Oh, mon Dieu, Callum.

Elle plaqua sa main sur sa bouche. Des robes étaient suspendues partout. Des chaussures et bottes étaient alignées sur les étagères.

— Je n'y ai même pas songé, dit-il en secouant la tête. J'ai toujours pensé qu'un jour, Fiona ou notre fille, si nous en avions une, pourrait être ravie des trésors de ma mère.

Il s'assit sur un banc tapissé au centre de la pièce.

— Mais maintenant, à quoi servent-ils à traîner ici et prendre la poussière ?

Même si elle ne voyait pas un brin de poussière. Nessa et Rose passaient sûrement un temps considérable à s'assurer que cette pièce soit tenue, comme les autres. Encore une fois, elle fut surprise de la facilité avec laquelle ils pouvaient partager leurs douleurs et pensées les plus profondes.

Il y avait quelque chose de très puissant dans le souvenir de Fiona chez Callum, quelques instants après qu'elle avait pensé à Derek.

— Maggie ? l'interpella Callum en se levant. Qu'y a-t-il ?

Il l'attrapa par le menton, relevant la tête pour plonger ses yeux dans les siens. Après un instant, il reprit :

— Vous n'êtes pas obligée de prendre une seule de ses affaires. Je pensais...

Elle attrapa son poignet et secoua la tête, se sentant fondre en voyant sa sensibilité.

— Je serais honorée de porter quelque chose de votre mère.

Vraiment, Maggie était touchée. Qu'est-ce qu'elle ne donnerait pas pour avoir quelque chose de sa mère. Que Callum partage ça avec elle, le lui donne, était étonnant et très généreux.

— Venez, trouvons-vous des chaussures. Je pense que vous pourriez faire la même pointure.

Elle s'installa sur le banc qu'il avait laissé vide et l'observa passer en revue les étagères.

— Ah, s'exclama-t-il en prenant des bottes plates et grandes en cuir. Les chaussures d'équitation de ma mère.

C'étaient de très belles bottes. Maggie les enfila, agita ses orteils et lui lança un grand sourire, car elles lui allaient.

— Je crois qu'elles sont parfaites !

Ils partagèrent un joli moment de joie. D'euphorie et de stupidité à la fois. Ce n'était qu'une paire de bottes, mais le moment avait une signification importante. Le cuir était doux, porté avec amour et fait. Les semelles étaient très confortables quand elle les essaya en marchant d'un bout à l'autre du dressing. Elle se rassit et regarda ses bottes. Pas une égratignure.

— Callum, elles sont dans un état parfait.

Il haussa les épaules.

— Le cordonnier est exceptionnellement talentueux. Il remplaçait les semelles chaque année. Vous pouvez prendre ce que vous voulez, Maggie.

— Je ne sais pas comment vous remercier.

— Inutile, refusa-t-il avec un gentil sourire. Vous pouvez garder la figurine aussi.

Elle faillit lui montrer le médaillon à cet instant, mais quelque chose l'arrêta. Cet instant était parfait.

Elle attendrait un autre moment.

CHAPITRE 12

Callum entendit le pas léger de Maggie. Ses sens semblaient s'être affûtés depuis son arrivée à Dunhill. Il était tellement habitué à la solitude. Maintenant, elle égayait les lieux, ainsi que les quelques habitants, lui y compris.

Ide avait une bouche de plus à nourrir, et une qui appréciait ses plats. Maggie s'extasiait presque à chaque repas qu'on lui servait. Nessa et Rose pouvaient utiliser des compétences et rayonnaient quotidiennement de voir Maggie encenser les robes qu'elles lui cousaient. Même Albert avait le pas un peu plus bondissant dernièrement, à chercher la *Petite Maggie* comme il aimait l'appeler.

Oïl, Maggie de Sinclair avait quelque chose de spécial. Quelque chose qui même maintenant le poussait à quitter le confort de son bureau pour la regarder traverser le couloir. Il aimait la façon dont elle laissait sa main effleurer la pierre sur son passage.

Une main délicate, mince et élancée. Elle était svelte par nature.

C'était attrayant.

Elle était attrayante.

Son émerveillement quotidien quand elle poursuivait son

exploration du donjon était un délice à voir. Il avait toujours été fier de la demeure dans laquelle il avait été élevé. Son père avait été un homme noble et simple. Pas noble dans son rang. Noble de par sa personne. C'était sa mère qui provenait d'une famille véritablement noble et riche. À dire vrai, elle avait toujours été très heureuse de donner aux autres. Il avait la sensation qu'elle aimerait que Maggie reçût certaines de ses affaires.

Il suivit du regard Maggie qui faisait courir ses doigts sur le mur. Elle fit le tour du pilier en pierre qui décorait l'entrée du grand hall avant de s'y aventurer. Il l'y trouvait souvent. Cela avait été la pièce préférée de sa mère aussi. Fiona avait choisi un bureau plus petit où elle passait des heures à coudre entre autres choses. Non qu'il fît des comparaisons. Il ne faisait que prendre note de son comportement.

Il se rendit compte avec surprise combien il appréciait qu'il y eût quelqu'un de nouveau ici. Même si, pour être honnête, ce n'était pas juste le fait d'avoir quelqu'un qu'il appréciait, c'était Maggie.

Il aimait qu'*elle* fût dans les parages.

Il aimait son visage expressif, encadré par une tignasse de cheveux bruns ondulés. Parfois, c'était tout ce qu'il voyait quand elle lisait ou jouait aux jacks.

Dernièrement, c'était la première chose qu'il regardait en franchissant les portes. Son corps près du feu pendant qu'elle jouait. Ou sur la chaise, quand elle lisait. Il repensa au voyage à venir avec elle à Seagrave. Combien il voulait que Grey et Gwen la rencontrassent.

Ce qu'il voulait vraiment, c'était leur avis sur la raison de l'arrivée de Maggie, l'épée et le joyau à Dunhill. Pouvait-il y avoir de la magie en jeu ? Peu connaissaient la prophétie de Grey et Gwen.

Il en faisait partie.

Maggie était assise sur le sol en pierre, jambes écartées, à jouer aux jacks. Il adorait la voir comme ça. Complètement à l'aise et concentrée sur ce qui lui apportait de la joie. Elle lui avait appris comment jouer à son étrange jeu une de ses premières nuits à Dunhill.

Callum la regarda faire rebondir sa petite balle amusante et rattraper les pièces en argent plusieurs fois avant qu'elle ne sentît sa présence. Quand elle leva les yeux, elle rougit et glissa les pièces de son jeu dans le petit sachet dont elle était très protectrice.

— Voudriez-vous jouer aux échecs ? demanda-t-il appuyé au grand fauteuil devant lui.

Il devait admettre qu'il serait content de rester là à la regarder, comme c'était souvent le cas, mais il voulait partager quelque chose *avec* elle. Elle lui coula un regard une seconde avant de joindre ses lèvres, comme si elle réfléchissait à sa question.

— Je ne sais pas jouer, admit-elle en faisant ressortir son menton un peu.

Il esquissa un sourire.

— Vous ? Maggie de Sinclair, détentrice d'étrangetés comme vos jacks ? la taquina-t-il.

Il sentait l'atmosphère provocatrice entre eux. Elle plissa son joli nez, puis leva les yeux au ciel.

— J'imagine qu'ils ont de la valeur.

— *Vous* avez de la valeur. Pas vos babioles.

Elle rougit et détourna le regard.

— Venez, proposa-t-il avec un geste de la main. Je vous apprendrai.

Il l'escorta dans un petit salon, vers la table près de la fenêtre. La lumière n'était pas adéquate aussi tard dans l'après-midi, alors il alluma quelques mèches et attisa le feu déclinant. Tout en sentant son regard le suivre.

Quand il reprit sa place, elle admira les pièces.

— Mon père et moi les avons faites, raconta-t-il avant de rire. Enfin, principalement mon père. J'ai poncé et teint le plateau, par contre.

Il fut momentanément surpris quand elle prit un chevalier, la seule pièce avec une imperfection.

— Si vous regardez de plus près...

Il avança vers elle et s'agenouilla à côté d'elle, osant s'approcher encore. La chaleur monta entre eux, même avant qu'il ne recouvrît sa main, tournant la pièce pour que la lumière éclairât l'endroit précis.

— ... vous pouvez voir l'endroit où je l'ai éméchée.

Elle toucha l'imperfection et le regarda curieusement avant de tendre la main et de suivre du doigt la cicatrice sur sa tempe.

— Une jumelle de votre guerrier blessé, murmura-t-elle.

Il fut stupéfait par son regard et sa main révérencieuse, qui s'attarda un instant. Il soutint son regard. Callum se demanda si la longue veine délicate à son cou battrait aussi furieusement que son cœur à lui à cet instant, s'il passait son doigt dessus ? Se raclant la gorge, il s'écarta et Maggie retira sa main.

Ayant besoin de quelque chose pour refroidir la chaleur qui le consumait, Callum se leva et se dirigea vers le buffet où il servit deux petits verres de brandy.

— Allez-vous donc vous asseoir ? plaisanta Maggie dans un ton faussement furieux.

Il lui lança un sourire narquois et se réintéressa aux échecs. Il expliqua dans les moindres détails les positions, les valeurs des pièces et le but du jeu.

— Le but est de gagner, non ?

— Oïl, dans ce jeu, le but est de gagner.

Elle pencha la tête et la lumière plongea une partie de son visage dans l'ombre. Il était tellement intrigué par cette femme. Peut-être savourait-il ce jeu plus qu'elle.

— Êtes-vous en train de dire que ce n'est pas toujours le but ?

C'était une question intéressante. Perspicace, aussi. Ça la rendait encore plus attirante.

— Dans la majorité des cas, le but est toujours de gagner, Maggie. Dans certains cas, une véritable victoire implique un retrait ou une reddition.

— Gagner semble mieux.

Il s'esclaffa.

— Mon ami Grey serait d'accord.

Se disant que ce serait peut-être le bon moment de parler de Seagrave, il aborda le sujet quand elle finit son tour.

— Je dois faire un voyage dans quelques semaines. J'aimerais que vous veniez.

Sérieusement concentrée sur le plateau, elle leva les yeux vers lui avec un éclat malicieux.

— Tentez-vous de déstabiliser mon jeu ?

Bon Dieu, cette attirance était puissante.

— La stratégie, Maggie de Sinclair. La stratégie.

— Mmh, fit-elle adorablement. Dites-moi, *Callum* d'O'Roarke, qu'est-ce que ce *voyage* avec vous impliquerait ?

Appréciant son esprit vif, il répondit :

— Une journée de cheval vers une cabane construite par mon père et moi. Suivie d'une autre balade rapide dans la matinée.

— Je vois. Donc un jour et demi de voyage.

Elle s'adossa à son siège, joignit ses mains et lui lança un regard qui devait être une imitation.

— Et je vous en prie, dites-moi, Callum d'O'Roarke, quoi d'autre ?

Il rit, finit son verre et cracha le morceau :

— Après notre voyage, nous séjournerons comme invités pendant presque une semaine chez un de mes camarades les plus proches, Greylen MacGreggor et sa femme, Gwendolyn.

Elle écarquilla les yeux.

— Une semaine ?

— Oïl. Vous avez ma parole, vous apprécierez Seagrave et nos hôtes.

Là-dessus, il avança son pion. Elle prit note du plateau, puis le regarda.

— Une semaine ? répéta-t-elle.

Comme si elle ne savait pas quoi penser d'être loin si longtemps.

— Oïl, je dois faire des provisions pour l'hiver. Grey et moi passerons un jour ou deux à passer en revue l'inventaire. Même si c'était la seule raison de notre voyage, Gwen ne me... ne *nous* laisserait jamais rester qu'une nuit ou deux. Et puis, bien sûr, il y a aussi une célébration à faire.

— Ah, comme c'est intelligent. Vous attendez le dernier moment pour me parler de la *vraie* raison. Je ne suis pas sûre d'avoir quoi que ce soit à porter pour une célébration. Je détesterais devoir embêter Nessa avec ça.

Elle semblait un peu inquiète et il espéra la rassurer en répondant :

— Vous avez déjà une tenue correcte. Je vous garantis qu'elle vous ira et que vous serez à l'aise dedans.

Elle finit son verre et le regarda avec insistance tout en jouant.

— D'accord, dit-elle en s'étant reprise. Je viendrai.

CHAPITRE 13

— Allez chercher un manteau, Maggie.

Callum était dans l'entrée du grand salon, une fourrure drapée sur son bras. Maggie releva la tête, surprise par sa voix rauque. Son choc se transforma rapidement en joie – le voir là, les yeux brillants d'excitation, lui permit de comprendre ce qu'il se passait.

Elle le fixa du regard pendant une seconde, puis courut vers les escaliers. Une neige rare et précoce recouvrait les Highlands et il l'emmenait à cheval !

Même si Callum lui avait donné accès aux écuries et la main libre avec les chevaux, il ne l'avait jamais emmenée monter *avec* lui. C'était comme être invitée à un club privé.

Le *vrai* club.

Elle arriva à sa chambre et redescendit à toute vitesse, le souffle court et plus excitée qu'elle ne voulait l'admettre, ses nouvelles bottes d'équitation aux pieds. Sans un mot de plus, mais visiblement réprimant un sourire, Callum ouvrit la porte et la laissa passer sous son bras tendu avant de refermer derrière eux.

Elle essaya de ne pas sautiller, mais il se pourrait qu'elle l'ait fait, ce qui le fit rire.

Il la rattrapa en bas des marches du donjon et prit les devants. Maggie s'arrêta pour observer la scène. La pleine lune illuminait la silhouette de ce bel homme qui rit encore, comme s'il était un garçon insouciant.

Le sourire aux lèvres, Maggie trotta pour rattraper ce nouveau côté de Callum et le suivit vers les écuries. Quand il prit la jument à laquelle elle s'était terriblement attachée, elle plissa le nez de joie.

— Oh, je l'adore, Callum.

— Je crois que le sentiment est mutuel, répliqua-t-il avec un sourire.

Il se tourna vers les selles et l'équipement, mais elle l'arrêta. Même quand elle était petite, Maggie appréciait s'occuper de son propre cheval.

— Je m'en occupe, dit-elle en prenant d'ores et déjà sa selle préférée.

Il hocha la tête et alla sortir son cheval, une bête magnifique. Sa jument et son étalon semblaient bien s'entendre. Elle remarqua que l'étalon donnait des coups de museau à Callum à hauteur de sa poche. Callum glissa la main dedans et en sortit quelques carottes, dont une qu'il lui donna pour la jument.

Maggie et Callum préparèrent leurs chevaux dans un silence complice, ce qui devenait une habitude. Enfin, Callum prit la fourrure qu'il avait apportée et la drapa autour d'elle.

— Prête ? demanda-t-il en plaçant un chapeau sur sa tête.

Maggie ne put qu'acquiescer. C'était un de ces moments parfaits. Le genre qui vous frappe comme un éclair, au cas où vous vous apprêtiez à ne pas le voir.

Elle venait de poser la main sur le pommeau et de placer le pied dans l'étrier pour se hisser quand les grandes mains de Callum la déposèrent sur sa selle – une sur le bas de son dos, l'autre autour de sa cuisse.

Au début, cela la vexa qu'il pense qu'elle ait besoin d'aide. Mais ensuite, elle se rendit compte de deux choses. Un, Callum était toujours attentionné. C'était ce qu'elle aimait chez lui. Et deux, elle appréciait d'être touchée par lui. Son cœur tambourinait toujours quand il monta sur son étalon à côté d'elle et ils quittèrent l'écurie.

La pleine lune éclairait toute la campagne et des flocons tombaient. C'était génial.

Après une heure d'une chevauchée facile, Callum se tourna vers elle avec un sourire malicieux.

— Prête ? redemanda-t-il.

Elle lui sourit et éperonna sa monture, s'élançant dans une prairie plate et dégagée. Elle n'avait jamais vu ce côté-là chez lui. Il semblait soudainement libéré de son fardeau. Son énergie était complètement différente.

Quand ils s'approchèrent d'un ruisseau, Callum lui indiqua de ralentir et d'arrêter son cheval. Après avoir mis pied à terre, il retira la neige des épaules de Maggie, puis rit et mit une main de chaque côté de sa tête pour retirer ce qui s'était accumulé sur son chapeau.

Les chevaux burent et eux aussi. Puis, ils repartirent.

Ils s'arrêtèrent en haut d'une crête qui donnait sur toute la vallée en contrebas. C'était à couper le souffle. Callum retira une sorte de gourde de son manteau et la lui tendit pour qu'elle boive en premier.

Quand ils revinrent, il était très tard. Les joues de Maggie étaient rouges à cause de l'air frais de la nuit, mais elle se sentait terriblement réchauffée de l'intérieur. Ils restèrent avec les chevaux le temps de se refroidir et passèrent une heure à les brosser, les féliciter et leur donner des friandises.

Ils étaient de nouveau silencieux quand ils retournèrent au donjon et montèrent les marches une fois à l'intérieur. Au moment de se séparer, sur le palier, Maggie se tourna vers lui.

— Merci, Callum.

Il sourit et hocha la tête, tendit la main pour effleurer sa joue.

— Je vous en prie, Maggie.

C'était une jolie fin pour une nuit merveilleuse.

CHAPITRE 14

Réveillée par ce qui ressemblait à une cavalcade dans la cour, Maggie attrapa sa robe de chambre et se précipita dans le couloir. Elle entra en collision avec Callum, déjà habillé de sa chemise habituelle, de son pantalon, ses bottes noires en toile de jute, l'épée à la main.

— J'ai entendu des chevaux, dit-elle en glissant ses bras dans les manches de sa robe de chambre.

Lui se dirigeait déjà vers l'escalier. Quand il se retourna, elle remarqua quelque chose de très différent dans sa manière d'être. Quelque chose qu'elle n'avait jamais vu chez lui avant.

Le pouvoir, l'autorité et un sérieux mortel.

Elle pouvait le sentir à vingt pas de lui et frissonna tandis qu'il avançait vers elle. Elle faillit reculer, tant le changement chez lui était intense et remarquable.

— Retournez au lit, Maggie.

Il n'y avait pas d'affection dans ses yeux, pas d'adoucissement momentané. Rien. Comme si l'homme qu'elle avait quitté il y avait quelques heures était parti.

À sa place se trouvait ce... ce... guerrier.

Il ouvrit la porte de sa chambre et elle y retourna, obéissante. Une fois la porte fermée, elle courut jusqu'à sa fenêtre.

Un groupe d'au moins dix hommes à cheval attendaient devant les portes du donjon. Quand Callum arriva, il les salua, mais ne s'arrêta pas et continua d'avancer vers l'écurie où Edward sortait en amenant dans la cour son étalon déjà préparé. Il sauta en selle et indiqua aux hommes de le suivre.

Elle les regarda partir.

Il ne jeta pas un regard en arrière.

Elle ne se rendormit pas cette nuit-là. Quand le soleil se leva, elle quitta sa chambre et passa toute la journée à faire les cent pas dehors comme dans le donjon. La pauvre Ide lui apporta quelques petites choses à manger, mais Maggie était trop nerveuse pour avoir faim. Elle grignota la nourriture pour être polie, mais elle était si préoccupée que c'était la dernière chose qu'elle avait en tête.

Personne ne savait rien sur ce qu'il s'était passé ou sur où Callum était parti. Seul Albert semblait avoir des informations. Quand Maggie l'interrogea, il ne fit que dire qu'un problème s'était posé – ce qui pouvait être un million de choses – et qu'on avait besoin de Callum.

À l'approche du crépuscule, Albert apparut en haut des marches du donjon et insista pour qu'elle entre. À contrecœur, elle obéit, mais continua d'arpenter le foyer, inquiète. Une heure plus tard, Albert revint la voir avec un autre regard affectueux, mais sévère, et un geste de la main. Elle était bannie d'ici également.

À presque minuit, Maggie tournait de nouveau, arrivée au bout du grand salon. Elle se figea en le voyant debout sous l'arche. Ils échangèrent un regard et le soulagement l'envahit. Une facette du Callum qu'elle connaissait était visible sur son visage. Mais il ne bougea pas, alors elle se précipita vers lui, encore plus alarmée.

— Vous allez bien ? demanda-t-elle en vérifiant par elle-même.

Comme une statue, il resta planté là pendant qu'elle le tâtait grosso modo de partout.

— Dites quelque chose ! cria-t-elle de désespoir.

Qu'est-ce qui n'allait pas avec lui ? Elle passa ses doigts dans ses cheveux et, alors, elle le sentit et retira ses mains.

Du sang chaud et poisseux recouvrait ses paumes et Maggie cria.

Elle se rappelait vaguement qu'il avait essayé de la calmer. Ide était entrée et lui avait donné quelque chose de chaud à boire. Callum s'était assuré qu'elle buvait tout et l'avait escortée à sa chambre, où Nessa attendait et l'aida à aller au lit.

La dernière chose dont elle se souvenait était Callum à son chevet. La main pressée sur le côté de son visage, avant qu'il ne glisse ses doigts dans ses cheveux et les écarte.

Elle se rappelait aussi s'être sentie aimée et en sécurité.

CHAPITRE 15

Cela faisait un certain temps que Maggie n'avait pas crié dans son sommeil. Bien que Callum sût que l'arrêt de ses peurs nocturnes était une bonne chose, une partie de lui appréciait de la réconforter au beau milieu de la nuit. Même si elle ne se souvenait pas de ses bons soins au matin. En vérité, il n'était pas étonné de l'entendre crier ce soir-là, vu sa détresse à son retour la veille.

Il avança à pas feutrés dans le couloir, ouvrit la porte de Maggie, toucha le talisman et se glissa dans le lit à côté d'elle. Elle s'accrocha à ce qu'elle portait autour du cou, mais le garda caché, comme toujours. Il devenait de plus en plus curieux sur ce que c'était. Mais pour le moment, il lui chuchota *chut* jusqu'à ce qu'elle se calmât et se blottît dans ses bras.

Il se rappela la nuit d'avant, quand ces maudits intrus avaient demandé son attention. De toutes les nuits où il pouvait y avoir des problèmes, le Créateur avait choisi celle-ci. Qui avait été parfaite jusque-là.

Maintenant, la chevauchée de nuit avec Maggie était entachée par ce qui avait suivi. Apparemment, Dieu, ou qui contrôlait les destins, n'en avait pas fini avec Callum.

Callum repensa aussi au moment de son retour. Quand il

était entré dans le grand hall et l'avait vue. C'était comme si un étau se desserrait dans son torse. Il s'était figé à voir sa beauté et à la savoir en sécurité et s'était réchauffé après cette nuit pourtant bien froide.

Le soulagement sur son visage quand elle l'avait vu était gravé dans son esprit. Comment elle s'était précipitée vers lui, son visage pâle tourné vers le haut, encadré de ses cheveux bruns et brillants. Elle l'avait passé en revue consciencieusement. Avait hoqueté en remarquant le sang à l'arrière de son crâne. Il n'avait pas eu le temps de lui dire que sa blessure n'était pas importante. Des braconniers avaient essayé de lui prendre sa propriété, à lui et à un clan voisin. Le problème avait été réglé facilement.

Elle avait été inconsolable. Son regard avait trahi son horreur. Il n'y avait pas d'autres façons de le décrire. Même s'il était devant elle, sain et sauf, elle était prise dans un souvenir – à la vue du sang sur ses mains, visiblement.

Il avait vu des regards pareils avant. Bon Dieu, lui aussi avait eu ce regard. Troublé par une vue ou une odeur, confronté directement à un souvenir qu'on aimerait n'avoir jamais eu.

Il était reconnaissant de pouvoir la serrer dans ses bras pour quelques heures et ils dormirent profondément. Elle, avec l'aide du remède qu'Ide avait préparé en toute hâte.

Plus tard ce matin-là, elle le salua dans la petite salle à manger. Callum espérait qu'elle se rappellerait ses soins cette fois, mais visiblement non. Quand elle lui demanda d'un air ensommeillé pourquoi il était là et qu'il lui parla de sa terreur, elle soupira et répéta encore une fois qu'elle n'aurait pas crié.

Apparemment, Maggie de Sinclair préférait minimiser l'évident. Déterminé à ne pas s'attarder sur la sensation de son corps blotti contre le sien, il repoussa ses pensées.

Il faillit s'étouffer avec un morceau de l'omelette d'Ide un peu plus tard, quand sans plaisanteries ou subterfuge, elle lui présenta une requête. Refusant de croire qu'il avait bien entendu, il but une longue gorgée de thé pour se remettre et la regarda.

— Je vous ai demandé si vous voudriez bien me montrer comment utiliser l'épée, répéta-t-elle.

Qu'elle eût dit *l'épée* et non *mon* épée était sûrement la raison pour laquelle il considérait cette requête en premier lieu.

— Je vous ai entendue.

Elle ne le réprimanda pas de lui avoir fait se répéter.

— Eh bien ?

— Je... je... Pourquoi ?

Il ne pouvait pas imaginer la raison pour laquelle elle voulait ça.

— Je voudrais savoir comment me défendre. Comment vous défendre, même. Dunhill. Notre maison.

Stupéfait par ses affirmations, vraiment *stupéfait*, il ne put que la fixer du regard. Il connaissait des femmes qui étaient douées avec une épée, c'était inhabituel, mais pas du jamais-vu, mais que son raisonnement inclût de le protéger lui et *leur* maison le rendait sans voix.

Elle dut sentir que son silence avait de l'importance, car elle laissa sa sollicitation et son raisonnement planer entre eux et recommença à manger. Elle ne dit plus rien sur le sujet.

Il soupesa sa requête pendant le restant de la matinée. Il pensa à l'épée aussi. C'était étrange que son attachement à cette épée eût changé. Cela ne le gênait pas qu'elle fût toujours accrochée au mur dans sa chambre. Que le joyau l'attirât chaque fois qu'il passait et qu'il le touchât comme par superstition.

Pourtant, pas une fois depuis qu'il l'avait placée là, n'avait-il voulu la reprendre. Sentir son poids dans sa main, sa poignée dans son poing.

Ce fut à la moitié de l'après-midi qu'il prit sa décision. Il trouva Maggie dans le grand hall, la tête plongée dans un livre.

— Allez chercher votre épée, dit-il pensif mais très sérieux.

Même s'il lui apprendrait, il n'en était pas ravi.

Elle releva la tête d'un coup. Une myriade d'émotions traversa son visage. Puis, elle courut vers l'escalier.

Callum était un maître à l'épée. Peu atteignaient le niveau

qu'avaient ses camarades et lui. Il avait appris à de jeunes garçons comment manier une épée dans le passé, alors il pourrait sûrement l'apprendre à Maggie également.

Il savait qu'elle serait bonne. Elle était compétente et agile, une cavalière accomplie et en bonne condition grâce à ses longues promenades dans la propriété. Mais tenir, soulever et *manier* une arme de cette taille, de ce poids et aussi mortelle n'était pas à prendre à la légère.

Dehors, elle le suivit en bas des marches, vers la cour. Quand ils atteignirent l'endroit où il s'exerçait, il vit à sa position qu'elle l'avait observé ces dernières semaines.

Pour tester sa trempe et ses instincts de base, Callum commença cette leçon, comme il l'avait fait de nombreuses fois avant, par surprendre Maggie pour la forcer à réagir. Il fit volte-face et leva son épée vers elle dans un grand arc. Il regarda le choc et la colère éclairer ses traits en comprenant qu'il avait commencé une attaque. Mais il y avait autre chose dans ses yeux et, franchement, cela le surprit et le remplit de fierté.

Des réflexes, des capacités et un esprit guerrier.

C'était primaire, mais Maggie leva son épée pour parer le coup. Il savait que l'impact l'ébranlerait, la vit grimacer et devina qu'elle mordillait certainement l'intérieur de sa joue.

Il était sûr que s'il encerclait de sa main son bras, il le sentirait encore à vibrer. Encouragé par sa réponse viscérale, il donna un coup de l'autre côté. Il était ambidextre quand il s'agissait d'épée. L'arc venant de ce côté-là la perturba et elle se figea avant de retrouver ses esprits. Elle fit de son mieux pour rapidement relever l'épée, à peine à temps pour l'impact. Il l'arracha de ses mains.

Secouant ses mains pour se débarrasser de la sensation brûlante et commune pour ceux qui n'y étaient pas initiés, elle se pencha pour ramasser l'épée. Il marcha sur la lame, l'arrêtant.

— Qu'est-ce que vous faites ? cracha-t-elle amère. Si vous ne voulez pas m'apprendre, ne le faites pas. Mais ne me traitez pas comme ça.

— Pourquoi est-ce si important pour vous ? insista-t-il.

— Je vous l'ai déjà dit, Callum.

Il secoua la tête.

— Non, il y a plus. Quelque chose s'est passé. La nuit dernière, quand...

— Je ne peux pas vous protéger. Et je n'ai pas pu le protéger !

— Qui ?

Il s'arrêta, vit l'expression qui traversa son visage. Puis, il comprit.

— Derek ?

Bon Dieu. Que s'était-il passé pour lui donner cette peur ou ce besoin de le protéger, de les protéger ?

— Oui, Derek. Ils l'ont tué. Il est mort dans mes bras.

Ah, c'était donc ça. Pauvre Maggie.

Il sentit son cœur se briser pour elle.

Callum baissa la main pour l'aider à se lever. Elle hésita une seconde avant de l'attraper. Il la remit sur pied, puis il prit son épée et la lui tendit. Elle leva les yeux vers lui, un peu méfiante.

— Commençons avec les bases.

— Un peu comme on aurait dû ? rétorqua-t-elle en haussant un sourcil.

Il sourit. Puis, il passa l'heure suivante à l'entraîner dans une routine épuisante. Les meilleurs l'avaient entraîné et c'était ainsi qu'il procédait en retour. Après ça, il lui ordonna de prendre un bon bain chaud et de manger au lit.

Il ne la revit pas ce soir-là et se dit qu'elle s'était endormie avant même que sa tête ne touchât l'oreiller.

CHAPITRE 16

Avec l'aide de Nessa et Rose, Maggie prépara ses affaires pour son voyage à Seagrave. Callum s'était souvenu qu'elle n'avait que son coffre et avait laissé deux sacoches identiques sur le banc dans sa chambre. Une note y était accrochée :

Maggie,

Puisque ma mère ne parcourt plus la campagne, elle aurait aimé que vous les ayez pour vos propres voyages.

Callum

Elle espérait que cela voulait dire qu'elle pouvait prendre les deux. Ce n'était pas facile de préparer ses affaires pour une semaine entière, avec les changements de saison et ses vêtements du XVe siècle particulièrement encombrants. Pourtant, Nessa et Rose roulèrent et plièrent ses robes avec aise. Elles s'assurèrent même de laisser ses tenues pour la nuit à la cabane et le matin suivant en haut.

Maggie était nerveuse à l'idée de séjourner chez des gens qu'elle ne connaissait pas. Ide lui avait dit que Seagrave était un endroit agréable et que les MacGreggor étaient des gens très bien. Vu qu'Ide ne pouvait que les comparer à Dunhill, Maggie se sentit rassurée, au moins un peu.

Ils partirent quand le soleil commença à se lever. Maggie s'habilla pour le froid avec une robe en laine douce, un manteau que Callum avait insisté pour qu'elle porte, un autre trésor du placard de sa mère et bien sûr, ses bottes. Son épée était sécurisée à sa selle, ainsi que les nouvelles sacoches remplies de ses vêtements. Callum avait le même équipement ainsi qu'un arc et un carquois.

Vu la longue journée devant eux, Callum estimait qu'ils arriveraient à la cabane avec juste assez de lumière pour qu'il puisse faire le dîner. Il avait dit qu'ils pouvaient prendre leur temps le jour suivant, puisqu'à partir de là, Seagrave n'était plus qu'à quelques heures.

Ils gardèrent un rythme constant dans la matinée, se dirigeant vers le sud avant de tourner à l'ouest. Ide leur avait préparé un déjeuner copieux : son pain croustillant farci d'une volaille rôtie – Maggie trancha sur le fait que c'était du poulet, comme elle le faisait avec tous les oiseaux mystérieux qu'Ide cuisinait –, des herbes, du fromage et des tartes aux fruits. Les trois fois où ils s'étaient arrêtés jusque-là, y compris pour manger, Callum avait insisté pour qu'ils boivent beaucoup d'eau fraîche, comme les chevaux.

À la moitié de l'après-midi, Callum désigna les dernières crêtes avant leur dernière descente. Il avait dit que la cabane avait été construite au pied de la montagne, près d'un grand ruisseau.

À leur arrivée, Callum s'occupa des chevaux pendant que Maggie prenait du bois d'un tas installé dehors. Un sac avec un silex et de l'acier se trouvait dans le foyer de la cheminée, avec du petit bois sec. Il fallut quelques coups, mais le feu crépita rapidement.

Elle ouvrit les volets, dépoussiéra rapidement, sortit le lin et balaya le sol. En un rien de temps, le cottage à une pièce et au charme désuet était propre et chaud. Quand elle défit leur linge de lit, Callum était de retour.

— Qu'y a-t-il pour le dîner ? demanda-t-elle avec un sourire.

— Du saumon.

Il tenait deux gros poissons fraîchement attrapés, qu'il avait dû nettoyer et envelopper près de la rivière. Elle rit.

— Vous êtes parti avec un carquois et un arc.

Elle pensait pour sûr qu'il reviendrait avec quelque chose comme un lapin.

— Je voulais voir si les bords de la rivière avaient commencé à geler. Par chance, le dîner attendait mon arrivée.

— Comment sommes-nous censés manger tout ça ?

Il sourit.

— Je vous ai vue manger, rappela-t-il. Et j'ai un gros appétit ce soir.

Pendant que le poisson rôtissait, Callum apporta plusieurs seaux d'eau fraîche et les plaça sur le foyer de la cheminée pour les réchauffer. Ils s'assirent sur le sol devant le feu. Il avait coupé les poissons en deux et les avait rôtis encore avec la peau. Ensemble, ils arrachèrent la viande, encore chaude, mais si succulente.

— Oh mon Dieu, Callum.

À chaque bouchée, Maggie grognait de plaisir.

Il sourit, cet éclat malicieux dans les yeux, et tendit la main pour essuyer quelque chose sur le côté de sa lèvre. C'était un geste intime, un des nombreux qu'ils partageaient désormais. Que Dieu lui vienne en aide.

Non, vraiment, que Dieu l'aide.

Elle ne demandait pas à retourner chez elle. Elle ne demandait pas à récupérer Derek. Elle ne demandait même pas à ce que l'année et demie dernière soit différente. Mais là-dessus... s'il Vous plaît...

Elle le sentit et sut que lui aussi.

Elle ne voulait pas agir ou faire des hypothèses sur où ils allaient. Honnêtement, cela la terrifiait et l'excitait en même temps. Ce sentiment d'être amoureux, qu'on ne peut pas apaiser. Celui qui vous agite et fait battre votre cœur si vite que vous vous inquiétez à l'idée qu'il explose. Oui, c'était comme ça qu'elle se sentait avec Callum. Elle devait le repousser. Tracer cette ligne dans le sable et NE PAS LA DÉPASSER.

Quand ils eurent fini leur souper, l'eau s'était réchauffée et n'était plus glacée et ils se lavèrent. Elle s'apprêtait à se débarbouiller, mais il immobilisa sa main. Puis, il s'approcha d'une petite étagère près du lit. Il sortit un linge de lin propre et une petite boîte qu'il ouvrit avant de la lui tendre. Elle se demanda si c'était à Fiona. Semblant lire dans ses pensées, Callum secoua la tête.

— C'était à ma mère.

La vérité de ce qu'elle ressentait la frappa alors. À quinze ans, elle n'était pas capable de ressentir ça. Non qu'elle n'ait pas aimé Derek, bien sûr qu'elle l'aimait, de tout son cœur. Mais les sentiments qu'elle avait pour cet homme étaient plus complets, plus profonds, plus matures. Ils étaient chacun avancés dans la vie, avaient expérimenté des choses. Elle n'était pas sûre d'avoir un jour ressenti ce qu'elle ressentait maintenant.

Elle était si jeune quand elle avait rencontré Derek. L'amour était là, mais c'était un genre d'amour différent.

La culpabilité rongea son cœur, laissant Maggie à la fois satisfaite et perturbée.

Le savon sentait les fleurs et le citron. Des ingrédients exotiques.

— C'est un bon savon.

Il lui sourit, attendit pendant qu'elle se lavait et fit de même avec son savon à l'odeur de pin.

CHAPITRE 17

Callum s'appuya contre le cadre de la porte et regarda Maggie marcher le long des roseaux. Elle avait voulu se dégourdir les jambes avant qu'ils ne partissent. La veille avait été une si longue journée qu'en vérité, ils avaient mangé et s'étaient endormis rapidement après cela.

Il avait ri quand elle lui avait dit qu'elle dormirait auprès du feu. Il lui avait rétorqué qu'il y avait plein de place dans le lit, puis lui avait laissé un peu d'intimité le temps d'aller voir les chevaux une dernière fois. Quand il était revenu, Callum s'était changé et allongé de l'autre côté. Parfois, il se sentait coupable pour ce qu'il ressentait pour Maggie et se demandait si elle aussi luttait.

Au moment présent, elle se retourna et agita la main, puis sourit et montra le sol. Oïl, cela devait être un lapin ou deux qui avait traversé son chemin.

Il rit quand elle le refit ; sa joie étant contagieuse, même de loin. Elle les suivit, accélérant ses foulées le long de la végétation entre la prairie et le ruisseau. Les lapins détalèrent à travers les roseaux vers l'eau. Maggie, prise dans sa joie innocente et sa curiosité, tourna pour les suivre et l'horreur l'envahit quand il sentit son estomac sombrer.

Non... Non, Maggie, la glace !

— Maggie ! s'écria-t-il.

En mettant ses mains autour de sa bouche, il réessaya. Mais il voyait au sommet des roseaux qu'elle avançait toujours.

Il courut, son cœur tambourinant furieusement dans sa poitrine. *Bon Dieu.* Il était à la moitié de la prairie quand il l'entendit crier.

Non ! NonNonNon !

— *MAAAGGIE* ! hurla-t-il.

Il courut vers le son. Il tirait un maigre réconfort dans l'idée que plus il s'approchait, plus il l'entendait se débattre, ce qui était mieux que le silence. L'eau était glacée, elle y survivrait, mais la végétation en dessous était un piège mortel. Il courut sur le même chemin qu'elle avait pris et la vit dès que sa vue fut dégagée.

— *Maggie !*

Elle leva la tête avec un hoquet laborieux en essayant de se libérer. Ses yeux étaient remplis de peur. Il voyait qu'elle essayait de défaire ses jambes des plantes l'emprisonnant sous l'eau. Elle le fixa du regard, ses grands yeux résignés.

Non, il ne la perdrait pas.

Il secoua la tête et plongea. L'eau le brûla. Il l'atteignit en quelques secondes, attrapa ses épaules, essayant de la soulever plus haut, même juste un moment, le temps de la libérer.

— Je... je..., bégaya-t-elle.

— Chut, je sais. Reste tranquille. Promets-moi, Maggie, reste immobile jusqu'à ce que je te délivre.

Elle hocha la tête et il plongea sous l'eau.

Avec sa dague, il coupa la végétation autour de ses jambes. Il l'écarta rapidement, de peur qu'elle ne se fît prendre de nouveau. Il déboisa la zone mortelle tandis qu'elle le suivait, puis il refit surface. C'était plus facile d'entrer dans l'eau qu'en sortir. Mais il parvint à atteindre la terre ferme.

Il courut en la portant vers la cabane, pendant qu'elle essayait de parler. Il claqua la porte derrière eux, attrapa les couvertures sur le lit et l'installa devant le feu éteint, puisqu'ils s'apprêtaient à partir.

— C... c...

— Chuut.

Il retira ses bottes, surpris qu'elle les eût encore aux pieds, frotta tout son corps de la tête aux pieds, retirant sa robe au passage.

— C... C... Ca... llum... t... tell...

— Je sais. Je sais. Tu as froid, finit-il pour elle.

Lui-même haletait. Encore pris dans le moment, il retira le restant de ses vêtements.

Elle était d'une pâleur mortelle et tremblait très fort. Il l'enveloppa dans les couvertures, toutes, frottant ses bras et ses jambes. Puis, il attrapa sa tête entre ses mains.

— Ça ira, Maggie. Il faut que je refasse un feu.

Il parlait plus pour lui que pour elle. Elle acquiesça en claquant des dents.

Il manqua d'arracher la porte de son cadre en allant chercher plus de bois. Allumer un feu jusqu'à ce qu'il flambât lui donna l'impression de perdre de précieuses minutes qu'il n'avait pas. Il retira ses propres vêtements mouillés et prit une autre couverture à enrouler autour de sa taille. Puis, il attira Maggie sur ses genoux et frictionna ses bras et son corps entier. Enfin, il resta là à la serrer fort, la balançant d'avant en arrière. Elle tremblait comme une feuille. Il le sentait.

Au bout d'un moment, elle s'arrêta.

— Maggie, regarde-moi.

Il attrapa son menton, vit que ses lèvres avaient une teinte bleutée. Il devait la réchauffer. Avec douceur, il s'allongea avec elle sur lui et les enveloppa sous la couverture, chair contre chair. Elle était si froide au toucher que cela lui brûlait la peau.

Il recouvrit ses lèvres des siennes, soufflant doucement et gentiment pour la réchauffer. Très vite, il fut récompensé d'un gémissement. Un gémissement de vie, pas de passion, il y avait une différence. Elle marmonna tandis qu'il continuait ses bons soins. De lents souffles, inspirations et expirations, les bras resserrés sur elle aussi fort que possible.

De longues minutes plus tard, il sentit ses lèvres se réchauffer et commencer à gonfler sur les siennes pendant qu'il continuait à souffler sur elles, en elles. Le corps de Maggie se détendit contre le sien et pour la première fois depuis qu'elle avait tourné pour chasser ces lapins, il lâcha un soupir de soulagement. Par réflexe, il l'attira plus près de lui.

Il ouvrit les yeux alors et vit à son regard qu'il devait arrêter. Il sentit un moment de profonde tristesse en écartant ses lèvres des siennes.

Il se sentit aussitôt démuni. Il fallut tous les vestiges de volonté pour ne pas recouvrir de nouveau sa bouche et l'embrasser pour de vrai.

Et voilà, il y songeait ! Que Dieu le frappât. Il avait eu ses lèvres sur elle et maintenant, il voulait l'embrasser. L'embrasser vraiment.

Il se demanda les sensations que cela produirait. Il glissa la tête de Maggie dans le creux de son cou de peur qu'il ne cédât, et l'attira contre lui. Elle se laissa aller à l'embrassade, soupira et en quelques secondes, se détendit dans un sommeil profond.

En la serrant contre lui, il comprit d'un coup que pour autant qu'ils – ou du moins *il* – soutenaient qu'ils pouvaient simplement rester amis, il l'aimait.

Oïl, il l'aimait.

C'était facile de l'aimer. Elle était gentille, attentionnée, timide, fascinante, sa protégée. C'était plus que l'amour pour un membre de la famille ou quelqu'un sous sa protection.

Elle ne serait pas ravie.

Il luttait, lui aussi. Il n'avait jamais pensé ressentir ça de nouveau. Honnêtement, il n'était pas sûr d'avoir un jour ressenti ça. Ses sentiments là-dessus étaient partagés.

Au lieu de partir tôt, ils restèrent blottis l'un contre l'autre devant le feu des heures le temps qu'elle dormît. Deux fois, il se leva pour ajouter du bois au feu. La seconde fois, il enfila un pantalon sec et la rejoignit sous les couvertures.

La première fois, il avait essoré sa robe et l'avait accrochée près du feu, à sécher. C'était là qu'il l'avait vu.

Le médaillon qu'elle portait tout le temps. Le médaillon qu'il aurait juré que son père lui avait sculpté il y avait presque quinze ans.

Margaret Siobhan Sinclair portait son médaillon.

C'était ce fait ou cet *artéfact* qui scella le destin de Maggie.

Qu'il en fût ainsi.

CHAPITRE 18

Même de loin, Maggie se rendait compte que Seagrave était l'un des endroits les plus incroyables qu'elle ait jamais vus et comme elle avait été à Dunhill, ça en disait long. Il y avait une qualité enchanteresse dans ce château et dès le début, elle sentit le bourdonnement constant d'activité qui le traversait, ce courant sous-jacent de festivités.

Mais quelque chose avait changé drastiquement entre Callum et elle et ils travaillaient encore à démêler leur relation.

Cela commença dès leur arrivée sur la propriété des MacGreggor. En quelques secondes, quatre hommes à cheval les encerclèrent et Maggie commença à fomenter un plan pour les abattre un par un, regrettant de ne pas avoir eu plus de leçons avec son épée. Puis, elle se rendit compte qu'ils étaient amis.

— O'Roarke, dit l'un d'eux.

D'autres salutations similaires suivirent.

— Qui est-ce ? demanda un autre.

Il fallut moins de dix secondes de sourires accueillants avant qu'elle sente que quelque chose dans l'atmosphère avait changé entre eux. Pas entre Callum et elle, mais entre Callum et ces hommes. Ils étaient des subordonnés, pas son égal.

Puis, Callum marqua son territoire, révélant un autre côté de lui que Maggie n'avait jamais vu chez lui, changeant leur dynamique une bonne fois pour toutes. Elle ne pourrait plus se faire croire à elle-même qu'ils n'étaient *qu'amis*.

— *Elle* est avec moi, affirma-t-il.

Pas *Elle est ma protégée, traitez-la avec respect et surveillez votre comportement.* Ni même : *Maggie ne cherche pas un prétendant. Nous ressentons des sentiments involontaires et des choses se passent entre nous, alors laissez-nous le temps de démêler ça.*

Non, il ne sous-entendit rien de ce genre. Il aurait pu tout aussi bien dire : *Elle est à moi.*

Elle dut en faire la remarque à voix haute, car l'un des hommes corrigea :

— C'est ce qu'il a fait, jeune femme, il y a juste mis les formes pour ne pas vous troubler.

Ensuite, il adressa un hochement de tête à Callum et les hommes se séparèrent.

— Callum..., commença-t-elle, perturbée par son changement de comportement.

Qui était cet homme bourru, entêté et possessif ? Il lui apparut alors qu'il y avait une autre fois où elle l'avait vu ainsi. *Ce* Callum était le même homme qui avait été appelé pour gérer des troubles cette fameuse nuit, des semaines auparavant.

Un guerrier.

— Non, coupa-t-il simplement.

Le regard sur son visage l'empêcha d'insister. Ils n'avaient pas encore parlé de ce qu'il s'était passé dans le cabanon. En fait, elle espérait qu'ils ne le feraient jamais.

Elle le résumerait ainsi : un évènement effrayant s'était produit et Callum l'avait sauvée. Qui s'intéressait au fait qu'elle l'ait entendu crier son nom, la voix remplie de panique et de peur ? Que sa voix ait traversé son cœur et qu'elle ait regretté qu'ils puissent être perdus l'un pour l'autre ? Ou que, quand il était sous l'eau à lui ordonner de rester immobile, elle ait été occupée à graver son visage dans sa mémoire, espérant l'emporter avec elle. Qui s'intéressait au fait qu'ils aient été peau contre peau, sa bouche sur la sienne, et que ce moment ait été bouleversant pour elle ?

Combien de moments bouleversants était-on censés vivre ?

Elle avait eu sa part !

Elle ne voulait plus de ça.

Pourtant, au moment présent, elle aurait voulu revenir sur plusieurs évènements, vu comme il se comportait avec impolitesse, insensibilité et autorité. Un guerrier sur le champ de bataille, c'était une chose. Elle ne voulait pas de *ce* Callum à ses côtés tout le temps.

Était-ce comme cela que cela serait ?

Quand ils traversèrent la cour, tous les habitants du château étaient réunis sur les marches de devant. Et l'escalier était *impressionnant*, s'étendant sur une bonne portion et surtout, rempli de *beaucoup* de gens.

Ce fut là qu'elle remarqua un couple devant et au centre. Une splendide femme blond vénitien et un... un... un Dieu.

— Douce mère de...

— Il est marié, cracha Callum avec un regard méprisant.

Ouah, il était susceptible. Elle feignit un regard blessé.

— Aïe.

Il haussa les épaules. Elle ne supporterait pas qu'il fasse son Calimero, si c'était bien ce qu'il faisait.

La belle femme à côté de l'Adonis passa son bambin à l'une des nombreuses personnes qui tendaient les bras et avança vers eux.

Adonis suivit.

Callum descendit de son cheval comme un cascadeur chevronné d'Hollywood, atterrissant avec grâce avant de prendre dans ses bras la femme qui les accueillait. Il prit ensuite le bras de celui qui devait être Greylen MacGreggor et le salua d'un coup d'épaule.

Puis, Callum se posta à ses côtés. Non qu'elle ait besoin d'aide, mais il y avait tant de gens. Elle devait admettre que c'était agréable de l'avoir proche d'elle. Maggie savait qu'il n'essayait pas vraiment de l'insulter avec sa remarque un peu plus tôt.

Elle comprit qu'il devait être jaloux. Elle faillit plaisanter à ce sujet quand il tendit ses grandes mains vers elle et encercla sa taille pour la déposer au sol. Comme toujours quand il la touchait, elle fut momentanément distraite. Il lui lança un regard insistant avant de repousser ses cheveux de ses épaules, s'assurant d'en lisser l'arrière.

Il aurait pu tout aussi bien lever la jambe pour marquer son territoire.

— Qu'est-ce que tu fais ? grogna-t-elle aussi doucement que possible.

Il haussa les épaules.

— Je t'aide à descendre, dit-il d'un air absent.

— Sauf que tu mets un point d'honneur à me recoiffer, Callum. Devant...

Elle désigna la foule d'un geste du bras. Elle laissa ses mots en suspens en voyant combien ils étaient observés de près. Gwen et Greylen les fixaient avec une expression entre la joie et le choc.

— Ce n'est pas ce que vous croyez, intervint-elle en secouant la tête.

Ils échangèrent un regard et dirent en même temps :

— Alors qu'est-ce que c'est ?

— Laissez-la, leur demanda Callum. Grey, Gwen, voici Maggie Sinclair. Maggie, voici le Laird Greylen MacGreggor et sa femme, Gwendolyn.

Ils dirent tous les deux leur prénom en même temps, d'un air de dire *coupons court aux civilités et appelons-nous par nos prénoms*. Les conversations de Maggie avec Callum étaient profondes et intimes, mais il n'était pas économe en mots comme Greylen et Gwen semblaient l'être. Elle voyait qu'ils étaient plus fougueux et des opposants féroces, quand ils s'amusaient comme quand ils s'énervaient.

Elle devrait aiguiser ses compétences. Tout de suite.

— Alors, qu'est-ce que c'est ? redemanda Greylen.

— Oh, mon mari, arrête, le coupa Gwen.

Elle glissa son bras à celui de Maggie et dans un mouvement qui semblait chorégraphié, elle se dirigea vers les marches, loin des hommes.

— Halte.

La voix de Greylen était terriblement sérieuse maintenant, confirmant les pensées de Maggie – c'était *bien* un geste chorégraphié. Gwen savait ce qu'elle faisait en essayant de l'écarter. Elles se tournèrent vers Greylen, qui adressa sa prochaine question à Callum, d'un ton considérablement plus froid.

— Y a-t-il quelque chose que nous devrions savoir ?

Callum ignora la question et indiqua sa jument.

— Maggie, prends ton épée.

Bon Dieu, elle était si confuse qu'elle était partie sans y penser. Elle l'attrapa.

— Ce n'est pas *son* épée, Callum. C'est Lyall ore[1], forgée par ton père et gravée avec les armoiries de ta famille.

Greylen était passé d'amical à terrifiant. Il y avait beaucoup d'informations dans cette déclaration. Maggie la répéta dans sa tête pour pouvoir y réfléchir plus tard. Pour l'instant, elle rétorqua :

— Qui part à la chasse perd sa place.

Là-dessus, Gwen hoqueta, écarquillant les yeux si grands que Maggie en fut surprise. Greylen, lui, plissa les siens.

— Selon la loi de qui ?

— C'est juste une expression, dit-elle avec un haussement d'épaules.

Elle s'inspirait de Callum : mieux valait se retirer que jouer pour la victoire. Gwen resserra sa prise sur le bras de Maggie et continua de la regarder avec curiosité.

— Nous avons une expression ici aussi, Maggie, répondit

____

1. Lyall est un patronyme qu'on trouve en Écosse, dérivé du vieux norrois « Liulfr » où « ulfr » veut dire loup. Ore signifie minerais.

Greylen en réattirant son attention. Tu veux lui dire, Callum ? Ou devrai-je le faire ?

— Arrête, arrêtez tous, trancha Gwen en retrouvant la parole.

À la hâte, elle fit avancer une Maggie toujours confuse. Les hommes n'interférèrent pas cette fois. Pour être honnête, Maggie était contente de s'éloigner. D'eux tous. Surtout que la foule sur les marches était pendue à leurs lèvres.

Allez-vous-en !

On aurait dit que la cour de Seagrave était une scène où des évènements dramatiques se déroulaient souvent.

Elles franchirent les portes d'entrée et sans la poigne de fer de Gwen sur son bras, Maggie aurait trébuché devant le vestibule à deux étages grandioses. À la place, elle se prit simplement les pieds en regardant l'immense escalier digne d'un roi.

— Gwen, je vais perdre ce membre si vous ne relâchez pas votre poigne, siffla Maggie.

Quelque chose se tramait, alors elle garda la voix basse pour éviter les oreilles ou les yeux curieux. Gwen ramollit aussitôt sa prise, mais ne ralentit pas. Elle pressa Maggie en haut et chuchota :

— Pourquoi as-tu dit ça ?

Quelque chose dans le ton de Gwen arrêta Maggie net.

— Dit quoi ?

Gwen se pencha plus près, observa autour d'elle avant de reposer les yeux sur elle.

— Tu sais.

Elle inclina la tête en faisant de grands yeux, essayant de lui faire comprendre quelque chose, sans que Maggie sache quoi.

Vraiment, elle était perdue. Avec le regard de Gwen, c'était difficile de détourner les yeux. La nervosité qu'elle lisait chez elle lui donnait pourtant envie de voir qui pouvait les observer selon Gwen.

— *Non,* chuchota Maggie. Je ne sais pas. Qu'ai-je dit ?

— Qui-part-à-la-chasse-perd-sa-place.

Comme Maggie ne répondait toujours pas, elle reprit :

— Tu sais, une expression qui n'*existe* pas encore au foutu XVe siècle ?

Maggie recula aussitôt la tête.

— Toi aussi ? demanda-t-elle.

Elle arrivait à peine à s'autoriser à y croire. Gwen hocha vigoureusement la tête et un soulagement envahit Maggie. *Elle n'était pas seule, plus maintenant.*

Gwen dut ressentir la même chose, car là, juste devant l'escalier, les larmes leur montèrent toutes les deux aux yeux, elles hochèrent la tête et se prirent dans leurs bras. Défaite, Maggie tenta de retenir ses larmes. Elle avait l'impression d'avoir retrouvé un morceau de chez elle. Pas son chez-elle vraiment, mais le XXIe siècle.

Bientôt, trois hommes s'approchèrent d'elles, l'air inquiet.

— Lady Gwendolyn ? demandèrent-ils frénétiquement.

Gwen soupira, essuya ses yeux et les chassa d'un geste de la main.

— Je vais bien. Vraiment.

— Alors on était bien observées, dit Maggie.

Gwen renifla.

— Ils sont sans danger, dit-elle avant de rire doucement. Pour moi, en tout cas. Mais ils sont *beaucoup* trop protecteurs. Ils se calmeront quand ils seront habitués à t'avoir dans le coin.

Les hommes acquiescèrent comme si c'était une bonne chose et elle les chassa encore.

— Nous avons beaucoup à nous dire, chuchota-t-elle en se penchant.

Les hommes interprétèrent visiblement le congé donné par Gwen comme un ordre de se tenir à deux pas d'elles au lieu d'un. Un adorable petit garçon tituba jusqu'à elles et Gwen se pencha pour le prendre.

— Eh bien, il faudra peut-être attendre plus tard, mais allons t'installer.

Là-dessus, Gwen fit volte-face et demanda à Maggie de la

suivre. Pendant un moment, elle resta plantée là. Encore incrédule de ce qu'elle avait découvert. Ses yeux atterrirent sur une énorme fenêtre qui donnait sur la mer.

Maggie se sentit en paix.

Mais elle n'eut qu'un instant, car Gwen continuait à un rythme rapide. Maggie dut trotter pour la rattraper. Elles tournèrent à gauche et Gwen la mena dans un grand couloir jusqu'à sa chambre.

— C'est tellement joli, Gwen, commenta-t-elle.

Elle avait l'impression d'être entrée dans une suite d'hôtel luxueuse, enfin sans le mini-bar et la télévision.

Gwen montra deux crochets au mur où Maggie installa son épée. Il y avait une zone pour s'asseoir devant la cheminée, où le feu était déjà allumé et crépitait. Le grand lit était flanqué de tables de chevet et de ce qui ressemblait à un fauteuil confortable. Une porte archée se trouvait au mur à gauche.

— Il y a quelques livres sur la table. Je te montrerai notre bibliothèque demain.

Gwen marqua une pause et reprit :

— Tu restes la semaine, n'est-ce pas ? Callum t'a parlé du festival...

Maggie sourit.

— Oïl, nous sommes là pour la semaine.

Elle soupira.

— Bien, OK, il y a une armoire et un espace pour s'habiller ici. Nous avons fait des salles de bains attenantes, lui expliqua-t-elle en ouvrant la porte. Tu devrais trouver tout ce dont tu as besoin dans les tiroirs. Bon, à part une brosse à dents électrique ou un sèche-cheveux. Oh, ça me rappelle, je te ramènerai du maquillage plus tard.

— Du maquillage ? demanda Maggie.

Elle se rendit compte de combien se faire belle lui avait manqué.

— Eh bien, c'est juste un pinceau et de la poudre que j'utilise comme eyeliner. Et une crème de Lady Madelyn – c'est la mère de Greylen, tu la rencontreras demain. Elle est chez Gavin et Isabelle depuis quelques semaines maintenant. Isabelle est la petite sœur de Greylen. Et Gavin, eh bien, Gavin est notre meilleur ami.

Elle haussa les épaules.

— C'est une longue histoire, mais on se le partage plus ou moins. Gavin était le second de Greylen, mais quand son père est décédé, il est devenu Laird. Ils viennent de finir de construire leur château et Lady Madelyn les aide avec le bébé et les jumeaux. Je blablate ?

Maggie rit. C'était beaucoup d'informations.

— Attends, mère, sœur, beau-frère, j'ai compris, dit-elle bien qu'elle ait remarqué que quelque chose ne collait pas. C'est si différent. Bien plus animé que Dunhill. Je sais que Callum est...

— Oh, Callum est Laird de Dunhill. C'est beaucoup à apprendre, je sais. Quand je suis arrivée ici, je confondais Lairds, Lords et Barons. C'est très perturbant. Bref, ne laisse pas le calme présent de Dunhill te tromper. Il est très puissant et Graham est son second. Si Dunhill tournait à plein régime, il serait similaire à Seagrave. Enfin, sans les marchands de Greylen. *Et voilà*, je m'emballe encore. Viens.

Elle prit la main de Maggie et la guida vers un canapé confortable.

— J'ai tellement de questions, Maggie. Comment es-tu arrivée là ? Que s'est-il passé ?

Maggie haussa les épaules, perdue.

— J'imagine que j'ai passé un pacte avec le diable.

Gwen secoua la tête.

— Non, je t'assure que non. Pas si tu as atterri ici... Ou plus exactement, avec Callum. Ça n'est pas un pacte avec le diable. C'est un homme bien, Maggie.

Maggie était étonnée par l'affirmation de Gwen. Elle semblait parfaitement satisfaite d'être ici, au XVe siècle. Comme si, si on lui donnait le choix entre rester ici et rentrer à la maison, Gwen pourrait vraiment choisir de vivre dans les années 1400. Maggie se rendit compte avec un sursaut qu'il se pourrait qu'elle commence à ressentir la même chose. Quand était la dernière fois qu'elle avait essayé de rentrer chez elle ?

Pour être honnête avec elle-même, elle avait *bel et bien* l'impression d'avoir atterri à un bon endroit.

Et oui, *avec Callum*.

Même maintenant, avec toute sa routine d'une-syllabe-seulement. Sérieusement, ils n'avaient échangé qu'une poignée de mots depuis leur arrivée à Seagrave et franchement, aucun n'était terrible. Pourtant, tout ça mis de côté, dans le fond, elle était plus qu'heureuse dernièrement. Ici, il y avait quelqu'un du XXIe siècle qui semblait vraiment...

— Tu es vraiment heureuse ici, Gwen ?

— Oh, Maggie, dit-elle en tendant la main pour prendre la sienne. Oui. Ça a peut-être l'air fou, mais oui. J'adore m'asseoir chez moi, regarder mon mari passer et parler à ses hommes ou serrer l'un de nos enfants contre moi. J'adore nos dîners en famille, ce qui n'est pas une mince affaire. Si tu arrives à un mauvais moment, je te jure que la table manquerait d'exploser. C'est simple et compliqué d'une manière complètement différente de notre époque. Mais tu sais ce que j'aime le plus ? Je ne suis pas sûre que j'aurais trouvé ça ailleurs.

Elle leva les yeux un moment, puis recouvrit son cœur.

— Ce sentiment d'avoir sa place quelque part, avec quelqu'un. Ne laisse pas leur côté archaïque te tromper. Greylen et Callum sont des hommes riches et intelligents. Ils sont cultivés et je pense vraiment qu'ils sont les *intellectuels* de cette époque.

En voyant les yeux écarquillés de Maggie, elle ajouta :

— Je ne plaisante pas. Il n'y a rien qu'ils ne puissent imaginer – ou ne feraient pas – pour la sécurité et la protection de leurs proches, leur famille, leur clan.

Elles entendirent Callum appeler et Gwen se leva, prit son enfant et lâcha :

— Nous parlerons plus tard. Et rappelle-toi, s'il fallait *atterrir* quelque part, tu t'en es bien sortie. Crois-moi.

Étonnée et étrangement plus à l'aise qu'elle ne s'était sentie depuis un moment, Maggie resta sur le canapé à fixer la porte ouverte par laquelle Gwen était partie.

CHAPITRE 19

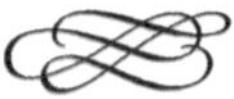

Callum monta prudemment les escaliers. Bon Dieu, en un clin d'œil, tout avait changé. Il n'y avait pas de doute sur le sentiment qu'il avait ressenti quand Kevin et les autres étaient venus les accueillir une fois sur le domaine des MacGreggor. Au moment où ils avaient lancé un sourire appréciateur à Maggie, il avait été rempli de jalousie. La possessivité avait suivi et il l'avait presque marquée aux yeux de tous.

Pas très gentiment.

Il avait ignoré les questions de Greylen pendant que James, le maître d'écurie, venait chercher leurs chevaux. Callum avait salué pour la forme le reste du personnel familier et emporté ses affaires *et* celles de Maggie à l'intérieur. Il avait appelé Gwen, qui était apparue sur le palier quand il avait commencé à monter les marches.

Elle lui lança un regard tendre.

— Même chambre que d'habitude.

— Et Maggie ?

— Celle d'à côté.

Il tourna au palier, dépassa sa chambre et posa la sacoche de Maggie sur le banc, juste à côté de sa porte ouverte. Elle le regarda, choquée, perplexe peut-être. Maggie aurait pu avoir mille réactions vu son comportement, mais elle ne dit rien. Il ne pouvait pas lui en vouloir.

Après un rapide changement de vêtements, il commença à descendre et fut surpris d'entendre Maggie l'appeler. Il se tourna et la rejoignit à mi-chemin.

Toujours à court de mots, il garda le silence, ne sachant pas à quoi s'attendre. En tout cas, il n'aurait jamais présumé qu'elle enterrerait la hache de guerre en lui tendant son épée.

Il fut frappé par sa grâce.

Mais après tout, ils étaient dans le même sac tous les deux, comme elle l'avait dit. Ils affrontaient des obstacles en faisant un pas en avant, puis deux en arrière. Il supposait qu'ils avaient tous deux considérablement progressé. Sans Maggie, Callum n'était pas sûr qu'il serait là où il était désormais, au bord d'une nouvelle vie.

Ce qu'il s'était passé à la cabane avait eu des conséquences importantes.

Avec un hochement de tête sincère de gratitude, il accepta son geste de bonne volonté et échangea son épée avec la sienne. Elle répondit d'un signe de tête et d'une révérence formelle et retourna dans sa chambre. Toute leur interaction s'était déroulée dans le silence, mais cela avait cimenté ce qu'il avait senti entre eux.

Impatient de dissiper son énergie accumulée, il retrouva Grey sur les champs d'entraînement. En peu de temps, les années les quittèrent, comme toujours. Il semblait plongé dans le temps d'antan, quand ils étaient devenus des frères d'armes pour la première fois.

Ils avaient cinq et dix ans quand Dar, Aidan et Ronan avaient rejoint leurs rangs. Tous les cinq avaient juré fidélité à une fraternité sacrée un soir d'automne frais, devant le père de Grey et de Callum. C'était la véritable raison du Festival d'Automne, même si peu le savaient : honorer leurs pères à leur façon.

Il se rappela alors que c'était l'idée de sa mère d'avoir tous des médaillons ornés des armoiries de leur famille. *Futurs lairds au sommet* avait-elle dit.

Callum se demanda pour ce qui devait être la centième fois où Maggie avait trouvé celui qu'elle portait. Il ressemblait tellement au sien que cela ne pouvait qu'être le même. Le médaillon que son père lui avait sculpté.

Mais *comment* était-ce possible ?

Quelle que soit la réponse, cela n'avait pas d'influence sur ce qu'il ressentait pour elle. C'était juste que le voir à ce moment-là lui avait semblé relever... eh bien, du destin. Il leva les yeux vers le ciel, pensant en silence à sa mère et à ce qu'elle avait pu négocier. Il ressentit alors une douleur intense à la tête et il aurait juré voir des étoiles avant que tout ne devînt noir.

Un peu plus tard, il se réveilla dans sa chambre et fut surpris de découvrir Maggie assise à son chevet. Il souffrait aussi. Avec un vague souvenir de l'épée de Greylen s'abattant sur sa tête alors qu'il regardait les cieux.

Ah, songea-t-il, *ne jamais détourner les yeux de son adversaire. Même si c'est ton frère.*

De l'autre côté du mur, Gwen criait sur son mari. Même si ça ne changeait rien à d'habitude. Callum s'esclaffa, un triste choix vu que sa tête palpitait. La main élancée de Maggie caressant doucement le côté blessé de son front produisait la sensation la plus plaisante qu'il eût jamais ressentie... enfin depuis sa bouche recouvrant la sienne à la cabane, quand elle était dans ses bras.

Elle baissa ses jolis yeux vers lui. Ses cheveux tombèrent vers le visage de Callum.

Bon Dieu, il avait de sacrés problèmes.

Gwen entra en furie et lui posa aussitôt une avalanche de questions.

— Quel est ton nom ?

— Callum O'Roarke.

— Quel âge as-tu ?

— Trente-deux ans.

— En quelle année sommes-nous ?

— 1430.

Elle leva les yeux au ciel.

— Ne me le rappelle pas.

Puis, elle se pencha près de lui et murmura :

— Sais-tu où Greylen stocke mes cadeaux de Noël et le brandy en plus ?

Callum s'esclaffa.

— Si je le savais, je ne te le dirais pas. Tu sais qu'un serment nous unit.

— C'est ça.

L'air satisfait, elle pressa une compresse fraîche sur sa tête.

— Repose-toi jusqu'au souper, s'il te plaît. Je viendrai vérifier ton état à ce moment-là.

— Je vais bien, vraiment, Gwen. Merci.

— Tu as foutu une peur bleue à Greylen. Il y a très peu de gens avec lesquels il aime s'entraîner. De ce que j'ai pu comprendre, il y allait de toutes ses forces. Tu as de la chance qu'il ait de bons réflexes et qu'il a tourné sa lame. Tu aurais pu avoir un bout de tête en moins ou pire.

— Désolé, Grey, s'excusa-t-il à l'attention de son ami.

Il était apparu sur le seuil et secoua la tête, l'air encore perturbé.

— Repose-toi, répéta Gwen. Et pas d'épées pendant deux jours. On te verra au souper. Il n'y a que nous quatre ce soir.

Gwen et Grey partirent alors. Le laissant seul avec Maggie. Elle commença à bouger et il fut surpris de l'élan de panique qui le traversa. Il l'immobilisa d'une main.

— S'il te plaît, ne pars pas.

— Je n'allais nulle part. Je peux te ramener quelque chose ?

Il secoua la tête, regretta ce geste et grimaça. Maggie lui caressa de nouveau le front avec un petit *chut, chut*, chantant. Il ferma les yeux et se laissa aller à ses bons soins.

Quand il se réveilla, le soleil commençait à se coucher. Ils avaient peut-être une heure avant le repas. Maggie était endormie à côté de lui, le bras autour de sa taille.

Au diable la bienséance, il roula et l'attira à lui avant de presser ses lèvres sur son front.

— Callum, dit-elle à voix basse, hésitante.

Si elle ne s'était pas blottie un peu plus contre lui, il se serait écarté. Mais elle l'avait fait et sa petite main caressait son dos.

— Chut, chuchota-t-il. Ce sera bientôt l'heure du souper. Juste un petit instant. S'il te plaît.

— D'accord.

Il lui fallut une immense retenue pour ne pas l'embrasser. Il se contenta plutôt de reposer ses lèvres là où elles étaient sur son front, de sentir la chaleur de sa peau.

C'était un interlude délicieux que cette embrassade entre eux. Une première où Maggie était réveillée et non plongée dans un sommeil troublé.

Un long moment plus tard, Anna frappa à sa porte. Elle avait préparé un bain chaud pour Maggie dans sa chambre et l'on préparait de l'eau pour lui également.

En bougeant pour se lever, il se rendit compte qu'elle s'était rendormie. Il était tenté de la laisser. Elle avait l'air adorable et en paix, ici. Mais il savait combien elle apprécierait un bain chaud. Surtout après leur incursion dans les eaux glaciales près de la cabane.

Pendant un instant, il songea à ce que cela serait de prendre son bain avec elle. D'avoir son corps nu appuyé contre le sien et de se prélasser ainsi. Se débarrassant de telles pensées – *pas maintenant, Callum* –, il passa ses lèvres sur son front une dernière fois et l'appela doucement. Elle s'enfouit un peu plus contre lui et le serra plus fort pendant une seconde avant de se réveiller d'un coup.

— Tu vas bien ? s'inquiéta-t-elle en attrapant son visage entre ses deux mains.

Il acquiesça et repoussa les cheveux tombés autour de son visage derrière ses épaules.

— Anna nous a appelés. Un bain chaud t'attend dans ta chambre.

— Merveilleux, dit-elle avec un sourire endormi. Ça ira, toi ?

— Je t'assure que je vais bien. Anna s'en assurera. Mon propre bain chaud est en préparation.

Maggie lui lança un nouveau regard inquiet avant de hocher la tête et de quitter la pièce.

Peu de temps après, alors qu'il appuyait sa tête au rebord en bois de la baignoire, il entendit un coup à la porte.

— Entrez.

Il osa croire que c'était Maggie qui revenait. Grey entra, sa fille dans ses bras occupée à jouer avec ses propres pieds.

— Comment va ta tête ?

— Mieux, répondit-il en essayant de cacher sa déception.

Le bébé tendit la main.

— Oum, oum.

C'était comme ça qu'elle disait son nom. Callum sourit et tendit la main vers elle, chatouilla son pied, ce qui lui arracha un rire.

— Quand il sortira du bain, mon cœur, lui dit Grey.

Callum ferma de nouveau les yeux. En vérité, il était pleinement détendu et heureux d'être de retour ici. Même avec sa blessure à la tête.

— Gwen approuve Maggie avec grand enthousiasme. Elle m'a dit qu'elles s'étaient déjà rapprochées.

Callum s'autorisa un sourire devant cette image.

— Je suis content de l'entendre. Même si je me doutais qu'elles s'entendraient bien.

Il s'enfonça un peu plus dans l'eau chaude. Il n'avait pas besoin de l'approbation de Grey et Gwen. Pourtant, l'avoir rendait les choses plus simples.

Un autre obstacle franchi.

Il ne savait pas quand il avait commencé à rayer les choses de cette liste imaginaire. Comme s'il avait commencé à élaborer une stratégie qu'il ne voyait que maintenant comme nécessaire.

Il ne revit pas Maggie avant le souper. Il attendit sur un banc dans le couloir, prêt à la guider jusqu'à la salle à manger. Quand elle sortit de sa chambre, il se leva d'un coup.

Bon Dieu, elle était charmante.

Elle avait ramené en arrière ses cheveux noirs et avait dû mettre la main sur ce que Gwen appelait du maquillage. Ses jolis yeux étaient plus foncés, charbonneux et sensuels et ses lèvres roses brillaient. Elle portait aussi la robe bleu saphir, la préférée de Callum. Moulante.

Il lui prit la main et la porta à sa bouche.

— Tu es resplendissante.

Elle sourit.

— Je ne m'y attendais pas, mais Gwen est passée pendant que je me préparais avec des crèmes et des poudres.

— J'ai entendu dire que vous étiez vite devenues amies.

Il lui tendit le bras et elle y noua le sien.

Elle l'immobilisa sur le palier et regarda la mer par la fenêtre.

— Je n'ai pas eu le temps de savourer cette vue un peu plus tôt, c'est tellement joli.

Maggie avait raison, c'était un joli endroit. La vue était incroyable. Mais son profil, encadré par ses cheveux soyeux en cascade, retenait beaucoup plus son attention.

— Parle-moi de Seagrave. Tu sembles familier avec cet endroit, dit-elle alors qu'ils atteignaient le vestibule.

— Mon amitié avec Grey remonte à l'enfance. Nos parents étaient des amis proches. Même s'il y a une différence d'âge entre Grey et moi, nous avons grandi ensemble.

— C'est très bien d'avoir cette connexion avec lui.

— C'est pour ça que je me suis retrouvé ici. Quelques mois après le décès de Fiona, ajouta-t-il après une pause.

Il fallait bien dire la vérité, même si elle était douloureuse. Elle s'arrêta et se tourna vers lui, comme toujours quand ils s'engageaient dans une conversation importante. Elle leva légèrement la tête pour le regarder.

— Je comprends, lui assura-t-elle les yeux dans les yeux. Si je n'avais pas eu Céleste, je ne sais pas ce que j'aurais fait. C'est dur d'être seul. Surtout après la période où l'on préfère être seul.

Callum acquiesça, sachant bien qu'elle partageait quelque chose de profond et personnel. Elle parlait rarement de Céleste. D'après ses histoires précédentes, il savait que c'était une grande amie de Maggie.

— Tu devrais lui écrire. Elle peut venir quand elle veut, Maggie. Aussi longtemps que vous le souhaitez toutes les deux.

Quelque chose d'indescriptible traversa ses yeux avant qu'elle ne les fermât.

— Qu'est-ce que je ne donnerais pas pour la revoir.

Il l'attira à lui, espérant repousser la tristesse qu'il sentait si forte chez elle.

— Nous ferons en sorte que tu la revoies, promis.

S'il devait voyager pour aller la chercher, il le ferait. Encore mieux, il enverrait quelqu'un.

N'importe quoi pour rendre Maggie heureuse.

Elle lui lança un petit sourire triste, puis tendit la main et passa ses doigts délicats sur son front, sa tempe et sa cicatrice. Il frémit à cette sensation, comme toujours. Elle s'attarda un instant, en suivit le contour, puis secoua la tête et chuchota :

— Que faisons-nous, Callum ? Je ne crois pas...

— Chut, ne réfléchis pas.

Lui non plus n'était sûr de rien. Mais il n'était pas prêt à ce qu'elle mît des mots dessus ou arrêtât ce qui se déroulait entre eux. Il avait de sérieux doutes qu'ils pussent le faire de toute façon.

— On n'a pas besoin de faire quoi que ce soit. Savourons le temps passé ici et laissons le reste se régler seul.

Il observa la lanière en cuir autour de son cou et se rendit soudain compte que Gwen portait un médaillon aussi. Il sourit au symbolisme derrière ça. Enhardi, il tripota le cuir, sa main effleurant le col de sa robe. Heureusement pour eux, le décolleté était modeste. Malgré tout, il sentit sa respiration s'accélérer et, en rivant ses yeux à ceux de Maggie, il vit que la sienne aussi. Il passa ses doigts le long du cuir, vers son cou, et elle recouvrit sa main de la sienne, l'aplatissant contre elle. Elle frémit. Son cœur tambourinait et ses lèvres étaient légèrement ouvertes.

Oïl, il le sentait aussi. À peine une seconde plus tôt, il avait l'intention de l'amener dans le grand hall, mais il l'attira à lui de son bras libre, figé sur place.

Il n'attendit pas d'invitation. Oïl, elle se trouvait dans ses yeux et sa poigne. D'un geste rapide, il recouvrit ses lèvres et l'embrassa doucement. Bon Dieu, il le ressentit du haut de son crâne à la plante de ses pieds.

Cette force extérieure, cette attirance, cette... connexion.

Elle gémit contre lui, lâcha sa main et passa ses doigts dans ses cheveux tandis que lui inclinait sa tête. Juste-là, au beau milieu du vestibule de Seagrave, ils partagèrent leur premier vrai baiser. Il s'en rappellerait pour toujours.

Il était important.

Sans savoir comment, il entendit Grey se racler la gorge. Levant la main à l'attention de son ami, il embrassa une dernière fois les lèvres de Maggie avant de s'écarter. Elle rougit quand il la regarda et commença presque aussitôt à secouer sa jolie tête.

— Je ne pense pas que cela ait aidé, dit-elle avec un rire.

— Eh bien, ça n'a pas pu faire de mal, répondit-il d'une voix rauque en passant ses pouces sur ses joues.

Elle leva les yeux au ciel.

— Je voulais dire...

Il secoua la tête, lui indiquant de s'arrêter là, ce qu'elle fit.

— Maggie de Sinclair, reprit-il fermement. Laissons ça comme ça. S'il te plaît. Allons profiter du repas. Je te promets une grande compagnie et de la nourriture époustouflante.

— On a déjà ça, Callum.

Elle leva la main pour essuyer ce qu'il devina être un peu de la crème sur ses lèvres.

— Alors considère ça comme une gâterie spéciale.

— Ça suffit, tous les deux, appela Gwen depuis le grand hall. Je crois que ce soir requiert une célébration.

Elle servait du vin, son activité préférée.

— Tu crois que tout requiert célébration, rétorquèrent Grey et Callum en même temps.

Maggie rit, un véritable rire qui éclaira tout son visage, comme la veille, quand elle lui montrait les lapins. Son cœur se serra un peu à cette idée.

Comment cela pouvait-il n'être qu'un jour avant ? Il avait l'impression qu'une vie entière était passée depuis. Pour une fois, enfin, peut-être plus d'une fois, il prit avec reconnaissance le gobelet qu'elle lui donnait.

Oïl, une nuit de festivités s'imposait. Il ne se rappelait pas quand avait eu lieu la dernière.

Assis devant la cheminée, ils mangèrent quelques bouchées tout en rattrapant les dernières nouvelles de la famille de Grey et Gwen. Maggie s'approcha du sol près de la table basse au centre du salon, une petite assiette en main pour sélectionner quelques hors-d'œuvre.

Il rit.

— On dirait que je ne te nourris pas à Dunhill.

Elle leva les yeux, lui fit un grand sourire et rougit.

— C'est souvent ma partie préférée du repas, ça me rappelle mon chez-moi, expliqua-t-elle en couvrant sa bouche.

— J'en informerai Ide à notre retour.

Il rit encore, un peu réchauffé par l'alcool et la compagnie. Il se rendit compte qu'il n'avait pas été heureux ici depuis des années. Seagrave lui rappelait trop les mois ayant suivi la mort de Fiona.

Désormais, cela changeait.

Pour être honnête, le bonheur qu'il ressentait maintenant était différent de ce qu'il avait ressenti avec Fiona. Maggie, à sa façon, l'avait changé. Callum se rendit compte que le bonheur était quelque chose qu'il fallait saisir et chercher. Qui savait ce que le destin dresserait sur son chemin ?

Ou prendrait.

La cuisinière arriva suivie de son personnel et ils passèrent à table. Il tendit la main vers Maggie et la redressa. L'alcool les rendait tous deux étourdis. Quand elle trébucha contre son torse, il dut s'empêcher de l'attirer pour un autre baiser et opta pour un léger contact de ses lèvres sur son front.

Les repas à Seagrave étaient parmi les meilleures. La solennité comme la nourriture. Et par solennité, il voulait dire que le repas était un évènement, traité en cérémonie, où l'on était simplement ensemble, sans grande pompe. Un moment où tout le monde prenait des nouvelles des autres, peu importe ce qu'il s'était passé en journée. C'était un moment sacré.

Greylen s'assit au bout de la table, Gwen à sa gauche. Callum installa Maggie à côté de son ami et s'assit à côté d'elle.

— Tu ne veux pas t'asseoir ici ? demanda-t-elle.

— Il ne veut pas que tu te sentes écartée, expliqua Gwen.

La laisser à l'écart des autres n'était pas une option. La place de Maggie était au centre.

La nuit de joie qu'il avait imaginée débuta. Gwen servit ses plats préférés et il ne fut pas surpris de voir que Maggie les aimait aussi. Il avait remarqué qu'elles avaient des goûts similaires quand il s'agissait de nourriture. En fait, il lui dit de ne pas s'emballer. Il avait toutes les intentions du monde de finir chaque morceau.

Elle lâcha un autre bruit de plaisir en prenant une deuxième bouchée de steak.

— C'est une sauce zip[1] ? demanda-t-elle à Gwen.

Callum lui lança un regard interrogateur. Une sauce *quoi* ?

Gwen rit du nez et prit une autre gorgée d'alcool.

— Bon, ça suffit pour toi, intervint Greylen avec un rire.

Ils jouèrent aux échecs en équipe. Callum se fichait complètement que Maggie décidât pour eux. Elle était déjà une joueuse accomplie. Ils perdirent quand même. Grey et Gwen étaient des adversaires de taille. Ils montèrent tous ensemble les

---

1. Sauce très populaire aux États-Unis à base de beurre et d'herbes, entre autres.

escaliers, Grey et Gwen tournèrent d'un côté tandis que Maggie et lui tournaient de l'autre.

Seuls pour la première fois depuis leur baiser, Callum sentit son rythme cardiaque s'affoler. Maggie le fixa du regard, appuyée au mur devant la porte de sa chambre, les chaussures qu'elle avait retirées un peu plus tôt dans une main. Il s'avança vers elle. La chaleur entre eux était presque brûlante.

— C'était l'une des meilleures soirées de ma vie, Callum, souffla Maggie après un moment. Merci de m'avoir amenée ici.

Callum se dit qu'il valait mieux ne pas l'embrasser encore. La nuit était parfaite ainsi.

Encore mieux : elle cria dans son sommeil un peu plus tard. Il avança à pas de loups dans le couloir et entra dans sa chambre pour l'attirer à lui. Elle se blottit contre lui et ils dormirent tranquillement le restant de la nuit.

CHAPITRE 20

Maggie se réveilla plus tôt que d'habitude le matin suivant. Quand elle sortit dans le couloir pour voir ce qui l'avait réveillée, elle repéra Gwen qui descendait les marches, son bébé dans les bras. Elle était pieds nus, en robe de chambre. Maggie aurait pu croire qu'elles étaient de retour au XXIe siècle aux États-Unis.

Se retournant en entendant la porte de Maggie s'ouvrir, Gwen lui dit de prendre la robe de chambre qu'elle lui avait laissée dans la salle de bains et de la suivre. Pressée de passer du temps avec sa nouvelle amie, Maggie s'exécuta.

Avançant à pas de loups derrière Gwen dans les escaliers, elle fut surprise quand elles dépassèrent le grand hall et se dirigèrent vers l'arrière du donjon. Gwen salua le personnel, lui présenta la cuisinière, même si Maggie n'aurait pas pu l'oublier. Le repas de la veille était sublime. Gwen désigna une petite table glissée sur le côté, couverte d'un joli chemin de table en lin et d'un vase de fleurs fraîches. À côté de la table, un buffet se trouvait avec divers plats et ustensiles, un peu comme à Dunhill. Maggie sourit, se rappelant que Callum lui avait dit que l'idée venait de Gwen.

La cuisinière posa un bol de porridge ou quelque chose du genre devant Gwen. Il fumait encore. Elle le touilla quelques fois avant de le pousser sur le côté. Une autre fille apparut avec de la crème fraîche et une tasse de ce que Maggie aurait juré être... *non*.

Elle inhala profondément encore.

— C'est du café ?

Gwen lui lança un sourire.

— Ça t'a manqué, hein ? Eh oui, et c'est vraiment bon aussi.

Elle leur servit à toutes les deux une tasse, but une gorgée et soupira avec satisfaction avant de hocher la tête à l'attention de la cuisinière.

— Cette femme sait ce qu'elle fait.

La cuisinière leva l'ustensile dans sa main en guise d'assentiment.

Maggie imita Gwen et but une grosse gorgée de sa tasse. Elle laissa le breuvage la traverser un instant avant de se tourner vers son hôte.

— Oh mon Dieu, c'est tellement bon. Je n'ai pas bu de café depuis deux ans.

Gwen se contenta d'un grand sourire et but encore. Elles restèrent assises en silence quelques minutes, se réveillant doucement tout en fixant du regard l'animation dans la cuisine. Enfin, Gwen posa son café, un coude sur la table pendant que le bébé reposait toujours sur son épaule.

— Bon. C'est l'heure de me raconter. Vas-y.

— Je ne sais même pas par où commencer.

— Eh bien, pour moi, ça a commencé par les rêves de Greylen, toutes les nuits pendant cinq ans. C'était avant mon arrivée ici. Je n'ai jamais vu son visage ou su qui il était, mais c'était *lui*, tu vois ?

Maggie hocha la tête, même si ça ne ressemblait en rien à ce qu'il lui était arrivé.

— Bref, après un moment, il y a eu comme une rupture, et je devais faire quelque chose. Alors j'ai quitté mon boulot, lâché un contrat et je suis partie en voyage en Écosse. Comme si j'étais attirée là-bas, ou quelque chose comme ça. Quatre jours plus tard, à mon anniversaire, j'ai été prise dans une tempête et j'ai terminé dans l'eau... des centaines d'années en arrière.

— Donc on ne part pas sur une révélation petit bout par petit bout ? fit Maggie.

Cela lui valut un rire.

— D'accord, très bien. Voilà ce que je sais. Mon petit ami est décédé...

— Oh, Maggie, je suis désolée, compatit Gwen en lui prenant la main.

— Merci, mais ça va, maintenant, affirma-t-elle en haussant les épaules. Je crois.

Elle s'arrêta, jeta un regard sur le côté, par la petite fenêtre qui donnait sur un beau jardin. C'était si étrange d'avoir dit ça. Est-ce que ça allait maintenant ? Étrangement, elle avait l'impression que oui.

Elle prit une profonde inspiration, se retourna vers Gwen et se fit la remarque qu'à part Céleste, qui surpassait son propre deuil, elle n'avait jamais parlé de Derek ou de ce qu'il s'était passé à une amie. Même ses conversations avec Callum étaient différentes. Gwen était une vraie contemporaine. Maggie savait implicitement qu'elle pouvait parler en toute liberté de comment et pourquoi. Quelque chose qu'elle ne pouvait pas faire avec Callum.

— Tant de choses se sont passées depuis. À l'époque, j'étais... brisée. J'étais dans tous mes états.

Elle était reconnaissante que Gwen lui ait laissé de l'espace pour rassembler ses esprits.

— Que s'est-il passé ?

Maggie déglutit et but une autre gorgée de café.

— Nous étions tous les deux détectives dans une agence des forces de l'ordre. On venait de clore une enquête et on allait le fêter – tu sais, dîner au petit restaurant italien en bas de la rue. Ils font le meilleur poulet au marsala et... les meilleures pizzas. Bref, on était en train de rentrer pour se changer en vitesse, mais on s'est arrêtés au magasin pour... pour...

Maggie secoua la tête et quand elle leva les yeux vers Gwen, elle sentit son menton commencer à trembler et très vite, elle ne pouvait plus rien voir à travers ses larmes.

— C'est tellement bête. Je voulais une barre chocolatée.

— Oh Maggie.

Gwen s'approcha d'elle et s'agenouilla à ses côtés.

— Tu sais que ce n'était pas ta faute, hein ? Je suis sûre que tu as joué à ce jeu un million de fois maintenant, mais il faut que je te le dise : ce n'était pas ta faute.

Maggie acquiesça.

— Je sais, dit-elle en se reprenant. On était dans un rayon quand on a entendu les hommes entrer. Un vol classique, et des conséquences terribles.

Elle lâcha un souffle.

— Je ne l'ai jamais dit à voix haute. Jamais. Pas même à la psy du boulot. Je ne suis même pas sûre de l'avoir un jour dit à voix haute à Céleste.

— Céleste ?

— La sœur de Derek, nous étions très proches. Genre, on s'appelait une dizaine de fois par jour et on passait toutes nos soirées ensemble.

Gwen hocha la tête et serra la main de Maggie.

— Peu de temps après que Derek a été tué, Céleste m'a dit qu'elle avait entendu parler de cette voyante qui pourrait aider avec... je ne sais pas à quoi on pensait, honnêtement. Mais je te jure, Gwen, je m'imaginais une sorcière avec un grimoire qui pourrait le ramener.

— Comme les deux tantes dans *Les ensorceleuses* ? demanda Gwen en riant un peu.

Maggie la montra du doigt, excitée de trouver quelqu'un qui pouvait comprendre ses références.

— Exactement ! J'étais désespérée, j'aurais pris n'importe quoi, sauf cette copie effrayante du petit ami dans le film.

— Et alors ? Tu y es allée ?

— Je suis là, non ? fit-elle pince-sans-rire.

Gwen rit de nouveau. Après lui avoir raconté le reste de l'histoire – les yeux luisants de la vieille sorcière, la photo de Derek, le joyau, l'épée, tout – Gwen se contenta de la fixer du regard sans répondre.

— OK, attends, dit-elle après un moment. Alors tu as atterri devant l'abbaye, ça j'ai compris, mais comment as-tu fini avec Callum ?

— Sa tante est l'une des sœurs. Je te jure, Gwen, après un regard pour moi qui agitait mon téléphone en l'air comme une folle avec mon épée, elle m'a fait rentrer si vite que j'en avais la tête qui tournait. Et dire que je pensais qu'elle allait me claquer la porte au nez.

— J'avais mon téléphone aussi. Enfin, un vieux que j'utilisais comme iPod. Dieu merci, je transportais des batteries supplémentaires dans mon sac. On est venus à bout des cinq, assez vite pour les trois premières, on a savouré les deux dernières.

— Oh mon Dieu. Les batteries portatives. J'avais oublié ça. Ils ont des chargeurs solaires maintenant.

— La tienne fonctionne ? demanda avec excitation Gwen.

— Je... je n'ai pas pensé à essayer. Je l'ai gardée cachée.

— Eh bien, tu n'auras pas de réseau, bien sûr, mais le téléphone en lui-même devrait fonctionner une fois chargé. L'appareil photo, la musique, ce genre de trucs. Ça vaut le coup d'essayer.

Maggie réfléchissait aux possibilités quand Greylen et Callum entrèrent dans la cuisine. À les regarder d'un œil neuf, elle se rendit compte de deux choses. Un, ils étaient de stature similaire. Même si Greylen avait quelques centimètres de plus que Callum, ils étaient tous deux bien bâtis et grands. Deux, son cœur manquait un battement rien qu'à voir Callum aussi à l'aise et léger autour de ses amis.

Il croisa son regard et sourit et, que Dieu lui vienne en aide, elle rougit de partout. Ce baiser la veille dans le vestibule était quelque chose. Elle avait attendu ça sans le savoir. Ce n'était pas déchaîné, mais elle avait aimé comment il avait recouvert ses lèvres. C'était beau et possessif à la fois. Comme *Je te tiens et je gère, alors accroche-toi*. Puis, il avait posé sa main sur sa tête et l'avait inclinée comme il fallait, avant de retourner dans sa bouche. À bien y repenser, elle le revit lever la main pour repousser Greylen et Gwen avant de se lover contre elle et de terminer par un dernier baiser. Elle rougit encore plus. Gwen dut s'en rendre compte car elle lui lança une serviette en lin et rit. Maggie s'esclaffa et posa un doigt à ses lèvres pour lui dire de se taire.

Greylen tenait son fils, le petit garçon, et quand ils arrivèrent à la table, il échangea l'enfant plus âgé pour le bébé dans les bras de Gwen. Celle-ci pressa ses lèvres sur la tempe du petit garçon et chuchota quelque chose à son oreille, puis se saisit du porridge que la cuisinière avait laissé sur la table et qui était visiblement le petit déjeuner du petit garçon.

La cuisinière revint avec plus de café et ce que Maggie voyait comme un petit déjeuner continental. Elle repéra des pâtisseries qui avaient l'air délicieuses et... attendez, vraiment ? De la quiche ! Gwen avait dû apprendre à la cuisinière comment faire de la quiche ! Maggie gloussa devant Gwen qui lui fit un clin d'œil.

— Qu'est-ce qui est si drôle ? demanda Greylen.

— Maggie, rétorqua Gwen avec un sourire.

— Maggie de Sinclair êtes-vous devenu un plaisantin ? la taquina Callum.

Les hommes s'installèrent et Callum effleura le bras de Maggie avec un *bonjour* murmuré, comme s'ils le faisaient tous les jours. Comme si ce n'était pas une sensation nouvelle. Maggie était frappée par l'intimité de ce moment.

Ils étaient là, assis à une petite table dans un coin de la cuisine, elle et Gwen en robe de chambre et Callum et Greylen dans leur version du XVe siècle d'un pyjama. Elle tendit la main et toucha le tissu du haut de Callum et de son pantalon – oui, tous les deux étaient super doux. Quand elle releva les yeux, tout le monde la fixait.

Elle haussa les épaules.

— Désolée, je n'ai jamais touché ses vêtements de nuit.

— Alors tu as touché ses vêtements de jour ? demanda Greylen.

Maggie se sentit devenir rouge tomate. D'accord, elle aimait le toucher et alors ? Callum essayait de ne pas rire, les joues un peu rouges aussi.

— Laisse-la tranquille, intervint Gwen en tapotant son mari.

— Et lui ? demanda Greylen en montrant de la tête Callum.

— Oh, c'est une cible légitime.

Maggie posa la main sur le bras de Callum.

— Oh, allez-y mollo avec lui. Il a eu des journées difficiles.

Greylen haussa un sourcil en remplissant leur tasse. Callum se contenta de sourire en prenant des assiettes avant de les passer.

— Père Michael sera là dans la matinée, annonça Greylen en changeant de sujet.

Le nom lui parlait et Maggie se rappela la confusion de Callum quand elle lui avait parlé de la famille Michael.

— Père Michael ? demanda-t-elle. Votre prêtre ? J'adorerais le rencontrer.

— Oh, je m'en doutais, dit Greylen avec un sourire qui impliquait autre chose. Bien sûr, tous les deux, vous voudrez passer du temps avec lui.

Il marqua une pause, mais Maggie n'avait aucune idée de ce qu'il voulait dire.

— Il était absent la semaine dernière, mais il doit rentrer. À point nommé, vous ne pensez pas ?

Il se tourna vers Callum qui plissa les yeux.

Maggie se raidit, sentant que quelque chose se passait, sans qu'elle sache quoi.

— Pourquoi ? demanda-t-elle au même moment que Callum.

Gwen couvrit les oreilles de son fils et se pencha en avant.

— Il couche bien avec toi, non ? C'est le XVe siècle, Maggie, pas le XXIe. Il y a des coutumes que tu devrais vraiment suivre, pour le bien de tous.

Oh. *OH.* Les yeux écarquillés, Maggie secoua la tête à Gwen, essayant désespérément de communiquer en silence avec ses *non, non, Callum ne sait pas.* La dernière chose qu'elle voulait c'était détruire les choses entre eux. Peu importe combien Gwen prétendait que Callum était intelligent et *ouvert d'esprit*, elle n'était pas sûre qu'il l'accepterait s'il savait cette vérité en particulier.

Puis, cela la frappa. Ni Greylen *ni Callum* ne semblaient choqués par la mention de Gwen du XXIe siècle. En fait, ils la regardaient tous les deux avec attente, presque calmement.

— Attends, est-ce qu'il... sait ? Pour là d'où tu viens ? demanda Maggie à Gwen.

Gwen hocha la tête et ses yeux allèrent d'un homme à l'autre, qui s'échangeaient des regards également.

— Savoir *quoi* sur Gwen ? demanda Callum avec une innocence feinte que Maggie pouvait repérer à des kilomètres.

— Oïl, dites-moi donc, quoi ? demanda Greylen en jetant un autre regard à sa femme.

— Oh, arrêtez donc, tous les deux, répliqua Gwen avec un soupir exagéré. Maggie est... eh bien, Maggie est...

Elle lança un regard à Maggie, essayant visiblement de la pousser à le dire en penchant la tête de la gauche et la droite, mais *hors de question* que Maggie s'y risque.

Jamais de la vie, *amiga.*

— Maggie est quoi ? demanda Callum.

D'un geste protecteur, il recouvrit sa main et Maggie sentit son cœur fondre un peu... plus. Il ne savait pas quels secrets elle lui avait cachés. Et pourtant le voilà au pied du mur. *Pauvre Callum.* Il recourba ses doigts sous sa paume, visiblement anxieux de ce qui pourrait venir

Incapable de supporter ça plus longtemps, Maggie hocha

fermement la tête à l'attention de Gwen. *Vas-y, crache le morceau, Gwen.*

— Maggie est comme moi.

— Comme toi... en quoi ? demandèrent Callum et Greylen en même temps.

Ils se penchèrent vers Gwen comme si cela l'aiderait à mieux répondre. Gwen se pencha aussi.

— Elle vient de mon époque, chuchota-t-elle.

Puis, elle ajouta d'une voix encore plus basse :

— Du futur.

Maggie voulut ramper dans un trou ou sous un rocher, n'importe quoi. Ce serait sûrement trop à encaisser pour Callum. Ou il penserait qu'elle était folle ou... Elle attendit l'explosion... et attendit... jusqu'à ce que...

— Je le savais ! fanfaronna Greylen en frappant sa main sur la table, faisant sursauter Maggie. Je t'ai demandé hier soir *et* ce matin. Et tu n'as rien dit !

— Ce n'était pas à moi de dire le secret, répliqua Gwen en haussant les épaules.

Maggie acquiesça et lui adressa un sourire faible, attendant que Callum dise quelque chose.

N'importe quoi.

Il tenait toujours sa main, mais il avait commencé à la fixer de la plus étrange des façons. Au début, son expression la rendit nerveuse, puis elle se rendit compte que ce n'était ni de l'horreur ni du dégoût ou même de la confusion. Non, Callum la regardait avec ce qu'elle ne pouvait décrire que comme de l'émerveillement.

— Callum ? demanda-t-elle en serrant sa main. Ça va ?

Il secoua la tête, comme sortant d'une transe. Puis, il observa avec insistance chacun d'entre eux avant de la regarder droit dans les yeux.

— Bonne nouvelle mise à part, Maggie de Sinclair, je crois que ça va.

Son regard était presque hypnotique. Maggie rougit, son

cœur tambourinant bruyamment dans sa poitrine. Elle ne savait pas ce qu'il voulait dire par *bonne nouvelle* mais il y avait *bonne* et cela lui suffisait pour l'instant. Il n'était pas dégoûté par le fait qu'elle venait du futur.

Étrangement, cela semblait presque le soulager.

— Alors maintenant que *ceci* est dit, intervint Greylen en faisant sursauter Maggie. Vous voudrez sûrement que Père Michael vous marie quand il arrive.

— *Quoi* ? s'exclama Maggie.

Était-ce comme cela que l'on faisait les choses dans les années 1400 ? Un baiser et on est coincés ensemble pour la vie ?

Elle fit volte-face pour affronter Callum qui ne semblait pas décontenancé un iota. Greylen semblait sur le point de parler, mais Gwen le devança.

— Eh bien, vous partagez bien votre couche, non ? insista Gwen.

— *Excuse-moi ?* s'étrangla Maggie.

Elle se tourna vers Callum qui rougissait. À son visage, lui semblait soudain comprendre.

— Maggie, laisse-moi m'expliquer.

Elle lutta pour garder son calme.

— Tu leur as parlé du lac ? chuchota-t-elle.

Soudain, elle se sentait... exposée et... et *blessée*. Ils n'en avaient même pas parlé.

C'était sacré.

— Non.

Il secoua la tête et attrapa sa main. Le regard sur son visage disait tout. Il le savait aussi : c'était *sacré*, juste entre eux.

— Je n'ai rien dit du lac, Maggie.

— Que s'est-il passé au lac ? demandèrent Gwen et Greylen.

— Attendez, commença Maggie, ne sachant plus quoi penser. Si Callum ne vous a rien dit là-dessus – ce qui, d'ailleurs était juste une situation de vie ou de mort, rien de scandaleux – alors de quoi parlez-vous ? On ne partage *pas* notre couche.

Du moins, pas pour l'instant, ajouta-t-elle pour elle-même.

À ce stade, elle n'avait couché qu'avec une seule personne dans sa vie.

Gwen lui sourit et haussa un sourcil.

— Tu es sûre, ma belle ?

Maggie secoua la tête, complètement perdue. Elle regarda Callum qui, pour une fois, ne voulait pas croiser son regard. Quelque chose commençait à monter en elle – avait-il propagé des mensonges à son propos ?

— Écoute, reprit Gwen en s'adoucissant. Mon mari pourrait entendre une épingle tomber à l'autre bout du château. Et selon lui, tu criais hier soir et Callum est passé dans ta chambre. Je t'assure, je n'ai rien entendu.

Elle imita le geste de boire avec sa main et admit :

— Je n'étais pas vraiment dans un état des plus *observateurs* hier.

Maggie regarda Callum d'un air interrogateur. Qu'est-ce que Gwen voulait dire ? Qui disait la vérité ?

— Oh et puis, je l'ai vu ce matin quand je suis allée chercher le bébé. Il quittait ta chambre.

Eh bien, au moins, elle savait ce qui l'avait réveillée aussi tôt ce matin. Il n'y avait pas que Gwen dans le couloir. C'était un maigre réconfort, vu qu'elle s'était convaincue que cet homme était aussi bon qu'on le prétendait et qu'elle avait commencé à lui faire confiance de tout son cœur alors qu'il se révélait être tout sauf bon.

— Maggie, commença Callum d'une voix rauque.

Elle fit volte-face vers lui.

— Ce n'est pas ce que tu penses. Tu cries dans ton sommeil. Je sais que tu dis que non, mais c'est vrai. Tu es désespérée et terrifiée ces nuits-là, tourmentée par des visions que je ne pourrais sûrement pas imaginer. Je ne fais que t'aider à te calmer.

— Tu *m'aides à me calmer* ? répéta Maggie, sentant tous les yeux sur elle. Je suis curieuse, Callum. À quoi est-ce que ça ressemble ?

L'éclat revint dans ses yeux et elle vit qu'il essayait de ne pas sourire. La frustration enfla en elle, mais elle le laissa parler.

— Eh bien, la première fois, j'ai *essayé* de te réveiller. Mais tu m'as plaqué sur le dos et tu m'as bloqué dans cette position – en vérité, ton geste m'a rempli de fierté, mais...

Maggie comprit tout à coup.

— Ohh, joli mouvement. Jiu-jitsu ? demanda Gwen avec intérêt.

Sentant le regard cinglant de Callum, elle haussa les épaules et ajouta :

— Eh bien, je pense que c'est super que Maggie ait pu se défendre, et encore plus dans son sommeil.

Vu les coups d'œil que Callum et Greylen échangèrent, Maggie suspecta qu'une autre histoire se cachait derrière tout ça. Elle commençait aussi à penser que Callum disait la vérité.

— J'avais ton pouce pressé comme ça ? demanda Maggie en imitant l'étrange angle qui était son geste défensif préféré.

Il la montra du doigt.

— Oïl, c'est celui-ci. Tu as retrouvé *un peu* tes esprits, tu m'as demandé pourquoi j'étais là, tu m'as *contredit* quand je te l'ai expliqué, puis tu t'es installée contre moi et tu t'es endormie aussitôt.

Maggie acquiesça, se pencha et lui chuchota :

— Combien de fois ça s'est passé ?

— On peut t'entendre, dirent Greylen et Gwen.

Maggie les repoussa d'un geste de la main. Elle voulait une réponse de Callum.

— Une poignée de fois, répondit-il en buvant une longue gorgée de café.

— Quelle poignée, la tienne ou la mienne ?

Il sourit et la regarda de nouveau dans les yeux.

— La mienne, dit-il comme s'il y avait un sous-entendu.

Et le voilà encore en barbare guerrier et possessif. Bon, barbare était peut-être un peu fort, mais il fallait s'habituer à ce Callum.

— Alors on est censés se marier parce qu'il s'allonge à côté de moi entièrement habillé de temps en temps ? reprit-elle en regardant Greylen.

Elle choisit de ne pas mentionner qu'elle pensait à ce qu'il se passerait s'ils n'avaient *pas* autant de vêtements.

Greylen leva les yeux au ciel.

— Toutes les femmes du futur sont folles, ou c'est juste vous deux ? Peu importe ce qu'il s'est *passé* dans ce lit, vous l'avez partagé.

— Maggie ne croit pas au mariage, intervint Callum.

— Excuse-moi ?

Cela venait de Greylen. Maggie secoua la tête et corrigea :

— Ce n'est pas que je n'y *crois* pas. C'est juste qu'avec le dernier homme avec qui j'étais, à mon époque, nous ne l'avons pas fait. C'était plus comme de longues ...

— Dix ans, précisa Callum.

— Fiançailles.

— Ils se marient par ici, rappela Gwen. Prépare-toi.

Le bébé commença alors à s'agiter, Dieu merci. Greylen et Gwen échangèrent de nouveau d'enfants, puis s'excusèrent. En sortant, Gwen dit à Maggie de prendre son temps, mais de la retrouver dans le grand hall une fois habillée.

Dans le silence de la cuisine, après le départ des MacGreggor, Maggie et Callum se regardèrent. Maggie inspira pour se calmer, se demandant ce qui arriverait ensuite, quand Callum attrapa sa main.

— Doit-on vraiment parler au Père Michael ?

Le poids de ce que les MacGreggor avaient suggéré pesait maintenant sur elle.

— Je veux dire, je ne veux pas que tu aies l'impression de devoir faire une chose pareille. Tu n'en as même pas *envie*. Je ne veux pas être un problème ou...

Elle laissa sa phrase en suspens, car que pouvait-elle dire ? Elle *était* un problème pour lui, ou du moins, une charge à protéger.

Mais à épouser ? À cause d'un malentendu ? Elle venait de se faire à l'idée de tenir à quelqu'un de nouveau.

Callum la regarda, le visage traversé par tant d'émotions.

— Tu n'as jamais été un problème pour moi, Maggie, la rassura-t-il en secouant la tête. Mais Gwen et Grey ont raison. Si je ne t'épouse pas, quelqu'un d'autre le fera.

— Sérieusement ? grogna Maggie. Tu m'épouserais pour que personne d'autre ne puisse le faire ? Romantique.

Soudain, Callum sembla abasourdi, frappé de douleur, même. Maggie s'adoucit en le regardant. Il garda le silence un long moment. À regarder la petite fenêtre à côté de la table. Quand il se retourna enfin vers elle, il dit d'une voix rauque :

— Je n'ai jamais pensé à me remarier.

Il prit ses cheveux et les repoussa derrière son épaule, ce qui devenait une habitude.

— En vérité, rien de la sorte ne m'a jamais traversé l'esprit. Jusqu'à récemment. Être *marié* à *toi,* Maggie de Sinclair, ne serait pas une obligation. Quant à l'idée que quelqu'un d'autre t'épouse... c'est simplement inacceptable.

Il hocha alors la tête, comme si la décision était prise.

— Viens, je t'escorterai là-haut. Greylen et moi devons partir.

Eh bien, d'accord alors, songea Maggie. Ce n'était pas comme si ce serait une mauvaise chose d'être mariée à Callum. Un homme bon avec des principes, avec lequel elle ressentait une profonde connexion... et par qui elle semblait terriblement attirée.

— Alors tu n'es pas gêné par le reste ? Ce que Gwen a dit.

Maggie avait dû mal à le dire à voix haute elle-même.

— Grey et Gwen sont deux des plus heureuses personnes que je connaisse, Maggie.

— Ça ne veut pas dire...

Il posa un doigt sur ses lèvres et sourit, la faisant taire.

— Il n'y a qu'une chose que je sais pour le moment, Maggie de Sinclair.

Il n'en dit pas plus et la laissa se questionner, mais il lui prit la main et mêla ses doigts aux siens.

Ça faisait du bien de le tenir par la main et de marcher à côté de lui. Les papillons toujours présents créés par Callum n'avaient pas faibli. Il y avait ce constant bourdonnement sous la surface quand elle était avec lui. Seulement, à ses côtés, il était magnifié.

Le château s'éveillait doucement et les domestiques commencèrent leur travail. Devant la porte de sa chambre, Maggie se tourna pour dire... quelque chose... au revoir... on se voit très vite... Honnêtement, elle ne savait pas trop. Callum avait un regard particulier et soudain, il fut si proche qu'elle put voir les éclats vifs dans ses yeux d'un bleu profond. Sentir la chaleur de son corps.

Sachant ce qui venait, elle enveloppa ses bras autour de son cou et frémit quand il murmura :

— On en revient à cette unique chose que je sais : je vais t'embrasser maintenant, Maggie. Passionnément.

Elle lâcha un bruit inintelligible. Sa dernière pensée alors qu'il se penchait vers elle pour s'exécuter fut qu'elle pourrait bien s'évanouir de plaisir.

CHAPITRE 21

Callum pressa son corps tout contre Maggie. Son attirance physique envers elle était presque transcendante, il était plus à cran qu'une corde de harpe, dans un état constant de réverbération. Il savait qu'elle le ressentait aussi. Son souffle léger et haletant la trahissait.

Cela n'avait rien à voir avec ce qu'il se passait dans la cabane, ni même la nuit quand ils dormaient. Ces deux exemples paraissaient très chastes en comparaison. Là, ils étaient pleinement éveillés et plongés dans le moment. Avec leur premier baiser derrière eux, toute potentielle incertitude avait disparu. Il la connaissait plus que n'importe qui et inversement. Tous leurs secrets étaient à nu.

Ils étaient liés l'un à l'autre.

Il nicha son visage contre elle, frotta sa peau à la sienne, chuchota à son oreille. Quand elle frémit contre lui, il grogna et la prit pleinement dans ses bras, la tournant juste à l'angle qu'il fallait pour recouvrir sa bouche. Il ne se rappelait pas un autre baiser aussi passionné que celui-ci. Quand il pencha sa tête vers l'autre côté, il trouva une entrée et approfondit le baiser. En entendant un bruit, il s'écarta. Ils se fixèrent l'un l'autre, les yeux écarquillés et le souffle court, les lèvres claires de Maggie enflées.

— Trouvez-vous une chambre, marmonna Gwen en passant.

Maggie et lui s'esclaffèrent. En secouant la tête, il passa un doigt sur le côté de son visage et leva son menton pour l'embrasser une dernière fois. Chastement. Presque.

— Je suis avec Grey aujourd'hui. Ça ira pour toi ?

Elle hocha la tête et il ouvrit la porte derrière elle et attendit qu'elle entrât. Il resta un moment la tête contre le bois, se sentant comme un jeune garçon ayant besoin de se calmer.

En retournant dans sa chambre, il repensa à la réticence de Maggie à l'idée de se marier. Ils n'avaient jamais parlé de mariage, mais pourquoi l'auraient-ils fait ? Ce n'était pas comme s'il cherchait une femme ou elle un mari.

Il ne l'avait rencontrée que par chance et maintenant, il la courtisait. Ça s'était fait tout seul au fur et à mesure de leur temps passé à Dunhill – *elle* s'était frayé un chemin jusqu'à lui. Il était honnête quand il lui avait dit qu'il n'avait jamais pensé prendre une autre femme. Plus encore, il n'avait jamais pensé être avec une autre.

Jamais.

Il n'était pas sûr que ce fût normal, mais il avait pris un coup si fort qu'il avait été soufflé. Profondément.

Puis, Maggie était venue.

À y repenser, il se demanda ce qui serait arrivé s'il avait répondu aux requêtes de sa tante pour offrir un sanctuaire à Maggie dès le début. Il se sentit mal d'avoir dit non et se demanda si elle en avait souffert. Mais après tout, si elle avait été envoyée ici depuis le futur de Gwen, peut-être que le moment était déjà écrit et que cela n'aurait pas marché autrement.

Callum finit de s'habiller pour monter à cheval, avec une chose en tête pour sûr. Il devait l'épouser et rapidement. C'était une chose d'être cloîtré au nord à Dunhill. Une autre d'être ici à Seagrave, parmi tant d'autres hommes qui l'épouseraient s'ils en avaient la moindre chance.

Quel idiot il avait été. C'était son idée de l'amener. Il y resongea et se corrigea. Peut-être qu'amener Maggie avec lui ici était exactement ce dont il avait besoin. Cela lui permettait de voir leur situation sous un nouveau jour.

En se rendant aux écuries, il repensa au temps passé ici à Seagrave juste après le décès de Fiona. Il avait pénétré à cheval dans la cour ce premier jour et Grey lui avait dit de rentrer sa monture et de se laver pour le souper, sans poser de question. Gwen l'avait placé dans la première chambre à gauche, en haut des escaliers et l'avait accueilli dans sa famille. Jour après jour, il avait vu de ses yeux que, malgré leurs différences, Grey et Gwen étaient liés par l'amour. Profondément.

Maintenant, Maggie était affectée par Seagrave elle aussi. Entendre qu'elle venait du futur la rendait encore plus fascinante. Était-ce la raison pour laquelle il la trouvait si intrigante ? Parce qu'elle était comme Gwen ?

Non. Ce n'était pas ça.

En fait, étrangement, il n'avait rien vu en Maggie qui criait qu'elle venait du futur. Peut-être était-ce le temps passé à l'abbaye avec sa tante. Ou peut-être qu'elle était *faite* pour être ici. Il aimait cette idée.

Quand il pensait à Maggie, il pensait à son sourire, à ses yeux, à la façon dont elle se réjouissait du thé d'Ide chaque matin. Toutes les petites choses qui faisaient d'elle ce qu'elle était. Comment elle mordillait sa lèvre inférieure entre ses dents quand elle était plongée dans une partie de jacks ou comment elle tapotait son doigt contre son menton quand ils jouaient aux échecs. L'éclat féroce dans ses iris quand elle plissait les yeux en s'entraînant à l'épée.

Il fut occupé avec Grey jusque tard dans l'après-midi. Maggie était une constante dans son esprit. Il l'attendit encore avant le souper, sur le banc du couloir, comme c'était devenu leur habitude.

Elle était aussi belle que la veille.

Sa robe était d'un bordeaux profond. Ses cheveux étaient détachés, ses yeux et lèvres soulignés de maquillage. Quand il la questionna sur sa journée avec Gwen, elle lui adressa un grand sourire, plaça une main sur son cœur et le remercia de l'avoir amenée. Puis, elle passa sa main au bras de Callum et commença à lister tout ce qu'elles avaient fait.

Cela faisait du bien d'entendre ses récits de sa journée. Il avait hâte de la présenter à Lady Madelyn et espérait que la mère de Greylen n'avait pas été plus retardée.

Callum et Maggie franchirent le seuil du grand hall au moment où Greylen entrait de l'autre côté. Il brandissait l'épée de Callum vers lui, signe que ses deux jours sans épée étaient terminés.

— Cesse d'égarer ça, dit Grey avec un sourire avant de laisser Callum et Maggie.

Callum leva l'arme en l'air, testant son bras, savourant le poids dans sa main. L'autre épée qu'il avait utilisée en remplacement était bien. Mais *cette* épée, eh bien, c'était comme être de retour chez soi.

Quand il la rabaissa, il l'inclina pour montrer à Maggie les armoiries familiales et les initiales qu'il avait forgées à côté de celles de son père.

— Quel était son nom ? demanda Maggie en touchant les lettres.

— Ah.

Il avait attiré son attention, elle leva les yeux vers lui et ils échangèrent un sourire.

— Le tout puissant Fergus Donnan O'Roarke.

— Un nom que je n'ai pas entendu être prononcé à voix haute depuis des années, dit une voix au-dessus d'eux.

Callum se tourna, vit Lady Madelyn descendre les marches et inclina la tête.

— Pardonnez-moi, Lady Madelyn. Si j'avais su que vous descendiez, je vous aurais accompagnée également.

— Oh, foutaises, répondit-elle en s'arrêtant devant lui.

Elle tapota son torse, un peu comme sa tante le ferait. Bien sûr, Lady Madelyn était autant une tante pour lui qu'elle pouvait l'être, sans le lien de sang. Elle embrassa chacune de ses joues et sourit un peu plus longtemps que nécessaire. C'était toujours ainsi après un temps sans se voir. Comme si être en présence de l'autre les ramenait des années en arrière.

— Elle me manque toujours, dit-elle en parlant de sa mère. Tes yeux me la rappellent, chaque fois que je te vois. Maintenant, dis-moi, qui est cette adorable personne que tu as avec toi ?

Elle regardait Maggie.

— Lady Madelyn, puis-je vous présenter Margaret Sinclair ?

— Maggie, s'il vous plaît, corrigea cette dernière avec une révérence.

Il se rendit soudain compte que Gwen ne tirait jamais la révérence. Il se demanda si Maggie n'avait pas appris ça à l'abbaye.

— Nous étions justement en train d'admirer l'épée de Callum et les initiales entre la pierre et les armoiries.

— Je suis si ravie que tu aies retrouvé ton épée, Callum. Je me rappelle bien que tu l'avais perdue il y a quelque temps.

Lady Madelyn baissa les yeux vers ce que Maggie montrait et hoqueta.

— Attendez ! s'écria-t-elle.

Elle trébucha dans sa hâte et Gwen comme Greylen s'alarmèrent aussitôt en se hâtant à ses côtés. Elle voulut les chasser, mais son fils et sa belle-fille la conduisirent quand même à un fauteuil.

— Je vais bien, grogna-t-elle en les repoussant. L'épée, Callum. S'il te plaît, ramène-la-moi.

Callum s'exécuta et la posa sur ses genoux avant de s'agenouiller à côté d'elle. Elle toucha le joyau et regarda le plafond.

— Oh, Isabeau.

Callum était décontenancé par sa réaction.

— Lady Madelyn ? Qu'y a-t-il ?

— C'est la pierre, Callum.

Ses yeux brillaient et elle rit doucement.

— J'étais là... j'étais là.

Elle laissa sa phrase en suspens, comme perdue dans ses

propres souvenirs et Callum sentit son cœur s'affoler, se demandant ce qu'elle savait.

— Vous savez pour la pierre ?

Il ne pouvait qu'imaginer ce que son émerveillement devait évoquer aux autres. Bon Dieu, son récit ajoutait de la légitimité à l'histoire de sa tante.

De toute sa vie, personne n'avait jamais mentionné l'absence de la pierre *ou* son existence.

Et maintenant, en deux mois, on aurait dit que sa vie tournait soudain autour d'elle.

— Oh Callum, bien sûr que je sais pour la pierre.

Elle lui sourit, un peu comme le ferait sa mère, et que Dieu l'aidât avec cette sensation qui parcourait et submergeait tout son corps.

— J'étais là, reprit-elle, au festival cette nuit-là. La nuit où ta mère l'a retirée de l'épée de ton père.

C'était une chose d'entendre l'histoire de sa tante, encore une autre de l'entendre de la bouche de Lady Madelyn. Surtout vu comment Greylen et Gwen avaient été réunis. Cela devenait de plus en plus difficile pour lui de la qualifier de fantaisie ou de coïncidence.

— Je ne savais pas que vous étiez là. Ma tante n'a rien dit, raconta-t-il en la fixant avec intensité.

— Oh, nous y allions toujours ensemble. Allister et ton père installaient nos tentes les unes à côté des autres.

Callum avait de bons souvenirs du festival. Pourtant, ça lui avait échappé, que ses parents et ceux de Grey y allaient ensemble, il y avait tant de temps. Grey tira des chaises et ils se réunirent autour d'elle, pendus à ses lèvres.

Elle raconta tout, comment sa mère avait partagé avec sa tante et Lady Madelyn son souhait pour lui, alors qu'il n'était pas encore né. Le prix que la femme demandait et comment elles avaient pourchassé la mystérieuse enchanteresse le lendemain matin.

— Connaissiez-vous la femme ? Celle à qui ma mère a donné

le saphir ?

Lady Madelyn hocha la tête.

— Oïl, c'est la même femme qui avait prédit la prophétie de Greylen et Gwendolyn. Alors tu peux voir pourquoi je suis curieuse sur tout ça, ajouta-t-elle en montrant de la tête Maggie.

Bon Dieu.

Maggie pouvait-elle être sa Gwen ?

Pour de vrai ?

Il posa une main sur sa jambe et la regarda. Elle avait gardé le silence jusque-là, mais elle se pencha en avant.

— Une prophétie ?

Grey se leva, toujours prêt à prendre le devant de la scène quand il pouvait, et commença à réciter. Il l'avait fait presque une centaine de fois aux dernières nouvelles.

— *Dans le plus grand clan des Highlands...*

Il s'arrêta quand Maggie le coupa avec un petit cri.

Ils se retournèrent, tous les deux inquiets en entendant sa voix, et virent son regard stupéfait et son visage pâle. Elle prit alors la parole, la voix à peine plus forte qu'un murmure :

— Médecin... Détective...

Soudain, Maggie s'effondra en avant. Callum l'attrapa avant qu'elle ne tombât au sol et la rassit dans sa chaise. Repoussa ses cheveux en arrière avant de caresser son visage dans l'espoir de la réveiller.

Quand elle ouvrit les yeux, il lui annonça :

— Tu t'es évanouie.

— Je ne me suis pas évanouie.

— Bien sûr que non. Tu ne cries pas dans ton sommeil non plus, marmonna-t-il en levant les yeux au ciel.

Puis, il s'écarta, demandant d'un hochement de tête à Gwen de l'inspecter.

— Attends, insista Maggie.

Elle attrapa le bras de Gwen.

— Es-tu...

Elle regarda autour d'elle les personnes dans la pièce, puis baissa la voix.

— Médecin ?

Gwen lui lança un petit sourire.

— Oïl, Maggie, je suis médecin. Ne t'inquiète pas, ce n'est pas un secret ici, et surtout pas en la compagnie présente.

Elle s'esclaffa et lui fit un clin d'œil avant d'ajouter :

— On a une expression ici, hein les gars ?

— Ce qu'il se passe à Seagrave reste à Seagrave, récitèrent Callum et Grey à point nommé.

Maggie lui coula un regard.

— Oh mon Dieu, c'est censé être une blague ?

Soudain, elle avait l'air dans un état encore pire qu'avant.

— Je crois que je suis dans un film bizarre de réalité alternative, murmura-t-elle à Gwen.

— Laissons-lui un peu d'espace, d'accord ? demanda Gwen.

Callum ignora Gwen et l'écarta pour s'agenouiller devant Maggie.

— Hé, s'écria Gwen en touchant son bras. Je suis sérieuse, Callum. C'est un gros choc pour elle.

— Pour moi aussi, aboya-t-il.

Sur le moment, il ressentait un besoin impulsif de la protéger. Il vit Grey lever la main et il se tordit le cou juste à temps pour voir la cuisinière et son personnel se retirer. Ils étaient passés d'un bon moment à une intensité crispée en un clin d'œil. Maggie avait toujours l'air horrifiée, peut-être malade... bon Dieu... il se contenterait de dire qu'elle n'avait pas l'air bien.

— Pourquoi ne prendrions-nous pas quelques minutes pour nous calmer ? proposa Gwen. La cuisinière reviendra bientôt. Une fois le repas sur la table, on pourra reprendre les choses là où on les a laissées.

Elle glissa un verre dans la main de Callum et précisa d'un ton sec :

— De l'eau. Pour Maggie.

Il devait admettre – à lui-même, pas à Gwen – qu'il méritait sa colère. Il porta le verre aux lèvres de Maggie et elle but docilement.

— Je vais bien, vraiment, dit-elle après quelques petites gorgées. Tu frottes ma jambe.

Elle avait murmuré la dernière phrase, mais Grey et Gwen commentèrent en cœur :

— On t'entend.

Maggie rit et la couleur revint sur son visage. Callum soupira de soulagement. Vu sa réaction quelques instants avant, il décida de ne pas lui dire – tout de suite – qu'une fois le matin venu, cela n'aurait aucune importance qu'il lui frottât la jambe aux yeux de tous.

Ils devaient se marier.

— Je crois qu'il est temps d'un brandy, s'écria Gwen depuis l'autre côté de la pièce.

Elle ne savait pourtant pas à quel point les pensées de Callum étaient de l'ordre des festivités.

— Tu crois toujours qu'il est temps pour le brandy, répliquèrent à l'unisson Callum et Grey.

Maggie s'esclaffa et quand il lui lança un regard interrogateur, elle hocha la tête.

— Je vais mieux. Je vous jure.

Les domestiques entrèrent avec le dîner et ils s'attelèrent à trouver une place à table. Grey au bout, Callum et Maggie d'un côté et Gwen et Lady Madelyn de l'autre.

— Mère, pourquoi ne finis-tu pas de nous raconter la fête foraine ? demanda Greylen une fois servis.

— Attendez, intervint Maggie. Si je peux, s'il vous plaît. Avec le choc, j'ai presque oublié. Quelqu'un peut-il me parler de la prophétie ? Je ne comprends toujours pas ce que c'est ou de quoi il s'agit.

Ils se regardèrent tous les uns les autres. Un duel silencieux pour qui céderait en premier et expliquerait eut lieu. Puis, ils parlèrent tous en même temps dans un brouhaha. Par déférence, Grey, Gwen et lui s'inclinèrent devant Lady Madelyn.

— Ah, la prophétie. Voyez-vous, ma chère, la prophétie est un enchantement qui prédisait que Greylen et Gwendolyn étaient faits pour être ensemble. Cela nous a été prédit par la même femme à qui Isabeau a donné le joyau. Pour la payer pour ses services.

— C'est pour ça que Greylen n'a pas complètement paniqué quand je suis arrivée d'une autre époque, expliqua Gwen. C'était écrit dans la prophétie.

Callum se rappela quand Greylen lui avait parlé de la prophétie des années auparavant. Pourtant, quand il avait rencontré Gwen pour la première fois, il avait été méfiant. Il fallait du temps pour être un fervent croyant, mais plus il passait de temps autour d'elle, puis il comprenait.

— Tu crois à tout ça ? demanda Maggie.

Elle secouait la tête, l'air perplexe.

— Tu es là, non ? rappela Gwen.

Elle tapota la main de sa belle-mère et lui expliqua :

— Maggie est du futur aussi, Mère.

— Oh mon Dieu, s'exclama Lady Madelyn. Maggie, comment es-tu arrivée ici ?

— C'est une question que je me posais tout le temps, avant.

— Avant ? demanda Gwen.

Callum l'avait également relevé. Maggie haussa les épaules.

— Eh bien, depuis mon arrivée à Dunhill, je crois que j'ai cessé de me la poser. Mais tout a commencé quand cette femme m'a donné la pierre. Je commence à penser qu'elle est la vieille sor... la même femme qui vous a parlé de la prophétie et à qui la mère de Callum a donné la pierre à l'origine.

— Qu'est-ce qui te fait penser ça ? demanda Gwen.

— Elle avait un petit coffre en bois et un registre épais. Elle l'a sorti et a commencé à réciter *mot pour mot* ce que Greylen a dit il y a quelques minutes, quand vous parliez de la prophétie.

Maggie avait déjà leur attention, mais à cet instant, les visages de tous reflétaient l'ébahissement. Si Maggie pensait avoir rencontré cette même femme des siècles dans le futur, cela voudrait dire qu'elle aurait presque sept siècles.

— Elle a récité la prophétie ? demanda Gwen. La même femme que Lady Madelyn et la mère de Callum connaissaient il y a trente ans est celle chez qui tu es allée à *notre époque* ? Dans le futur ?

Maggie haussa les épaules de nouveau.

— À ce stade, on ne peut qu'émettre l'hypothèse. Tout ce que je sais, c'est qu'elle a dit ces mots, m'a donné le saphir et m'a dit de le garder.

— Je me demande si elle viendra une fois le printemps venu. Lady Madelyn ? demanda Gwen, intriguée par cette possibilité.

— Je suppose qu'elle pourrait. Nous n'y avons pas été depuis des années, mais je l'ai vue la dernière fois qu'Allister et moi y avons emmené Isabelle.

Ces révélations prirent Callum par surprise. Surtout le fait qu'on eût donné la pierre à Maggie, séparée de l'épée. Il n'avait jamais pensé que Maggie avait pu avoir l'une sans l'autre. Il pensait qu'elle avait trouvé l'épée *avec* la pierre en place.

— Maggie, comment...

Bon Dieu, il ne savait même pas quoi demander.

— Cette femme t'a donné le saphir, mais pas l'épée aussi ?

— Non, au début, je n'avais que la pierre. Je l'ai transportée tous les jours avec moi pendant des mois.

Sa voix était faible et tremblotante, mais elle devint de plus en plus forte quand elle reprit :

— Je suis tombée sur l'épée un après-midi. Elle était cachée et je l'ai trouvée attachée sous notre... mon lit. Et quand je me suis assise et que j'ai regardé le creux sous les armoiries du loup...

— Petit loup, lâcha tout le monde à table.

Maggie sembla étonnée de leur intervention, mais comment pouvait-elle savoir que ses armoiries familiales avaient un tel sens ? *Petit loup* était le surnom que lui donnaient ses parents quand il était petit. Tout le monde savait ça, tout le monde sauf Maggie. Même Gwen avait entendu ces histoires quand il avait séjourné avec eux.

Maggie devint silencieuse, un air perplexe sur son visage. Comme si elle réfléchissait à quelque chose. Elle se tourna vers lui et demanda :

— Pourquoi ta mère a-t-elle donné la pierre à la vieille sor... la femme ?

Il la fixa et eut la sensation que la réponse ne lui plairait pas. Il ne savait pas pourquoi, mais soudain il n'avait pas l'impression qu'une bonne magie fût à l'origine de tout ça.

— On m'a dit que c'était pour payer pour la protection de mon cœur.

— Qu'est-ce que ça veut dire ?

— Elle voulait que Callum connaisse le grand amour, expliqua Lady Madelyn.

Le visage de Maggie se remplit d'horreur.

— Sommes-nous censés...

Elle hoqueta.

— Tu crois que c'est pour ça qu'ils... qu'ils...

Bon Dieu. Il savait ce qui lui traversait l'esprit, il le sentait. Ce n'était *pas* la raison pour laquelle Fiona et Derek étaient décédés, il en était sûr.

— Non ! insista-t-il en lui prenant la main. Nous irons la voir, cette enchanteresse occulte ou sorcière ou je ne sais quoi, et on lui demandera directement.

Maggie se leva, s'éventa et commença à arpenter le sol. Elle semblait bouleversée et il s'approcha d'elle dans l'espoir de la calmer. Son cœur se brisait quand il vit le regard qu'elle lui lançait, comme s'ils étaient responsables de quelque chose de terrible.

— Je te jure, Margaret Siobhan, ce que tu penses est presque impossible.

Elle s'agrippa à lui, de désespoir.

— Es-tu sûr ? Peux-tu être sûr que ce qui a été fait des années auparavant n'a pas causé ce qui leur est arrivé pour que la pierre m'amène à toi ?

Bon Dieu, qu'était-il censé dire ?

— Je te le jure. Sur tout ce qui est saint.

Il soutint son regard jusqu'à ce qu'elle semblât accepter sa déclaration comme véridique et hocha la tête. Maintenant sa position, il resta avec elle tandis qu'elle se calmait peu à peu, lâchait son haut et lissait le tissu sur son torse. Il la mena à la table où par chance, le sujet, bien que tout le monte l'eût entendu, ne fut plus mentionné.

Maggie but une gorgée de son brandy, étendit une serviette sur ses genoux et lança un petit sourire chaleureux à la table.

— Es-tu prêt à continuer son histoire ? demanda-t-il.

Il ne voulait pas la précipiter, mais il avait hâte d'entendre ce qu'il s'était produit.

— Où nous étions-nous, avions-nous... Pardon...

— Ne t'inquiète pas, la rassura-t-il en recouvrant sa main. Tu nous disais avoir trouvé l'épée cachée sous ton lit.

— Oh, oui. Il n'y a pas grand-chose d'autre, Callum, lança-t-elle avec un haussement d'épaules. J'ai placé la pierre dans le creux et... eh bien je suis arrivée là.

Grey et Callum échangèrent un regard. Il hocha la tête et dit :

— Demain.

— Demain, quoi ? demanda Maggie.

— Demain, on se marie.

Maggie commença à s'étrangler avec son eau. Il lui tapota le dos jusqu'à ce que cela passât.

— On est encore à ça ?

— Oïl.

Étonnamment, il se sentait satisfait. Greylen avait sa Gwen. Et maintenant, il avait sa Maggie, sa destinée – ou du moins était-ce ce qu'il avait décidé de croire.

Il détourna les yeux un moment et sentit son regard acéré.

Soudain amusé, il sourit tout seul, but le restant de son verre, et comme un chat ayant mangé sa proie, retourna son attention sur elle.

Pleinement sur elle.

Sa Maggie de Sinclair.

— C'est tout ce que tu as à dire ?

— Oïl.

— Je te l'avais dit, intervint Gwen.

Maggie semblait atterrée. Rien à faire, il s'en fichait. Au nom de Dieu, qu'est-ce qu'il lui prenait ? Il n'arrivait à penser à rien d'autre qu'à de bonnes nouvelles. Elle avait dû dire quelque chose, mais Callum était perdu dans ses pensées.

— Callum ? Callum ? insista Maggie en lui frottant le bras. As-tu entendu un seul mot de ce que j'ai dit ?

Il fit un geste discret de la tête, se vidant l'esprit et lui donna toute son attention.

— Pardonne-moi, non.

— Oh oh, fit Gwen à l'autre bout de la table.

Il lui lança un regard.

— Oh oh quoi ? demanda Maggie.

— Ce regard, expliqua Gwen en secouant la tête.

— Ça suffit, Gwen, grogna Callum.

— Qu'est-ce qu'il y a ? insista Maggie sans le quitter des yeux.

Comme Gwen ne répondait pas, Maggie la regarda.

— Eh bien ?

— T'es cuite.

Callum avait déjà entendu Gwen dire ça avant. Souvent quand elle réprimandait Grey ou l'un des hommes. Ou quand elle applaudissait un mouvement bien exécuté.

— Je ne comprends toujours pas pourquoi nous devons nous marier. Je veux dire, je comprends tout ce truc de dormir ensemble.

Elle écarquilla les yeux et se tourna vers la mère de Grey.

— Oh, Lady Madelyn, nous ne dormons pas vraiment ensemble. C'est plus comme... dormir l'un à côté de l'autre.

Lady Madelyn recouvrit sa bouche de sa main en riant doucement.

— La raison n'a pas changé, reprit fermement Callum. Si je ne t'épouse pas, tu seras considérée comme une cible idéale. Et je te l'ai dit : c'est inacceptable. Si nous allons au festival et que tu n'es pas mariée, quelqu'un prendra la liberté de t'accoster. Et si quelqu'un pose une main sur toi... Je. Le. Tue.

Maggie écarquilla les yeux.

— Je ne comprends pas pourquoi tu n'y as pas pensé avant, répliqua Gwen qui ajoutait ainsi de l'huile sur le feu. Même si vous ne dormiez pas ensemble. Ça aurait dû te traverser l'esprit, Callum.

— On ne dort PAS ensemble ! répéta Maggie.

— Si, on dort ensemble, corrigea Callum.

Il appréciait assez de voir Maggie aussi remontée.

— Tu n'aides pas, Callum.

— Si. Je suis juste de l'autre côté.

— On ne peut pas déclarer qu'il n'y a aucun gagnant là-dessus ?

— Ce n'est pas quelque chose que je pourrais considérer.

Il lui prit la main.

— Maggie, Gwen a raison. Cela aurait dû me traverser l'esprit avant. Je pourrais donner une centaine de raisons pour lesquelles ça m'a échappé, mais les faits demeurent. Maintenant que nous sommes ici et loin de l'intimité de Dunhill, il n'y a pas d'autres choix.

— C'est si... si... Ça n'a pas de sens pour moi.

— Grey, s'il te plaît, explique-le à Maggie pour qu'elle comprenne.

Elle regarda son ami, avec un optimisme plein d'espoir à l'idée qu'il pût délivrer une alternative acceptable.

— Vous vous marierez, affirma-t-il.

Cela détruisit toute étincelle d'espoir qu'elle pouvait nourrir.

— S'il vous plaît, veuillez m'excuser, dit-elle à tous, hormis à lui.

Il la suivit là-haut et la rattrapa devant sa chambre. Il savait qu'il devrait la laisser, mais il ne pouvait pas.

— Maggie.

— Je suis perdue et fatiguée. J'ai juste besoin de temps, s'il te plaît.

Il ne pouvait pas lui en vouloir, vu tout ce qui était arrivé ces deux derniers jours. Il l'avait assez poussée et acquiesça pour l'instant.

Une fois de retour dans le grand hall, il prit le pichet et servit une autre tournée pour Gwen, Greylen et lui avant de s'asseoir. Il s'esclaffa quand Gwen articula en silence *je t'aime* et but avec reconnaissance une gorgée.

— Et maintenant ? demanda-t-il à la cantonade.

— Le choix est le tien. Le matin ou l'après-midi ? demanda Grey.

Il faisait allusion au moment où Maggie et lui seraient mariés.

— Le matin. Discrètement. Trop de gens arrivent l'après-midi. On attendra Dar et Ronan, ils devraient être ici assez tôt.

— Alors c'est réglé. La chapelle ?

Gwen secoua la tête et leva les yeux au ciel.

— À quel moment vous trouvez que si on va tous ensemble à la chapelle, ce sera discret ? Moi je dis, on le fait ici, juste là, dans le grand hall.

Elle avait raison. Rien ne devrait impliquer la cour de Seagrave, même une simple promenade ou une réunion intime autour d'un feu attireraient l'attention. C'était là que les évènements les plus importants avaient lieu.

Comme son arrivée avec Maggie de Sinclair.

Bien plus tard cette nuit-là, sa jolie Maggie cria encore. Il avança dans le couloir et entra dans sa chambre avant de s'allonger dans le lit près d'elle. L'attirant à lui, il la fit taire, ce qu'elle fit presque aussitôt, comme habituée à sa voix et au calme qui suivait son arrivée. Il tapota ses cheveux et glissa sa tête sous son menton, puis sombra en pensant au lendemain. Espérant que la journée se déroulerait sans fanfare.

Au moins la partie où il épouserait Maggie.

CHAPITRE 22

Maggie se réveilla avant le lever du soleil. Elle avait trop de choses en tête pour rester au lit. En regardant par la fenêtre, elle s'émerveilla de se trouver à l'aube d'un nouvel évènement qui bouleverserait sa vie.

Un autre sur lequel elle n'avait aucun contrôle.

Elle avait profité de sa relation amicale avec Callum et de la lenteur et subtilité avec lesquelles les choses avaient progressé. Elle n'avait jamais imaginé ressentir de nouveau des sentiments pour quelqu'un. Elle avait évité activement d'être trop proche avec de nouvelles personnes. Mais cela s'était fait tout seul et elle n'en était pas vraiment fâchée. Ce n'était pas que l'idée d'épouser Callum soit si mauvaise ; après tout, c'était un homme bien. Elle était attirée par lui et elle se sentait en sécurité avec lui – il lui avait sauvé la vie, bon sang !

Elle ne pouvait pas faire meilleur choix.

Ce qui l'embêtait était qu'on lui dise quoi faire, comment et quand. Qu'ils doivent être mariés *maintenant*. Cela ne lui convenait pas. Elle n'avait eu que très peu de contrôle sur quoi que ce soit ces deux dernières années dans ce siècle – jusqu'à ce que Sœur Cateline l'amène à Dunhill.

À Dunhill, elle avait trouvé un semblant de liberté. Elle avait commencé à avoir la sensation qu'une nouvelle vie était possible. Était-ce la fin ? Son libre arbitre était-il menacé ? Ou épouser Callum était-il le moyen de le maintenir ? Il serait bon avec elle. Elle le savait. Elle avait juste l'impression de perdre le peu de pouvoir qu'il lui restait.

Maggie soupira et appuya son front contre la vitre froide de la fenêtre.

Le matin approchait à toute vitesse et l'attention de Maggie se reporta sur la cour qui s'animait. Son observation du domaine fut interrompue par Callum quittant la forge, admirant quelque chose dans sa main.

Alors il s'était réveillé tôt aussi.

Il était avec deux hommes qu'elle ne reconnut pas. Elle supposa que c'étaient Dar et Ronan. Il lui avait dit qu'ils devaient arriver tôt, le matin avant le festival. Aidan, le dernier de leur fraternité, ne serait pas là tout de suite. La veille, elle était excitée à l'idée de les rencontrer.

Maintenant, elle n'était plus aussi sûre.

Elle sourit malgré elle quand un jeune garçon sortit en courant du bâtiment que Callum venait de quitter. Comme seuls les enfants le font, le garçon sauta deux fois, atterrissant devant Callum. Celui-ci tendit la main et ébouriffa ses cheveux, sa grande main recouvrant presque entièrement la petite tête. Le garçon leva ses paumes devant lui et Callum rejeta la tête en arrière et rit.

Maggie ne savait pas ce qui était drôle, mais ensuite, Callum attrapa deux gants épais et grands à sa taille, visiblement piqués au forgeron. Maggie ajouta *Mains-chapardeuses* à sa liste de surnoms pour lui. Le garçon fit un grand sourire et partit en courant, se tournant pour saluer de la main avant de disparaître dans la forge.

Elle savait que Callum sculptait avec ses mains. Elle avait vu ce bel éléphant qu'il avait fait pour sa mère, sur sa table de chevet à Dunhill. Mais Maggie ne s'attendait pas à ce qu'il forge le fer aussi. Était-ce également un loisir ?

Quoi que ce soit, elle devait admettre que c'était séduisant. Puis, Maggie jura en elle-même et préféra ne pas penser du tout à M. Réaction-différée, Mains-chapardeuses, aka l'insupportable, autoritaire et guerrier, Callum O'Roarke.

Elle essaya de tout oublier sur le moment.

Maggie commençait à se faire à l'idée de se marier jusqu'à ce qu'on l'y force.

Ils avaient été très clairs avec leur insistance la veille. Même Gwen. Il n'y avait pas d'autres choix que le mariage. Et à ce stade, Maggie était sûre d'avoir compris. Ça avait du sens.

C'était bel et bien le meilleur scénario pour elle.

Elle était juste tellement fâchée par l'air satisfait de Callum après la dernière remarque de Greylen. Elle avait eu l'impression qu'ils s'étaient ligués contre elle, s'était levée et était partie. Une gentille domestique avait rapporté un plateau avec une assiette de nourriture à sa chambre peu de temps après son départ du grand hall. Maggie était touchée par cette gentillesse, mais elle avait rougi, sachant bien que le château devait être en effervescence après ce dernier commérage.

En bas, Maggie vit Callum lever la tête vers sa fenêtre. Prise de court, elle recula, espérant qu'il ne l'avait pas vue. Elle n'était pas prête pour quoi que ce soit pour l'instant.

Comme à point nommé, quelqu'un frappa à sa porte et elle attrapa la robe de chambre au bout de son lit. Elle avait appris ces derniers jours qu'il fallait agir vite ici à Seagrave si on voulait suivre le rythme. Au moment où Maggie fermait sa ceinture, Gwen ouvrit la porte avec un sourire sympathique et une tasse de café.

— Tu en veux ? demanda-t-elle.

Maggie, quelque peu attendrie de voir sa nouvelle amie, accepta son offre et lui fit signe d'entrer. Anna suivit et posa un grand plateau avec ses mets préférés pour le petit déjeuner sur la table du coin détente, pendant que plusieurs filles apportaient robes et accessoires dans le côté dressing.

— Je peux ? demanda Gwen en montrant le canapé.

— Bien sûr, répondit Maggie en s'asseyant à côté d'elle.

Trop accablée et découragée pour rester droite, elle appuya sa tête au dossier. Gwen ne dit rien, mais imita sa position, de sorte qu'elles soient face à face, les pieds glissés sous elles.

— Je suis désolée pour hier soir, s'excusa Gwen.

Maggie lui lança un petit sourire. Elle ne savait pas trop ce qu'elle ressentait. Et franchement, elle commençait à se demander si cela avait même une importance.

— Merci.

Gwen tendit la main pour tapoter le front de Maggie d'un geste réconfortant, comme une bonne amie, une mère ou une sœur pourrait le faire. Son soutien fit craquer Maggie et elle commença à pleurer. Au début, ce n'était que quelques larmes silencieuses, puis le barrage céda. Gwen ne dit rien et se contenta de la serrer tandis qu'elle sanglotait. Un déferlement incontrôlable contre le creux de son épaule avec nez qui coule et hoquet.

Très vite, elle ne pleurait plus seulement pour la veille, mais pour libérer l'accumulation de *tout* ce qu'il s'était passé. Honnêtement, elle ne se rappelait pas la dernière fois qu'elle avait pleuré une bonne fois pour toutes. Son moral du matin et les bons soins de Gwen avaient relâché quelque chose en elle.

— Oh, ma belle, répétait encore et encore Gwen en frottant son dos.

Sur le signal de Gwen, Anna s'assit derrière elle pour que Maggie soit enveloppée de chaleur.

Il fallut quelques minutes pour qu'elle se calme assez pour s'écarter. Quand elle le fit, toujours en reniflant, Anna lui tendit plusieurs carrés en lin et lui tapota le dos avant de retourner donner des ordres aux domestiques qui étaient apparus avec des seaux d'eau fumants. Maggie inspira profondément une dernière fois, tremblante, et s'essuya le visage.

— Ça va mieux ? demanda Gwen.

Elle haussa les épaules.

— Je ne sais pas.

Ses pleurs étaient une libération nécessaire, mais elle ressentait encore que les choses allaient trop vite et dépassaient son contrôle.

— Y a-t-il un autre...

— Non, coupa Gwen en secouant la tête. C'est la seule façon, Maggie. Disons que tu n'épouses pas Callum et que quelqu'un arrive et te remarque. Il se dit que tu es belle – ce qui est vrai, et tu le sais, alors n'essaye pas de me faire croire le contraire. Bref, ce gars décide qu'il te veut et puisque tu n'es pas mariée – que tu n'*appartiens* à aucun homme, plus précisément – il te prend. Les hommes de cette époque ne vont pas prendre ton numéro et t'envoyer des messages à deux heures du matin. Ou te suivre sur les réseaux sociaux et aimer toutes tes photos. Ils ont des épées. Ils ont l'habitude de... prendre. Et c'est tout. Non que Callum ne te retrouverait pas pour te récupérer. Mais d'ici là, qui sait les dégâts qui pourraient être faits. On est en 1430, Maggie, et comme je l'ai appris il y a quelque temps, ce n'est pas comme chez nous *du tout*.

— Alors je devrai me résigner à l'épouser ? dit-elle d'un ton morose.

Elle comprenait enfin ce qu'il y avait derrière.

— Callum.

— Ben oui, qui d'autre ?

Gwen la fixa du regard, les yeux exorbités, fit un geste de la tête et articula :

— Call-um !

Oh.

Maggie tourna la tête et le découvrit sur le seuil. Son visage était impassible, mais ses yeux trahissaient son inquiétude.

— Je t'ai entendue pleu... J'ai entendu ta détresse et je voulais vérifier comment tu allais, expliqua-t-il.

Il adressa un hochement de tête sec à la pièce et partit. Elle se précipita dehors et courut après lui. Il avançait vite et avec agilité, en homme sportif et grand, et il se trouvait déjà sur le seuil de sa chambre quand elle le rattrapa.

— Callum, l'interpella-t-elle en tendant la main vers lui. S'il te plaît, laisse-moi m'expliquer.

— Pas besoin, dit-il sans se retourner. Je t'épouserai, t'honorerai et te protégerai peu importe tes sentiments.

Il passa son haut par-dessus sa tête et le jeta sur le côté.

Il avança dans sa chambre et elle le suivit, admirant son dos large et sa taille svelte malgré elle. Elle se rendit compte qu'elle ne l'avait jamais vu torse nu. Et bon Dieu, il faisait honte aux mecs à côté desquels elle faisait de la musculation à la salle, avant. Tous ses muscles fléchissaient à chaque pas.

Quand il s'assit sur le banc au bout du lit, elle faillit trébucher en voyant l'avant de son corps. Son torse nu était un vrai spectacle, large et impressionnant. Et ses épaules et ses bras, *eh bien*. Elle se reprit alors et se calma aussitôt, dévastée d'avoir blessé l'homme qui ne lui avait jamais fait de mal.

— S'il te plaît, laisse-moi m'expliquer, répéta-t-elle.

Elle l'arrêta dans son geste et retira ses bottes elle-même avant de les poser sur le côté. Toujours perturbée, elle avançait en autopilotage et retira ses chaussettes aussi. Il la laissa faire. Il avait de très jolis pieds. Des *graaaaands* pieds.

Elle se demanda une seconde si ce qu'ils disaient était vrai. Puis, revint au problème en cours.

— Ce que tu as entendu..., commença-t-elle debout entre ses jambes écartées. C'était... c'était rhétorique.

Elle leva son menton pour pouvoir le regarder dans les yeux et haussa les épaules, espérant que sa tristesse à l'idée qu'il ait entendu sa remarque se voyait.

— Être mariée à toi ne serait pas une corvée. C'est juste que...

Elle détourna les yeux, essayant de trouver les bons mots. Puis, elle le regarda de nouveau avant de reprendre :

— S'il te plaît, comprends-moi, Callum. Ne pas prendre mes propres décisions ou même avoir le pouvoir de le faire est incroyablement difficile. Et effrayant.

— Tu ne m'as pas fâché, Maggie de Sinclair. En vérité, je te dois beaucoup. Tu m'as arraché à ma mélancolie et m'a aidé à redevenir l'homme que j'étais avant.

Il sourit alors, de cet air satisfait qui éveillait chez lui un éclat diabolique.

— Ça fait du bien d'être de retour, Maggie.

— Eh bien, ce nouveau toi va devoir travailler à être aussi charmant que l'ancien toi.

D'une main, elle commença à faire courir ses doigts dans les cheveux de Callum d'un air absent, suivant sa cicatrice de l'autre.

— *Il* va devoir me conquérir.

— Oh, *il* le fera. Tu ferais mieux de t'habituer à lui rapidement, en revanche. *Il* partagera ton lit ce soir.

Là-dessus, il se leva. Et ce faisant, il glissa son bras derrière le dos de Maggie, défaisant la ceinture qui nouait sa robe de chambre d'un geste rapide. La chaleur provoquée par son contact était presque brûlante, avec juste sa chemise de nuit mince comme barrière. Être engloutie par ce nouveau Callum plus effronté était à la fois surprenant et excitant.

Sa grande main dans son dos appuya contre sa peau juste assez fermement pour que ses seins heurtent son torse nu. Il plongea son regard dans le sien et empoigna ses cheveux avant de se pencher lentement, faisant monter l'excitation pour ce qui, elle le savait, était inévitable.

Le baiser était beau et doux, poignant même au début, puis rapidement passionné. Si elle avait eu le temps de réfléchir, Maggie aurait été embarrassée par son enthousiasme. Digne d'une adolescente se bécotant derrière les gradins. Elle devra se réprimander plus tard pour l'avoir encouragé. Avoir enfoncé ses ongles à l'arrière de son crâne, avoir tiré sur sa lèvre et l'avoir mordillée, et oui, pour avoir utilisé sa langue pour un duel avec la sienne.

C'était comme s'il savait à quoi son corps réagirait et qu'il suivait les mouvements exacts qui la feraient s'accrocher à lui et geindre comme un maudit chaton. Ses tétons étaient durs comme de la pierre et la friction provoquée par le fait qu'il la déplaçait légèrement de la gauche à la droite était comme un éclair frappant pile en son cœur. L'humidité grandissait entre ses jambes et elle le maudit, souriant malgré elle. Cette attirance était injuste. Elle avait le souffle court quand il la lâcha et fut surprise de découvrir qu'ils étaient à côté de la porte de sa chambre. Elle n'avait pas remarqué qu'ils s'étaient déplacés, mais cela avait été fantastique.

Il lui sourit, étudiant son visage. Peut-être pour admirer la preuve de son geste.

— Maintenant, si tu veux bien m'excuser, je dois me préparer pour une certaine cérémonie.

Le barbare était là, attendant qu'elle parte. Elle fit une sortie aussi digne que possible, mais sortit sa langue au tout dernier moment.

CHAPITRE 23

— Cet homme est un porc ! Un porc arrogant, archaïque et néandertalien ! souffla Maggie en retournant dans sa chambre.

— Je n'aurais pas dit plus vrai, concéda Gwen avec un hochement de tête.

Elle avait l'air soulagée qu'au moins, elle soit revenue en colère et pas en pleurant.

— Homme des cavernes marche bien aussi. Fais attention, par contre. Si vous êtes vraiment destinés l'un pour l'autre et si ça ressemble un tant soit peu à ce qu'il se passe entre moi et Greylen, cette... alchimie peut être explosive. Crois-moi. Vous remplirez ce château en un rien de temps. Mais tu en savoureras chaque seconde.

Maggie leva les yeux au ciel et Gwen secoua la tête avec ardeur.

— Non, tu ne comprends pas, Maggie. S'il ressemble à Greylen, il jouera avec toi comme un violon et te laissera à gémir à ses pieds.

— C'est stupide, Gwen. Ils sont du XVe siècle, aboya Maggie.

D'accord, elle s'emportait un peu. Peut-être que Gwen touchait un point sensible.

— Tu es une femme intelligente. Sois rationnelle.

Gwen lui lança un regard *si tu le dis* et haussa les épaules.

— Tu te rappelles que je t'ai dit que ces hommes étaient bien éduqués ? Je ne parlais pas de scolarité. Ils ont reçu une éducation complète.

— Que veux-tu dire ?

— Je crois qu'une partie de leur instruction inclut un apprentissage sur les femmes, expliqua-t-elle en faisant danser ses sourcils. Probablement des courtisanes les mieux payées de notre... cette époque.

Maggie leva les yeux au ciel. Mais vu ce qu'il venait de se passer, c'était possible.

— Je dis ça comme ça, conclut Gwen.

Deux heures plus tard, Maggie était lavée, habillée et coiffée. Sa mauvaise humeur avait faibli et honnêtement, elle était soulagée de ne pas avoir blessé Callum.

Il ne méritait pas ça.

Elle était mortifiée qu'il ait entendu ce qu'elle disait à Gwen. Elle avait décidé de regarder les choses avec logique et réalisme. Sans prendre en compte les sorts et la magie demandée par la mère de Callum et Maggie elle-même.

Ceci, son mariage à Callum, pouvait être vu comme un arrangement. Un partenariat. Elle n'était pas amoureuse de lui. Même si elle l'était presque à peine deux jours auparavant. Pour l'instant, elle décida qu'elle tenait à lui.

Profondément.

Elle était une adulte rationnelle et voulait le rester. Rationnelle au sujet de Callum. Maggie ne voulait pas donner son cœur pour le perdre ensuite si, ou quand, quelque chose arriverait.

Elle ne pouvait pas.

Elle ne le ferait pas.

Mais elle pouvait tenir à lui, être une amie et confidente loyale. Ils pouvaient se marier car c'était la chose raisonnable à faire. Maggie pouvait l'accepter, accueillir cette décision. Mais ça ne devait rien être d'autre. Même s'il y aurait plus physiquement.

Là-dessus, elle en était sûre.

Elle se rappelait que sa mère lui avait dit une fois, alors qu'elle passait de la préadolescence à l'adolescence, combien les hormones pouvaient être imprévisibles. Sur le coup, Maggie avait levé les yeux au ciel, très embarrassée que sa mère suggère une telle chose. Mais maintenant, Callum et elle étaient l'exemple même de personnes contrôlées par leurs hormones en furie.

Quand elle se rendit compte qu'elle pouvait cloisonner les choses et utiliser le côté logique de son cerveau, qui avait été un peu écarté depuis son installation à Dunhill, Maggie s'amusa à se plonger dans les préparations pour la cérémonie.

Gwen apporta cinq robes du placard de sa belle-sœur Isabelle pour qu'elle choisisse, au cas où Maggie n'avait rien à porter dans sa propre garde-robe. La sœur de Greylen et son mari Gavin étaient censés arriver avec Lady Madelyn la veille. Mais Isabelle était de nouveau enceinte et ne se sentait pas bien, alors Gavin avait insisté pour rester derrière avec elle et les petits. Maggie s'émerveillait encore de l'attention des hommes de ce cercle.

Aussi barbares qu'ils soient.

Elle ne s'était jamais imaginée en mariée des contes de fée et de princesse, de toute façon. Alors la sélection qu'elle avait lui allait. Des robes jolies et classiques, sans rien de trop fantaisiste.

Surtout qu'elle n'avait même pas l'impression que ce soit un vrai mariage. Et puis, ce n'était pas comme s'ils avaient une grande cérémonie et réception après. De ce que Gwen lui avait dit, ils feraient tout ça très discrètement. Ce qui convenait à Maggie. Si elle le pouvait, elle éviterait toute cette cérémonie. Mais bien sûr, elle ne pouvait pas.

Alors Maggie se prépara à être une grande fille et compta toutes les choses pour lesquelles elle était reconnaissante. Quitte à être mariée, au moins elle l'était à Callum.

Au bout du compte, elle choisit une robe à la française

bordée de fourrure. Elle était d'un bordeaux profond avec un col en V qui montrait sa cotte noire en dessous et un bout de sa chemise. Voulant afficher son identité et commencer ce mariage d'un bon pied, elle demanda à Anna si elle pouvait faire une cape avec un tartan du clan de Callum.

Le vert profond et les éclats doux de bleu et d'ambre compléteraient joliment sa robe. Et cela ne prenait que quelques points ici et là pour parvenir au résultat désiré.

Quand Gwen fit une remarque sur ce changement soudain, Maggie haussa les épaules.

— Je suis sûre qu'il y a pire que d'épouser Callum O'Roarke.

Quand Gwen et elle entrèrent dans le grand hall des heures plus tard, elle avait le dos droit et le menton relevé. Avec sa décision de se marier selon ses propres conditions, Maggie parvenait à se détacher de ce qu'il se passait et trouvait plus simple de jouer son rôle.

Les hommes se parlaient les uns aux autres et heureusement, ils n'étaient pas nombreux. Callum, Greylen et les deux hommes qu'elle avait supposés être Dar et Ronan, habillés formellement. Maggie devait admettre qu'elle adorait la tenue de Callum. Il avait une blouse blanche, des hauts-de-chausses noirs et des grandes bottes cirées en toile de jute noire.

Il était beau, même si c'était bête.

Tellement beau que Maggie sentit sa détermination faiblir. Encore plus quand il ne la lâcha pas des yeux alors qu'elle traversait la pièce. Lady Madelyn était assise dans un grand fauteuil et quand elle commença à se lever, Maggie resta à son niveau pour exécuter sa plus belle révérence. N'ayant pas le temps de s'en féliciter, elle s'approcha du groupe d'hommes. Callum s'écarta et vint se placer devant elle.

Sa proximité menaçait sa détermination encore un peu plus. Quand il lui prit la main, elle dut détourner brièvement le regard pour se reprendre.

— Tu es superbe, Maggie, la complimenta-t-il d'une voix basse.

— J'ai choisi la robe en pensant à ta mère.

— Elle approuverait. La robe comme le tartan.

Maggie inclina la tête timidement. N'importe quoi pour briser le sort qu'il exerçait sur elle. Puis, il lui embrassa la paume. L'air crépita entre eux et elle se demanda si quelqu'un d'autre pouvait le remarquer ou le dire.

— Ça n'a pas d'importance, dit-il.

— Quoi donc ?

— Rien d'autre que toi et moi n'a d'importance, aujourd'hui.

Il garda sa prise sur sa main et la présenta à ses plus proches et vieux amis. Ils étaient respectueux et se conduisirent en gentlemen, comme Greylen. Mais elle savait d'expérience que ces hommes étaient chaleureux et amicaux une minute et rois du château la suivante.

Elle remarqua le prêtre en train de parler à Gwen et alla se présenter. Elle avait toujours trouvé du réconfort chez les hommes du clergé et savait que ce serait encore le cas. Il y avait une chaleur dans les yeux du prêtre.

— Père Michael, je n'ai entendu que de très bonnes choses à votre sujet. Je suis si ravie de vous rencontrer.

— Ah, Lady Margaret.

— C'est simplement Maggie, mon père.

— Alors simplement Maggie, dit-il joyeusement. Je suis ravi de vous rencontrer aussi.

— Êtes-vous sûr que vous avez le temps pour ça aujourd'hui ? Vous devez être occupé ?

L'homme la regarda avec sympathie.

— C'est presque une tradition ici à Seagrave d'organiser une cérémonie de mariage... Au dernier moment.

Tout le monde rit sous cape. Maggie était fière d'elle, car au lieu de craquer comme elle le voulait, elle laissa couler.

— Je peux vous entendre, dit-elle d'une voix chantante.

Du coin de l'œil, elle vit Callum faire un signe au Père Michael. Le prêtre se racla la gorge et proposa :

— Et si nous commencions ?

L'air sembla s'épaissir alors qu'ils se réunissaient devant lui. Gwen se trouvait à la gauche de Maggie, Callum à sa droite, Grey à ses côtés. Lady Madelyn fit un geste pour se lever et Maggie se tourna vers elle.

— S'il vous plaît, ne vous levez pas.

La dernière chose qu'elle voulait, c'était que cette pauvre femme soit obligée de rester debout pendant la cérémonie. Dar et Ronan comprirent et se placèrent en sentinelle de chaque côté de son fauteuil.

Finalement, la cérémonie était intime et agréable. Callum et elle étaient entourés de gens qui tenaient à Callum et par extension, à elle.

Pendant un moment, elle imagina sa propre mère, Céleste et tous les autres qu'elle aurait aimé avoir à ses côtés et elle sentit les larmes lui monter aux yeux. Le visage de Callum ondula devant elle et un instant plus tard, alors que la voix de Père Michael bourdonnait dans ses oreilles, Callum prit son visage dans ses mains et chassa doucement ses larmes.

C'était terriblement attentionné et elle fut frappée encore une fois par la façon dont il se comportait. Il n'accordait pas une attention excessive à la situation et s'était à peine avancé pour faire ce qui devait être fait.

Il se tenait comme son roc et elle décida ici même que, même si elle se protégeait d'une nouvelle peine de cœur, elle l'honorerait et le soutiendrait à partir de ce jour.

Comme c'était adapté qu'à la fin de cette pensée, elle entende la question qui scellerait son destin à ce siècle.

— Oïl, je le veux.

Elle parla avec clarté, sans détourner le regard du sien.

— La bague, demanda le prêtre.

Maggie inhala d'un coup. Cela devenait bien trop réel.

Callum glissa la main dans sa poche et en sortit deux anneaux délicats imbriqués. Elle sentit son cœur se coincer dans sa gorge un bref instant en comprenant que c'était ce qui avait dû le mener dans la forge très tôt ce matin.

Quand il glissa l'alliance à son doigt, elle lui allait si parfaitement que Maggie hoqueta. Comme tout depuis qu'elle avait placé le saphir dans cette épée.

Callum et Dunhill – et le XVe siècle – pouvaient-ils vraiment être sa destinée ?

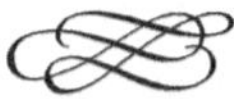

Callum toucha la bague désormais en place sur la main de Maggie. L'idée lui était venue la veille de joindre deux anneaux ensemble. La signification était double. Pour rendre hommage à cette deuxième union solennelle dans laquelle ils entraient et pour qu'ils soient liés sans début ni fin. En regardant dans les yeux de Maggie, c'était exactement ce qu'il ressentait.

Il se sentait lié à elle.

Pas seulement à cause de leur attirance physique l'un envers l'autre, mais parce qu'il savait que quelque chose de plus profond était en jeu. Callum ne voulait pas remettre ça en question.

Il le savait autant qu'il savait qu'il avait besoin de respirer : Maggie de Sinclair... non, O'Roarke, était son ancre.

Sa sauveuse.

Il voulait que leur union dure l'éternité.

Qu'il en soit ainsi.

Il souffla ces mots et elle pencha la tête légèrement comme si elle les avait entendus. Il l'observa et le prêtre parla pendant ce qui sembla une éternité. Elle était spectaculaire.

Quand elle était entrée dans la pièce avec Gwen, il avait remarqué quelque chose dans son attitude qui avait changé en l'espace des quelques heures où il ne l'avait pas vue. Il n'était pas sûr de quoi, mais il y avait une différence. Il n'avait jamais vu un noble se comporter aussi royalement. Et il en avait vu pas mal.

Sa robe couleur vin avec des touches de noir était époustouflante contre sa peau et lui rappela la sensation de son corps contre le sien un peu plus tôt, avec uniquement sa fine chemise de nuit. Il avait juste voulu l'embrasser, un peu passionnément peut-être, mais quand elle avait répondu à chacun de ses gestes, il avait élevé ça à un tout autre niveau.

Callum repoussa le grognement rauque qui enflait dans sa gorge à ces souvenirs et se concentra sur les beaux yeux de Maggie, un peu plus foncés, et ses lèvres roses qui brillaient. Il avait pris beaucoup de liberté quand elle l'avait suivi dans sa chambre. Il pensait ce qu'il avait dit, en revanche. Il n'était pas vexé.

Juste inquiet pour son bien-être quand il l'avait entendue pleurer. Le son l'avait transpercé profondément et il aurait fait n'importe quoi pour l'apaiser. Ce n'était que sur le seuil de sa chambre remplie de servants et fioritures qu'il s'était rendu compte qu'il empiétait sur sa préparation.

Sa préparation pour leur mariage.

Il ne s'attendait pas du tout à ce qu'elle le suivît et était choqué de la voir devant lui quand il s'était assis pour retirer ses bottes. La façon dont sa robe de chambre s'était entrouverte sans qu'elle le remarquât quand elle avait enlevé ses bottes était quelque chose. L'éclairage était parfait.

Pendant qu'elle s'expliquait, il avait eu une très jolie vue d'elle. Quand elle avait levé le menton, tout ce à quoi il pensait était de la faire sienne. Callum était désespéré à l'idée d'ouvrir pleinement sa robe de chambre, mais il avait résisté – s'en était même félicité – jusqu'à ce qu'elle répondît à son baiser avec plus d'intensité qu'il ne s'y attendait. Il n'avait jamais vécu une telle chose.

Callum la tenait dans ses bras la nuit, dans son lit quand elle hurlait, mais il s'était satisfait de la sentir simplement dans ses bras. Et les fois où il l'avait embrassée, seulement à deux reprises avant ce matin, il savourait simplement le cours naturel de l'accroissement de leur attirance. Il n'avait pas en tête l'idée de faire l'amour avec elle, du moins pas avant ce matin.

Maintenant, ce n'était plus pareil.

Il avait lancé le défi de partager son lit ce soir au milieu de leurs taquineries un peu plus tôt. En revanche, il avait toutes les intentions du monde de la courtiser jusqu'à ce qu'elle fût prête. Callum avait confiance : il ne faudrait pas beaucoup de temps avant que leur union ne fût pleinement consommée.

Le père Michael parlait encore et encore et Callum savait qu'il devrait être plus attentif, mais les mots n'avaient que peu d'importance. Il entendit enfin la question bénie et répondit :

— Oïl, je le veux.

Lorsqu'il embrassa sa femme, il le fit avec sincérité, mais chastement. Comme toutes les personnes présentes connaissaient la raison de leur union, il n'y eut pas de cris d'allégresse, même si ce sentiment prévalait. Il n'y aura pas de moqueries, qu'il s'agisse du sexe ou de simples frivolités rustres.

La cuisinière prépara un repas et, à part un verre levé tous ensemble en silence, par respect pour les sentiments de Maggie, ils dînèrent comme ils l'auraient fait pour n'importe quel autre repas.

Lorsqu'ils se levèrent de table, Maggie inclina à nouveau la tête à son attention et tira une révérence à toutes les personnes présentes. Il regarda Gwen, désemparé par son comportement quelque peu détaché, mais celle-ci se contenta de hausser les épaules.

— Nous avons beaucoup à faire aujourd'hui, dit-il en prenant une mèche de ses cheveux pour la passer derrière ses épaules.

En vérité, il avait envie de la toucher.

— Nous ? demanda-t-elle.

Elle le regarda pour ce qui semblait être la première fois depuis longtemps.

Callum avait l'étrange sensation que maintenant qu'ils

étaient mariés, il y avait un vide entre eux. Leur proximité d'il y a quelques jours lui manquait.

Lorsqu'il fit signe aux hommes derrière lui, elle lâcha :

— Je te verrai au souper, alors ?

— Cet après-midi, corrigea-t-il. Nous avons un match dans la cour. Viens nous voir.

— Bien sûr.

Mais il n'y avait pas de lumière dans ses yeux.

Ils se séparèrent et il passa les heures suivantes avec Grey, Dar et Ronan. Lorsqu'ils revinrent au donjon, Gwen était dans le grand hall avec ses petits.

— Et Maggie ? demanda-t-il.

— Elle s'est endormie dans le solarium. Je ne pense pas qu'elle ait beaucoup dormi cette nuit.

Il comprenait. Il était tard lorsqu'elle avait crié et il avait lui-même été agité. Callum la laissa tranquille et se changea, puis demanda à Anna de réveiller sa femme dans une heure ou deux... et bégaya un instant, quand il le dit... *Sa femme.*

Une fois de plus, l'ampleur de la situation le prit au dépourvu.

Il la chercha tout le long du jeu. Lequel, il devait l'admettre, était plutôt agréable. Lorsque Maggie franchit les portes principales du donjon, une boisson chaude à la main, la gorgée qu'elle avait avalée fut recrachée.

Callum rit de bon cœur et regarda Gwen, qui se réjouissait d'avoir vu juste. Frottant ses doigts avec son pouce, elle ordonna à ceux qui étaient impliqués dans le pari de la payer.

— Qu'est-ce qu'il se passe ici ? s'écria Maggie, incrédule.

— C'est du football ! affirma-t-il avec enthousiasme. Gwen nous a appris.

Elle lança à Gwen un regard horrifié.

— Gwen, tu ne peux pas continuer à tout chambouler. Le café, c'est une chose, et la quiche, et la sauce zip, et Dieu sait tout ce que tu as introduit ici. Et, je l'admets, d'accord – égoïstement, je suis ravie que tu aies apporté ces choses en Écosse, un peu en avance. Mais le football ? Le football américain ? Qu'est-ce qu'il t'a pris ?

Gwen sourit.

— Ne t'inquiète pas, Maggie. Nous avons un dicton ici, n'oublie pas.

— Seigneur... Ce qu'il se passe à Seagrave...

— Reste à Seagrave ! cria la cour.

Ne serait-ce que pour la toucher à nouveau, Callum monta les marches, lui enleva la boisson des mains et en prit une gorgée. Puis il la serra contre lui et l'embrassa sur le côté du visage. Se forçant à vivre l'instant présent et à mettre de côté ses anciennes inquiétudes, car quelque chose avait changé entre eux. Lorsqu'il la sentit l'enlacer à son tour et pencher la tête contre son baiser, il se détendit à son tour. Heureux, il la lâcha et rejoignit la foule qui attendait son retour.

Peu de temps après, ils terminèrent leur jeu avec les enfants. C'est alors que les choses sérieuses commencèrent, car seuls les hommes restaient sur le terrain. C'était un sport passionnant qu'ils prenaient au sérieux. Gwen leur cria plusieurs fois de se calmer un peu, mais ils l'ignorèrent.

Un peu endolori et un coup sur le front plus tard, Callum suivit les autres dans l'escalier pour se préparer pour le souper. Maggie repoussa ses cheveux en arrière, observant sa blessure.

— As-tu quelque chose pour ça, Gwen ? demanda-t-elle.

Callum se retint de sourire. Si elle pouvait s'inquiétait de sa petite coupure, elle tenait peut-être à lui plus profondément.

— Oïl, je l'enverrai dans ta chambre, proposa Gwen.

Elle se tourna ensuite vers lui pour lui indiquer de laver consciencieusement la plaie avant que Maggie ne mît quelque chose dessus. Il laissa Maggie devant sa chambre et alla prendre un bain bien mérité.

Lorsqu'elle sortit de sa chambre un peu plus tard, il l'attendait sur le banc, comme ils en avaient pris l'habitude à Seagrave. Elle passa ses mains dans ses cheveux quand elle se plaça devant lui et appliqua un peu de pommade sur son égratignure, lui adressant un doux sourire.

Le dîner fut plus animé que le déjeuner, Dieu merci, et la plupart des discussions portèrent sur le festival de demain. L'absence de Gavin et d'Isabelle et l'arrivée plus tardive qu'à l'accoutumée d'Aidan.

Ils jouèrent ensuite aux cartes, ce qui provoqua le seul éclat de Maggie de la soirée.

— Le poker, Gwen ! Vraiment !

Il lui fit un clin d'œil pendant que tous riaient. Quand elle se joignit à la fête, Callum rit encore plus fort.

C'était un jeu sans pitié. Chacun d'entre eux était compétitif. Un nombre incalculable de mains plus tard, ils s'excusèrent et Callum la raccompagna à l'étage, plus impatient à chaque pas.

— Callum, dit-elle, un peu nerveuse. Tu partages mon lit ce soir ? Je crois me souvenir t'avoir entendu dire ça tout à l'heure.

— Je serais satisfait si je pouvais seulement te tenir dans mes bras, lui dit-il en le pensant.

Elle sembla apaisée par ses paroles et ne se déroba pas.

— Si tu veux bien m'accorder un peu de temps, dit-elle.

Puis, comme si elle avait perçu sa confusion quant au temps et au but, elle précisa :

— Peut-être une demi-heure environ ?

Il inclina la tête en se rendant compte qu'ils étaient tombés dans cette communication étrange, polie et discrète. Avec un peu de chance, ces formalités disparaîtraient bientôt.

Peu de temps après, Callum trouva la porte de la chambre de Maggie ouverte, et lorsqu'il entra, elle était assise devant sa coiffeuse, en train de se brosser les cheveux. Elle esquissa un petit sourire dans le reflet du miroir.

Il s'occupa du feu, puis s'approcha d'elle en lui tendant la main. Elle leva les yeux et hésita.

— Je ne veux que te serrer dans mes bras, Maggie, répéta-t-il dans l'espoir de la rassurer. Dissipons cette gêne, s'il te plaît. Nous devrions nous sentir plus proches, pas plus éloignés.

— Je suis désolée, tu as raison.

Il devrait être heureux de son aveu, mais elle baissa les yeux en le disant. Il s'agenouilla devant elle.

— Maggie, y a-t-il autre chose ?

Quand elle secoua la tête, il lui releva le menton.

— Alors, regarde-moi, s'il te plaît. Je voudrais voir ton visage et tes jolis yeux.

Elle posa ses mains sur ses épaules.

— Je suppose que j'agis comme une enfant, ou que je suis plus nerveuse que je ne le devrais. Je te jure que ce n'est pas volontaire. Pour ma défense, je n'ai jamais été mariée auparavant.

— J'ai de la chance de t'appeler ma femme.

Une expression étrange traversa ses traits, et il eut le sentiment d'avoir touché un point sensible. Soudain, la pièce semblait étroite. Certaines choses ne pouvaient être évitées, et même si des embûches les attendaient sans qu'ils le sussent, ils devaient aller de l'avant.

— Viens, je vais te montrer comment nous procédons la nuit. Laisse-moi te prendre dans mes bras. Nous pourrons parler, peut-être même rire, comme avant.

Elle avait commencé à jouer avec ses cheveux, distraitement. Bien que Maggie eût montré une façade impassible tout au long de la journée, ses actes la trahissaient. Il aimait sentir ses doigts effleurer son cou, et les laissa s'y attarder un moment avant de lui prendre les mains et de se lever, l'accompagnant jusqu'au lit. Les couvertures avaient été rabattues et il la hissa au centre du matelas.

Maggie rit et ce son lui réchauffa le cœur. Il la suivit sur le lit, s'étira et se mit à l'aise avant de s'allonger sur le côté et de la tourner de façon à ce que son dos fût collé à son torse. Peut-être se sentirait-elle mieux ainsi.

Ils restèrent silencieux pendant quelques minutes. En toute honnêteté, il ne se rappelait pas avoir été aussi content.

Puis elle commença à bouger et à ajuster sa position.

— Maggie, si tu veux rester chaste, cesse de remuer tes fesses.

Elle gloussa.

Bon Dieu.

Il s'écarta et la tourna pour qu'elle s'allongeât sur le dos.

— Maggie de Sin… O'Roarke, corrigea-t-il avec un sourire. Je ne crois pas me souvenir d'avoir jamais entendu un tel son sortir de tes lèvres.

Elle rit à nouveau et ajouta un adorable grognement cette fois.

Il rit lui-même à voix haute. Sous l'effet de la légèreté du moment, il l'embrassa affectueusement, un simple baiser, pour ainsi dire.

Cet intermède contribua grandement à dissiper le silence et la tension sous-jacente. Ils restèrent là, lui juste au-dessus d'elle et elle le regardant.

Lorsqu'elle posa sa main sur son torse, il pensa qu'il était peut-être allé trop loin et commença à s'éloigner.

— Non. Je veux juste te toucher.

Elle replaça sa main à l'endroit où elle se trouvait, fermement cette fois. Il resta immobile, le souffle court, attendant un signe.

Elle passa un temps considérable à le toucher, balayant sa main d'avant en arrière sur son torse. Ses yeux se rétrécirent en signe de contemplation.

Après un long moment, elle croisa son regard.

— Peut-être devrions-nous en finir avec ça.

S'il ne craignait pas de la contrarier, il aurait rejeté la tête en arrière et ri. Au lieu de cela, il sourit sans pouvoir s'en empêcher et s'esclaffa un peu. Il prit la main qu'elle avait sur son torse et la porta à ses lèvres, embrassant sa paume.

— Je peux t'assurer, Maggie, qu'il n'y a pas de quoi en finir au plus vite.

— Tu sais ce que je veux dire, dit-elle en levant les yeux au ciel.

— Je devrais m'offusquer de…

L'hilarité jaillit de l'intérieur et il rit pour de bon.

— Ce que *tu* insinues et ce que je pense de ça sont deux choses manifestement très différentes.

Elle rit et lui donna un coup sur le torse, et peu de temps après, il tomba dans une de ces crises de rire qu'il ne pouvait arrêter. Il faillit pleurer tellement c'était amusant. Elle riait aussi, et il se demanda un instant si Grey n'avait pas raison. Les femmes du futur étaient folles.

Il ne pouvait pas y avoir que Gwen et Maggie.

Puis, il rit encore plus.

En tout cas, il semblait que cette vague de bonne humeur, quelle qu'en fût la cause, était exactement ce dont ils avaient besoin. Les tensions qui subsistaient semblaient avoir disparu.

— Mais sérieusement, reprit-elle une fois qu'ils se furent arrêtés.

— Mais sérieusement, répéta-t-il, taquinant sa drôle de façon de parler.

Il savait aussi qu'il était important de s'assurer qu'ils pensaient à la même chose, et il expliqua :

— Si j'avais prévu de faire l'amour avec toi... juste pour qu'on soit clairs sur ce dont on parle. Si j'avais prévu de baigner dans ta gloire ce soir... Dans ta beauté.

Il embrassa le côté de son visage.

— Dans ta chaleur.

Il embrassa l'autre côté.

— Et dans ton corps.

Il passa ses doigts dans ses cheveux, les arrangeant sur l'oreiller, juste comme il fallait, avant de continuer.

— Si j'avais eu l'intention de profiter de la chance que j'ai de t'avoir comme épouse, par la consommation de notre mariage... De te remplir complètement. De faire de toi la mienne à partir d'aujourd'hui... j'aurais commencé devant la cheminée.

» Je t'aurais embrassée, Maggie, jusqu'à ce que tu t'accroches à moi comme tu l'as fait ce matin. L'air était envahi de l'odeur de ton excitation. Et mon Dieu, c'était suffisant pour que je me perde presque à ce moment-là. Tout ce que je voulais, c'était tendre la main et te toucher. Sentir ton humidité et te caresser jusqu'à ce que tu ronronnes presque pour moi.

» Je t'aurais amenée au bord de l'extase, simplement pour le faire encore et encore, jusqu'à ce que je n'aie plus d'autre choix que de m'enfoncer profondément en toi. Bon Dieu, je l'imagine maintenant et je te jure que je peux le sentir.

Les yeux de la jeune femme se voilèrent et il sut qu'il l'avait excitée. Ce n'était pas son intention, lorsqu'il avait commencé son explication, mais maintenant il était trop tard.

— Tu le sens aussi, Maggie ?

Pendant tout ce temps, elle s'était contentée de le fixer, sans expression. Il ne connaissait pas sa réaction, alors il se pencha vers elle et l'embrassa. Il testait sa réponse, prêt à s'écarter si nécessaire.

— Enlève ton haut, Callum. S'il te plaît, souffla-t-elle contre ses lèvres.

Il fut mis de côté en un clin d'œil. Avant qu'il ne comprît comment cela s'était produit, ils s'embrassaient et s'accrochaient l'un à l'autre avec frénésie.

Il essaya de les faire ralentir.

— Maggie...

— Callum, tu es mon mari, n'est-ce pas ? demanda-t-elle, le regard rivé au sien.

— Oïl.

— Je peux tout te dire, n'est-ce pas ?

Sa question le réveilla comme un seau d'eau sur la tête. Il se recula pour la regarder, afin qu'elle sût qu'elle avait toute son attention.

Callum se prépara, se demandant ce qu'elle pouvait bien trouver d'important à l'instant.

— Tu peux tout me dire, Maggie. Je t'honorerai et te protégerai toujours.

— Callum, commença-t-elle en attrapant sa tête. Tu m'excites tellement que mon corps crie pour être touché.

Son cri désespéré et son regard enivré lui coupèrent le souffle une seconde et il se gonfla à nouveau jusqu'à frôler l'explosion.

— C'est comme si...

Sa respiration haletante ajoutait au désir déjà brutal qui les animait l'un et l'autre.

— Mes terminaisons nerveuses étaient toutes tendues, à vif et bourdonnantes. Comme...

Elle effleura son cuir chevelu de ses doigts dans un mouvement rapide de va-et-vient en guise de démonstration.

— Comme ça. Est-ce que cela a un sens ? Je ne me suis jamais sentie aussi... aussi à cran. Aide-moi.

Il n'arrivait pas à croire à sa chance qu'elle s'exprimât si ouvertement, à la fois par le toucher et par les mots. L'idée d'une nuit tranquille de plaisir lent et facile disparaissait.

Il ne dirait certainement pas qu'il en était déçu.

— Permets-moi de te rendre service, souffla-t-il.

Capturant ses lèvres dans un baiser brûlant, il l'attira tout contre lui. Il était ébahi par le niveau de passion qu'il ressentait entre eux.

Il ne pouvait avoir assez d'elle.

De tout chez elle.

Il se sentait presque désespéré et engloutit et mordilla ses lèvres avant de la piller de sa langue. Leurs bouches trouvèrent le rythme parfait. Il n'arrivait pas à la presser assez proche de son corps et se rendit compte qu'elle devait ressentir la même chose car ils s'accrochaient l'un à l'autre.

Il n'avait jamais ressenti autant de passion. Bon Dieu, il était déjà au bord de l'orgasme et ils ne faisaient que commencer.

Il se redressa en position assise, l'emportant avec lui. Sans un mot, elle leva les bras et agita son corps le temps qu'il lui retirât sa chemise de nuit. Grognant en voyant son corps nu, il tendit la main pour frôler sa peau claire du dos de sa main et le renflement de ses seins. Callum aurait passé plus de temps à regarder ses jolis traits et à la toucher avec admiration, mais Maggie n'était pas d'humeur pour de lentes explorations.

Il foulerait ces territoires-là plus tard.

En vérité, ils avaient tout le temps du monde. L'idée l'excita encore plus. Pour l'instant, il s'adonnait à satisfaire sa femme.

Son corps nu contre le sien était déjà une satisfaction. Sa peau douce *partout* était une merveille dont il se délectait. Très vite, ils se perdirent dans ces baisers charnels et enivrants. Il était reconnaissant que ses hauts-de-chausses lui permissent un minimum de retenue, pour que ce moment durât jusqu'à la voir repue. Il glissa la jambe de Maggie sur sa taille et attrapa ses fesses, avec l'intention de la placer dans une meilleure position pour la toucher... la découvrir... lui faire plaisir.

Pourtant, il grogna et cala sa chaleur tout contre son érection et leurs hanches se balancèrent dans un rythme insoutenable tant il était plaisant.

Il rompit leur baiser, démêla leur corps et s'assit avec l'impression que son cœur pourrait sortir de son torse.

— Bon Dieu, Margaret. J'ai l'impression d'être un homme indiscipliné.

— *Call-um*, dit-elle en essayant de le réattirer à elle.

— Non, mon cœur.

Il passa ses doigts dans ses cheveux à lui, grattant son cuir chevelu dans l'espoir de retrouver le contrôle. Quand il se rallongea à côté d'elle, il plaça un oreiller entre eux.

Elle s'esclaffa.

Il devait admettre que c'était comique.

De toute sa vie, il n'avait jamais eu ce problème, ce sentiment d'être aussi fou de désir. Il avait eu son lot de passion jusqu'à... enfin, voilà.

— Accorde une faveur à ton mari.

Elle sourit d'un air complice, ses joues réchauffées d'un éclat rose, les yeux encore brillants de désir. Oïl, ils étaient tous deux pris dans cette... cette folie. Maggie fit courir ses doigts le long de son visage.

— Embrasse-moi encore, Callum. Je t'en prie. Visiblement, je n'arrive pas à m'approcher suffisamment de toi.

Il savait exactement ce qu'elle ressentait et la serra de nouveau contre lui. Il reprit le contrôle de la situation, aidé en cela par l'épaisse barrière de l'oreiller. Il passa de longues minutes à l'embrasser encore, à la caresser du bout des doigts jusqu'au nombril. Il toucha délicatement ses seins et les entoura de sa main. Il fit rouler ses mamelons, petits bourgeons serrés, en appliquant une légère pression pour évaluer sa sensibilité.

Ses indications verbales lui furent d'une grande aide.

Sa femme n'était pas silencieuse au lit.

Il appuya un peu plus fort, et sentit jusque dans l'aine son halètement de plaisir, suivi d'un gémissement enivrant.

Tout en continuant à l'embrasser, il caressa ses jambes, les écarta, mais sans la toucher. Pour stimuler l'impatience de la jeune femme, il revint à ses seins pendant quelques instants seulement. Il les pétrit, taquina ses tétons et la pinça avant de passer le dos de sa main au centre de sa poitrine, jusqu'à son nombril et de s'arrêter sur son mont, une bande de peau douce et soyeuse.

Puis il en effleura le centre, pressant sa main contre elle. Ses doigts glissèrent facilement entre les plis – sa femme était trempée par leurs préliminaires. Il remonta lentement ses doigts, exerçant juste la pression nécessaire, et elle gémit et haleta lorsqu'il trouva le point qui lui procurait du plaisir.

— *Caaalluuum.*

Bon Dieu.

Il exerça des cercles, sans la taquiner, sans la pousser plus loin. Callum sentit le premier tressaillement de son corps, puis les crispations de ses muscles. Il retint son souffle, allant jusqu'au crescendo avec elle. Enfin, sa douce Maggie éclata et son corps fut englouti par des vibrations.

Il l'embrassa et continua à la caresser pendant qu'elle se calmait. Ensuite, il jeta l'oreiller sur le côté et se débarrassa de son pantalon si vite qu'il faillit le déchirer.

Elle fit un geste de ses mains et murmura :

— Callum. S'il te plaît. Je veux que tu sois en moi.

Il s'installa sur elle et elle bascula ses hanches, glissant sa main entre eux pour l'enrouler autour de lui. Pourtant, il ne semblait pas pouvoir aller bien loin. Elle commença à être frustrée, peut-être même paniquée.

— Non, lui dit-il en souriant et en secouant la tête. Chut, ça va aller, ma chérie.

Il avait l'impression de n'avoir aucun problème au monde. Maggie était à lui, et il était sur le point de l'avoir. En entier. Un simple positionnement était tout ce dont il avait besoin. Il attrapa à nouveau l'oreiller et le poussa sous les fesses de Maggie, la faisant basculer à l'angle parfait. Puis il lui serra les mains.

— Prête ?

Elle acquiesça et sembla au bord des larmes.

— Maggie ? Il y a autre chose ? Est-ce que je te fais mal ?

— Non, Callum. Je t'en prie. Je voudrais que tu ressentes cela, ce truc qui me consume. Je me sens toujours aussi à cran.

Ah, ça, il comprenait.

Elle hocha la tête, attendant. Sur ce, il bascula ses hanches en arrière avant de s'enfoncer complètement à l'intérieur. Sa tête faillit exploser de plaisir et il aurait juré que ses yeux avaient versé une larme ou deux.

C'était l'expérience la plus incroyable qu'il eût jamais vécue.

Chaque instant des trente secondes avant qu'il jouît, le nom de sa femme sur les lèvres.

CHAPITRE 25

Maggie se réveilla dans les bras de Callum, sa joue pressée contre son torse. Leurs membres étaient emmêlés les uns dans les autres comme lors d'une partie de Twister effrénée. Quand elle bougea, il embrassa le haut de sa tête et soupira avec aise, ce qui demandait plus d'énergie qu'elle n'en avait pour le moment.

Impressionnant. Elle rit toute seule et se colla de nouveau à lui. Ils restèrent ainsi allongés quelques minutes ou quelques heures, à regarder la lumière lentement se frayer un chemin dans la chambre.

Après un temps, Callum la souleva jusqu'à ce qu'ils se regardent les yeux dans les yeux et un sourire complice se dessina lentement sur son visage. Un sourire que Maggie se sentit imiter. Ce serait ridicule si ce n'était pas aussi parfait. L'attirant plus près de lui, Callum frôla ses lèvres des siennes avec affection et émotion. Puis, il sourit et l'entoura de ses longs bras puissants.

Maggie l'entendit essayer de dire *quelque chose*, sentit les mots vrombir contre sa poitrine, mais ils jaillirent dans un croassement. Elle sourit et tendit la main par-dessus lui pour attraper le verre d'eau sur la table de chevet.

Un des nombreux qu'ils avaient bus dans la nuit. Le dernier était après qu'elle avait insisté pour qu'ils changent les draps du lit. À ce moment-là, il avait encore sa voix et son *Ah*, l'air de dire que son idée était brillante, avait été apprécié. Ça et le fait qu'il l'ait aidée à refaire le lit. Non qu'il ait besoin de points supplémentaires, mais il l'avait aidée.

Ils s'étaient aussi lavés avec grand soin.

L'un l'autre.

Deux fois.

Qui aurait cru qu'une éponge de bain pouvait être aussi érotique et satisfaisante ?

Repue, elle avait rampé sur le lit, à une heure bien avancée de la nuit. Callum l'avait suivie dans les draps frais et propres. Il l'avait tirée à lui, avait arrangé les couvertures autour d'eux et glissé sa tête sous son menton, où elle s'était endormie presque aussitôt.

Il la regarda maintenant tout en buvant et caressa sa joue.

— J'ai retrouvé ma voix.

Maggie sourit de toutes ses dents, encore ivre du dernier orgasme. Elle n'aurait jamais imaginé une nuit aussi parfaite. Qui aurait cru qu'on pouvait trouver un homme qui mêlait aussi bien une beauté incroyable et un charme doux ?

C'était *vraiment* le cas.

Elle n'avait jamais été aussi excitée de sa vie.

Jamais.

Callum savait quoi dire et comment. Comment l'affecter d'un seul geste. Maggie ne savait pas que c'était possible.

Il trouvait chaque point provoquant du plaisir sur son corps. Et vu son visage, il en était ravi. Plus d'une fois, il avait fait d'elle une boule de nerfs serrée sans même la toucher et elle l'avait supplié avant qu'il ne sourie avec malice et cède.

Leur alchimie était mystérieuse.

Elle voulait désespérément savoir s'il la ressentait aussi. Pour Maggie, c'était comme si l'intérieur de son corps tourbillonnait à une centaine de kilomètres-heure. Elle avait essayé de l'expliquer, de lui montrer, même. Son enthousiasme lui avait valu toute son attention et la concentration intense de Callum sur elle l'avait rendue encore plus excitée.

Il avait semblé très content de cela aussi.

Et il y avait tout le reste, pas que le sexe. Il était doux et sincère. Elle adorait qu'il puisse être hors de contrôle, puis lui montrer à quel point elle était capable de lui faire perdre le contrôle.

Des images de la nuit continuaient de traverser son esprit tandis qu'ils s'embrassaient avec lenteur et tranquillité. Cela semblait être tout ce qu'ils pouvaient réussir à faire. Tous deux étaient piégés dans leur nuit de passion.

Quand la pièce devint trop claire pour qu'ils l'ignorent, ils s'habillèrent et se rendirent main dans la main dans la cuisine, restant aussi proche l'un de l'autre que possible, s'effleurant entre eux simplement parce qu'ils le pouvaient.

Jetant un coup d'œil à la grande fenêtre dans les escaliers, Maggie autorisa son esprit à se demander comment serait la journée à venir. Callum et Grey prévoyaient de vérifier les préparations gargantuesques du festival, ce qui voulait dire qu'elle passerait plus de temps avec Gwen. Maggie en était contente.

Elles étaient devenues proches dans le peu de temps qu'elle avait été à Seagrave et étaient presque attachées l'une à l'autre à la hanche depuis le premier jour. Maggie aimait que Gwen l'ait cherchée, ait frappé à sa porte pour l'inviter à sa prochaine tâche ou pour lui faire goûter une nouvelle préparation de la cuisinière.

Elle aimait voir Gwen diriger le château. Franchement, elle s'émerveillait de voir comment une femme du XXIe siècle s'était fait sa place ici dans les années 1400. Elle était merveilleusement heureuse, même sans le moindre confort moderne. À l'évidence, c'était dû à Greylen – Gwen l'interrompait sans cesse, lui et ses hommes, avec quelque chose de bête, habitée par l'envie de voir son mari quand ils étaient occupés.

Maggie se rendit compte avec un pincement que cela lui

manquait, d'aller aux nouvelles de cette personne spéciale, et elle serra la main de Callum.

La cuisine apparut au bout du couloir. Elle se laissa imaginer ce que sa vie pourrait être.

Ici.

Avec Callum.

Une vraie vie, permanente. Pas une où son temps ici serait temporaire. Où elle s'accrocherait toujours à l'espoir d'être renvoyée à sa propre époque. Pouvait-elle faire de *ceci* son époque ? Elle avait un exemple en chair et en os juste devant elle. Un exemple rempli de joie et de promesses.

Gwen et Grey étaient déjà attablés, leurs enfants dans les bras. Si Maggie n'avait pas autant voulu d'un café et d'un petit déjeuner, elle aurait évité Gwen pendant au moins une semaine pour échapper à la jubilation de sa nouvelle amie.

Maggie ne pouvait qu'imaginer de quoi elle avait l'air, avec ses boucles folles à côté de Callum. Elle avait vraiment une coiffure qui criait *vient de faire l'amour*. Avec un peu de chance, le néon sur son front cesserait vite de clignoter.

Gwen et Greylen avaient haussé un sourcil à leur entrée, ce qui fit rire Callum. Maggie, elle, se mordit la lèvre et ne dit rien.

Callum lui tira une chaise, puis s'assit à côté d'elle. Quand Maggie s'installa, Callum l'imita et l'attira plus près. Sa main était sur sa cuisse. Même s'il n'en faisait rien et se contentait de l'y poser, cela la mettait dans tous ses états. Sa grande main lourde.

Là.

Bon, c'était presque trop. Elle sentit son estomac tourbillonner dans tous les sens encore. Elle n'avait même pas encore bu de café.

L'intensité de leur attirance physique s'estomperait sûrement vite. Maggie ne savait pas comment elle traverserait chaque journée autrement.

Pendant un long moment, personne ne dit rien.

RIEN.

Enfin, Gwen brisa le silence :

— Bon, c'est gênant.

Elle réprimait un sourire. Après un autre silence, son mari ajouta :

— Bon Dieu, ils ont perdu le sens de la parole.

Callum feignit un regard noir, mais répondit tout en servant un café à Maggie :

— Bonjour.

Du moins, il essaya de dire *bonjour*, mais sa voix était toujours rauque. Il se servit sa propre tasse, les joues aussi rouges que celles de Maggie.

Ils rirent tous alors et la tension s'estompa enfin.

Maggie surprit le regard de Gwen qui disait *je te l'avais bien dit*.

Levant les yeux au ciel, elle jeta sa serviette sur Gwen dans un agacement feint et attrapa une petite brioche de la cuisinière dans le joli panier au centre de la table. En mordant dedans, elle sentit la texture à la levure fondre dans sa bouche. Elle déchira un gros morceau et le plaça sur l'assiette de Callum, qui était en train de servir une quiche dans son assiette à elle.

— Bon Dieu, commenta Greylen. Regarde-les ? Je ne crois pas pouvoir endurer ça.

Gwen rit alors et jeta une brioche à travers la table, que Callum attrapa avec un clin d'œil. Cela permit de dissiper le restant de la gêne. Très vite, la conversation se tourna vers les affaires de la journée et donc, les dernières préparations pour le festival.

En écoutant les bavardages de la table, Maggie fut surprise de voir combien tout cela lui semblait *normal*. Malgré ce mariage qui ne s'était pas déroulé selon des conditions normales – enfin, c'était la normalité dans le siècle dans lequel elle vivait maintenant. *Qu'est-ce que Père Michael avait dit ?* Ah, oui. Les mariages à Seagrave se préparaient au dernier moment. En effet.

Normal ou anormal, ça n'avait pas d'importance. Même si Callum et elle avaient dû se marier à cause des circonstances, ça semblait une bonne décision. C'était ce qui était bizarre. Tout semblait être pile ce qu'il lui fallait. Maggie commençait à douter de pouvoir protéger son cœur de lui. Un plan qui semblait si sain – *essentiel* – pour maintenir un certain pouvoir d'action et liberté, et pourtant presque bête.

En fait, elle se sentait plus en contrôle, plus en sécurité sur tous les points, qu'elle ne l'avait été depuis qu'elle avait placé ce joyau dans l'épée et avait atterri devant l'abbaye. Quelque chose s'était produit la veille. Pas juste du sexe. La nuit était intense, mais c'étaient surtout les moments intimes qu'ils avaient partagés au milieu. Qu'ils avaient eu ces derniers mois. Leur connexion au lit paraissait suivre la croissance lente et indélébile de leur amitié.

C'était le lien d'amitié qu'ils avaient forgé qui était le plus important pour Maggie, même maintenant. S'ils n'étaient pas devenus si proches, elle n'était pas sûre qu'ils auraient été aussi à l'aise la veille.

Cela approfondissait la proximité qu'ils ressentaient l'un avec l'autre. Elle aimait Callum, ce n'était simplement pas un amour qu'on veut crier sur les toits, un amour tape-à-l'œil où l'on ne peut pas avoir assez de l'autre. Elle ne ressentait pas le besoin féminin de s'épancher sur combien elle l'aimait. Ses sentiments n'étaient pas de ce genre. Ou du moins était-ce ce qu'elle se disait.

À le regarder parler à Greylen de chevaux, Maggie sentit une chaleur se propager dans sa poitrine, un profond respect et une admiration pour lui. Elle l'aimait en tant qu'être humain. Callum était un homme bon. Honnête, intrigant, intelligent, sans compter ces nouvelles facettes de lui qu'elle n'avait pas vues avant. L'implacable guerrier qui... qui lui avait donné l'impression qu'en son royaume, elle était sa reine. Et qu'ainsi, aucun mal ne lui serait fait.

Elle savait maintenant que quand ils étaient arrivés à Seagrave et qu'il avait fait son Tarzan avec elle, ce n'était pas pour le spectacle. Il la marquait bel et bien aux yeux de tous. Une coutume vieille comme le monde. Du moins, à cette époque-ci, cela semblait être la coutume.

Être revendiquée par Callum n'avait rien de négatif. C'était un homme très aimant, même avant cette nuit. Elle se sentait en sécurité avec lui. Elle avait toutes les intentions d'honorer et de soutenir Callum dans tout ce qu'il faisait. Il le méritait. Et elle s'assurerait qu'il le sache.

Quant aux choses physiques, eh bien, c'était un plus.

Elle observa Gwen et Greylen s'occuper de leurs enfants et vit l'amour évident entre eux. Elle s'émerveilla encore du bonheur complet dont jouissait Gwen ici. Qu'elle considère non seulement Seagrave, mais cette époque comme sa maison pour toujours.

Maggie lui enviait ça. Céleste lui manquait toujours, comme son travail, les livraisons de pizza et la plomberie moderne. Maggie se demanda encore si la sensation d'être à sa place viendrait aussi pour elle. Elle fantasmait toujours, même si bien moins qu'avant, à l'idée que l'épée ne s'éveille et la ramène chez elle. Mais elle se rendait compte qu'elle était *ici* pour toujours, et ce n'était peut-être pas si grave.

Cent pour cent pas grave, même, de vivre *ici* au XVe siècle avec Callum.

Elle avait une amie maintenant en la personne de Gwen. Une amie qui pouvait comprendre exactement ce qu'elle traversait et d'où elle venait. Littéralement. Maggie était surprise de comprendre que si on lui donnait le choix – rester ou rentrer – elle n'était pas sûre de ce qu'elle choisirait. Pour l'instant, être la femme de Callum n'était pas difficile. Avec un peu de chance, le reste se ferait tout seul.

Après le petit déjeuner, le plan pour les préparations du festival était de se diviser pour mieux régner. Callum, Grey et les autres hommes veilleraient aux installations dehors et dans le grand hall. Maggie rejoindrait Gwen pour les détails de dernière minute des préparations de menus et décors.

Alors qu'elles traversaient lentement le château, Gwen lui expliqua qu'avant ces deux dernières années, le festival s'était toujours déroulé à Dunhill. Cela surprit Maggie – Dunhill n'était pas vraiment la grande ville bourdonnante que Seagrave semblait être.

Pourtant, après le décès de Fiona et l'installation de Callum à Seagrave, il était logique qu'ils aient déplacé le festival ici. Selon Gwen, le premier festival avait commencé il y avait dix ans, avec un simple feu de camp sur la plage, où les cinq hommes, Greylen, Callum, Dar, Aidan et Ronan avaient honoré Allister et Fergus pour les avoir réunis. Pour les avoir éduqués, entraînés et forgés en ceux qu'ils étaient devenus. Au fil des ans, le festival avait lentement pris en ampleur et ils avaient décidé d'en faire une nuit spéciale pour tout le domaine, même si les hommes gardaient leur hommage privé.

La fête n'avait jamais été aussi grande que cette année, mais Gwen avait tout sous contrôle. Semblait-il. Cette femme était une tornade et tout le monde à Seagrave répondait au moindre de ses gestes, y compris son mari.

Quand tout fut aussi prêt que possible, Gwen et Maggie se séparèrent pour aller se préparer. Nessa et Rose lui avaient cousu une belle robe en lin bordeaux à porter au-dessus d'une chemise à manches longues beiges. Maggie admira comment le haut moulant et fin ainsi que le corset soulignaient ses seins et sa taille. Le jupon un peu plus évasé avait des soufflets avec des petits plis et toute la robe était bordée d'une épaisse bande de dentelle. Enfin, elle noua un collier ras-de-cou autour de sa gorge. Le résultat était vraiment époustouflant dans le style médiéval.

Pendant qu'elle s'habillait, Maggie se rendit compte qu'elle n'avait pas vu Callum de la journée. Elle fut encore plus surprise d'être blessée de découvrir qu'il ne l'attendait pas sur le banc dans le couloir. Décontenancée par ce qu'elle ressentait comme un affront et par combien elle en était affectée, Maggie sentit son moral descendre en piqué, même si elle savait qu'elle passerait toute sa soirée avec lui.

Si une petite déception la mettait dans cet état, peut-être devrait-elle repenser à ses sentiments et recommencer à cloisonner quand il s'agissait de Callum.

Peut-être n'était-elle pas prête. Maggie s'était mise à nu devant lui, lui avait fait confiance émotionnellement et physiquement, et maintenant, la moindre petite chose comme ne pas l'attendre devant sa porte, lui procurait un sentiment d'abandon. Il avait sûrement une bonne raison.

Malgré tout, c'était une bonne leçon sur sa manière de protéger son cœur.

En descendant l'escalier, elle s'arrêta pour contempler le paysage à travers la grande fenêtre sur le palier. Elle s'était attardée ici à plus d'une occasion et vu le nombre de personnes qu'elle avait surprises à faire de même, elle se dit que ce devait être un endroit apprécié de tous ceux qui vivaient là.

Elle pressa sa main sur la vitre, perdue dans ses pensées. Son sentiment d'appartenance à ce siècle était plus ténu qu'elle ne le pensait. Une vague de mal du pays la traversa et Maggie se prépara pour une soirée de festivités pour laquelle elle ne se sentait plus d'attaque.

Il n'y avait rien de pire que se sentir seule lorsqu'on était entourée d'une tonne de personnes. Même l'alliance à son doigt, qui seulement la veille avait fait fondre son cœur, ne lui semblait plus si spéciale. Maintenant que Callum avait eu ce qu'il voulait – elle lui appartenait – avait-il cessé d'avoir autant besoin d'elle ?

Elle pensait qu'il était l'une des personnes les plus attentionnées qu'elle connaisse, mais cela semblait s'effondrer. Elle s'était sentie si proche de lui ce matin. Mais tout semblait un peu creux, désormais. La semaine dernière avait été des montagnes russes en matière d'émotions, et elle était toujours sur la même attraction, à un niveau bas, espérant que ce n'était pas la fin. Il lui semblait impossible d'avoir quitté Dunhill seulement six jours auparavant.

Tant de choses avaient changé.

Vu le crépuscule qui tombait, l'éclat des feux de camp était visible sur le rivage en contrebas. Maggie observa quelques cavaliers descendre le chemin escarpé. Dans la cour, tables et chaises étaient installées pour le festin que la cuisinière et son personnel avaient préparé pendant des jours. Pour ceux qui ne pouvaient supporter le froid de dehors, le grand hall devenait un endroit accueillant et chaud.

Maggie aperçut Callum, avec ses amis dans la cour, aussi beau que toujours. Ce soir, il portait son pantalon habituel, des bottes et une chemise, mais il avait un vêtement noir plus chaud et sans manche par-dessus.

Elle avait rencontré Aidan, le dernier de leur confrérie, à son arrivée un peu plus tôt, quand il était venu trouver Gwen et elle dans la cuisine. Il avait semblé gentil, l'avait félicitée pour son mariage et s'était excusé de l'avoir manqué. Maggie enviait la connexion que ces hommes entretenaient, même s'ils ne se réunissaient qu'une fois par an.

En bas, Callum souriait à quelque chose qu'un des hommes disait. Elle imaginait qu'elle était heureuse pour lui. Il s'amusait.

Elle n'était plus d'humeur, voilà tout.

Avant de se tourner, elle vit Greylen soulever Gwen sur son cheval et monter derrière elle, la serrer, puis l'embrasser sur la joue. Sa femme passa ses bras derrière elle et les enroula autour de son cou. Maggie adorait les regarder. Leur amour était si évident. C'était stupéfiant, cette vie incroyable qu'ils avaient ensemble ici.

Le matin même, elle s'était demandé si Callum et elle pourraient être aussi heureux, un jour.

CHAPITRE 26

Callum leva les yeux vers la fenêtre au moment où Maggie reculait. Il avait observé sa silhouette ces dernières minutes, pressée qu'elle le rejoignît. En se rendant compte qu'elle s'attardait, il avait compris que quelque chose n'allait pas.

Se demandant ce qui l'avait troublée, il quitta la compagnie de ses frères et retourna au donjon. Il pensait la trouver en train de sortir pendant qu'il entrait et passa une minute ou deux à errer dans le vestibule bondé. Enfin, en ne voyant aucune trace d'elle, il prit les escaliers.

Il avait eu hâte d'être en sa compagnie depuis qu'ils s'étaient quittés le matin. Vu ce qu'il s'était produit lors de leur séparation, il pensait qu'elle avait hâte aussi.

Après le petit déjeuner, il l'avait raccompagnée à sa chambre, l'avait plaquée contre la porte refermée et l'avait embrassée comme il avait toujours envie de le faire dernièrement. Il s'était écarté pour la regarder et elle avait hoché la tête. Tous deux avaient souri.

Callum était prêt à mettre en pratique l'une des nombreuses déclarations qu'il lui avait faites la nuit, quand il avait expliqué en détail ce qu'il lui ferait. Pour une partie, c'étaient des choses qu'il pensait faire lorsqu'elle était pressée contre ce mur.

Malheureusement, ils avaient été interrompus quelques secondes plus tard par un coup insistant à la porte et il avait chuchoté à sa promise qu'il remplirait ses promesses plus tard.

Se demandant ce qui avait changé entre le matin et le soir, Callum parcourut du regard la foule depuis le palier. Au cas où il l'aurait manquée. Ne voyant pas sa femme parmi eux, il monta jusqu'à sa chambre, se disant qu'elle avait peut-être oublié quelque chose. Là, il frappa doucement à la porte, puis ouvrit et l'appela par son nom.

La première vague de soulagement qu'il ressentit en la voyant, splendide dans une robe que Nessa et Rose avaient visiblement cousue avec grands efforts, fut vite balayée par son tourment. Quelque chose clochait avec sa Maggie, assise sur le banc au bout du lit, l'air mélancolique. Ce n'était pas une vision qui lui plaisait.

— Maggie ? dit-il plus doucement.

Elle lui adressa un sourire crispé et tordit ses mains sur ses genoux. Il s'approcha d'elle et lui leva le menton.

— Qu'y a-t-il ? demanda-t-il en caressant sa joue de son autre main.

Elle leva les yeux vers lui et lâcha sans entrain :

— Faut-il encore qu'on en discute ?

Il sourit de sa tentative de minimiser ce qui la troublait et s'assit à côté d'elle avant de prendre sa main.

— Je pensais que tu pouvais tout me dire ?

— Vas-tu me rebalancer à la figure *tout* ce qu'on a dit hier ?

Sa tentative de légèreté ne fonctionnait pas.

— Je suis prêt à passer toute la soirée à régler ça, si besoin. Mais s'il te plaît, explique-moi ce que *rebalancer à la figure* veut dire.

Elle lui fit un petit sourire et expliqua :

— C'est quand tu réutilises les paroles d'une personne contre elle.

Il se vexa de son explication, mais pensa à ce qu'elle avait dit.

— Réutilise ou plaisante ?

Il devait être sûr pour éviter de le refaire. C'était peut-être ça que Grey voulait dire en disant que les femmes du XXIe siècle étaient toutes folles.

Elle haussa les épaules.

— Même quand c'est pour plaisanter, quand c'est aux dépens de l'autre, cela blesse.

En cela, il comprit qu'elle était blessée et se demanda ce qui lui avait fait du mal. Elle était évidemment très sensible. Mais d'abord, il s'excuserait de son *balançage à la figure*.

— Je n'ai jamais voulu te blesser. En toute honnêteté, quand j'ai dit *ça*, je ne me référais pas à notre conversation d'hier. J'aurais dû commencer par là : Margaret, qu'est-ce qui te trouble *là maintenant* ?

Elle avait un regard triste et avoua :

— Je me sens petite et stupide, et bête maintenant que tu es là et si gentil...

— D'abord, ce sont des sentiments, Margaret. Nous en avons tous. Ils méritent *tous* d'être pris en compte. Enfin, pourquoi ne serais-je pas gentil avec toi ?

Il ne voulait pas la couper, mais il fallait que ce fût clair. Il était vraiment perdu, mais tout à coup, il comprit.

— Attends un peu. C'est *moi* qui t'ai blessée ?

— Je croyais que tu m'avais oubliée, expliqua-t-elle en haussant les épaules. J'imagine que je me sens laissée en plan.

La simple idée qu'il l'eût oubliée était absurde. Il ne le lui dit pas, en revanche. Il avait grandi dans une maison dirigée par deux femmes et Fiona pouvait avoir ses humeurs également. Surtout pendant sa grossesse.

— Je ne pourrais jamais t'oublier. *Jamais*. Explique-moi, qu'est-ce que ça veut dire, *laissé en plan* ?

Il avait la sensation qu'il ne serait pas ravi de cette explication.

Elle haussa les épaules.

— Ça veut dire que tu... que tu m'abandonnes.

Il eut un geste de recul, incrédule. *Reste calme, Callum.* Il inspira profondément, mais haussa la voix quand il reprit la parole :

— Vraiment ? C'est *ça* que tu pensais ? Que je t'avais abandonnée ?

Elle secoua la tête et plaça sa main sur son cœur.

— C'est ce que j'ai *ressenti*, Callum. Mes pensées sont un peu en bazar pour l'instant. Ça a été une vraie tornade depuis que nous avons quitté Dunhill, tu ne penses pas ?

— Je suis d'accord, Maggie. Ceci dit, je suis très content d'être là où nous sommes maintenant.

— Je sais. Je ne dis pas que je ne suis pas contente. Je le suis... enfin, je l'étais. C'est juste que, quand j'ai vu que tu n'étais pas dans le couloir à m'attendre, commença-t-elle en couvrant sa poitrine de sa main, mon cœur s'est serré et ça m'a fait peur. Parce que je me suis rendu compte de combien j'en suis venue à tenir à toi et à m'appuyer sur toi.

Là-dessus, Callum s'adoucit et l'attira lentement à lui, reconnaissant qu'elle ne résistât pas. Il la serra dans ses bras un moment, pressa ses lèvres contre son front. Il avait appris l'importance et la stratégie à adopter pour raisonner l'autre. Dans ce cas, un retrait ou une reddition était la meilleure combinaison. Il la sentit se détendre tandis qu'il lui frottait le dos.

— J'imagine que tu n'as pas vu mon message ?

Il avait fait exprès de garder une voix légère.

Elle s'écarta.

— Tu m'as laissé un message ?

Son visage semblait rempli d'espoir et ses jolis yeux s'étaient adoucis.

Il sourit. Bon Dieu. Il aimait cette femme. Même fâchée, elle était capable de parler de ce qui la gênait. Il avait aussi appris qu'il ne fallait pas lui *balancer des choses à la figure* à l'avenir.

Pas même pour plaisanter.

— Margaret, tu crois vraiment que je suis assez insensible pour te laisser toute la journée ? Le lendemain de notre mariage en plus de cela, après avoir passé la plus importante des nuits ensemble ?

Il l'embrassa alors, comme il en avait eu envie toute la journée. Comme il en avait eu envie quand il était entré pour prendre un bain et se changer et avait découvert qu'elle était toujours quelque part dans le donjon avec Gwen.

Il était désolé de l'avoir manquée. Il s'était senti démuni, même. Comme un homme en manque d'amour, il avait écrit un message.

— Nous sommes liés par Dieu, par la loi et par notre intimité. Margaret, je t'ai...

— Non, s'écria-t-elle en couvrant sa bouche de sa main délicate. Non, ne le dis pas.

Elle secoua la tête.

— Pourquoi pas ? demanda-t-il à travers ses doigts.

Elle le regarda visiblement surprise qu'il demandât une explication. Il pensait qu'elle se serait déjà rendu compte qu'il prenait des décisions informées, quand il n'agissait pas par pur instinct. Plus il avait de connaissances disponibles, plus il était équipé pour gérer ce qu'il avait devant lui.

Il lui fallut un moment pour répondre. En vérité, il n'était pas entièrement sûr qu'elle était honnête avec lui.

— On est aussi liés par la magie, ou un sort ou je ne sais pas, rappela-t-elle en choisissant prudemment ses mots. Et qui sait combien la fondation de ce sort est saine. Et si nous étions maudits à connaître l'amour et le perdre, encore et encore ? Je ne suis pas prête à tester le destin. Peut-on juste laisser les choses telles qu'elles sont entre nous ?

— Si c'est ce que tu souhaites, oïl.

Sa crainte d'entendre qu'il l'aimait était réelle. Il n'était pas vexé qu'elle ne veuille pas de ces mots.

Ce n'étaient que des mots.

Il le lui montrerait.

Callum ferait tout ce qui était en son pouvoir pour la rendre heureuse d'être là, dans son siècle, avec lui, comme Gwen l'était avec Grey. Il avait un exemple sous les yeux à imiter, il devait juste travailler à lui apporter la joie qu'elle méritait.

Il arrangea ses cheveux derrière ses épaules.

— Allons trouver le mot que j'ai écrit, veux-tu ?

Elle acquiesça avec un sourire petit mais franc. Main dans la main, ils avancèrent dans sa chambre. Là, sur la table devant le feu, se trouvait un plateau de thé et biscuits.

Presque sûr de ce qui se trouvait en dessous, il serra sa main. Et ô surprise, quand il leva le plateau, le message reposait sous leurs yeux. Elle sourit et il le lui tendit, soulagé de pouvoir lui montrer qu'il pensait et tenait à elle. Elle brisa le sceau en cire.

Ma chère Margaret d'O'Roarke, ma Reine,

J'attends avec impatience l'heure... la minute... la seconde où j'aurai le plaisir d'être de nouveau en ta compagnie. Retrouve-moi dans la cour au début du festival.

Bien à toi,
Callum Sebastian O'Roarke

— Eh bien, je suis ravie que nous ayons pu parler.

Elle rayonnait et il rit, reconnaissant une plaisanterie et taquinerie.

— Puis-je t'emmener en bas et te tenir à mon bras le temps de profiter de cette nuit de festivités ?

Elle hocha la tête et l'embrassa. Un bisou affectueux, mais qui le réjouit à un point fou quand même. Puis, ils quittèrent sa chambre et laissèrent ses inquiétudes derrière eux, du moins l'espérait-il.

Il l'emmena au bord de l'eau, chevauchant avec elle devant lui sur son étalon pour la première fois. Callum adora la tenir ainsi le temps de descendre le chemin escarpé. Puis, ils avancèrent d'un bout de la crique à l'autre. Six feux avaient été allumés et rugissaient toujours. Il ajusta le manteau de Maggie et enroula son bras autour d'elle en la voyant frissonner.

Remarquant pour la centième fois la lanière en cuir autour de son cou, il demanda :

— Puis-je voir ton médaillon ?

— Tu veux dire le tien ?

— Je pense qu'il est précisément où il est censé être, lui dit-il en tendant la main pour le détacher. Tu sais que Gwen en porte un aussi ?

Il rit en tenant le loup familier dans sa main.

— Parfois, elle en porte deux.

— Vraiment ?

Il toucha le côté de son visage avec tendresse.

— Oïl. Grey est le puissant Dragon, Dar est le Griffon sans peur, Aidan l'Ours prodigieux et Ronan le Faucon impérial.

— Et tu es le petit loup ?

Il rit.

— Bon Dieu, Margaret... *Non !*

C'était si drôle qu'il faillit pleurer encore.

— J'*étais* le petit loup quand j'étais enfant. Une fois homme, je suis devenu le Loup fier.

Elle leva les yeux au ciel et marmonna :

— *Désolée !*

Callum ne put s'empêcher de rire encore.

Un silence complice retomba entre eux. Callum tripota les bords du médaillon encore, se calmant en regardant la mer et prêtant hommage à son père. Il prit une profonde inspiration avant de reparler.

— Nos pères nous avaient fait à chacun un médaillon, raconta-t-il en levant doucement celui dans sa main. Chacun gravé de nos animaux respectifs. Une nuit, il y a presque quinze ans, Fergus et Allister ont allumé un feu de camp, un peu comme celui-ci et nous ont appelé tour à tour pour qu'on se rassemble ici. Ils ont placé les médaillons autour de nos cous, ont tranché les paumes de nos mains et nous ont fait prêter serment. Un serment de sang d'honorer et protéger ceux que nous plaçons sous nos bons soins. De servir notre peuple avec intégrité.

D'aimer le cœur ouvert toute notre vie. C'est un vœu que nous commémorons tous les ans.

Il porta le loup que son père lui avait sculpté à ses lèvres, puis le replaça autour du cou de Maggie. Elle trembla à son contact, puis attrapa sa main.

— Viens, allons boire, danser et être heureux, proposa-t-il.

Il se sentait très léger, soudain.

— Tu danses ?

— Je devrais me vexer, Margaret d'O'Roarke. Mais je te permettrai d'en juger par toi-même.

Il sourit et la guida par la main avant de l'accueillir dans ses bras, imitant les gestes que Gwen avait appris à Grey. Devant son expression stupéfaite, il se sentit fier et rit, avant de placer une des mains de Maggie autour de son cou et l'autre sur son torse.

Commença alors la nuit de festivités qu'il n'attendait pas avant que Maggie de Sinclair O'Roarke n'entrât dans sa vie. Ils dansèrent, burent, mangèrent. C'était l'une des nuits les plus mémorables de sa vie.

Elle l'avait touché à plusieurs reprises pendant la nuit, indiquant peut-être qu'elle était plus ouverte qu'elle ne le pensait. Elle pensait peut-être que les mots étaient tout, mais en vérité, les actions prévalaient. Callum nota toutes les instances où elle chercha sa main ou enroula son bras au sien. Elle caressait sa nuque chaque fois qu'ils étaient l'un dans les bras de l'autre sur le *dance floor*, comme disait Gwen. Ils partageaient leurs verres et leurs assiettes.

Bon Dieu.

Si elle voulait juste ne *pas* dire les mots *Je t'aime*, il l'accepterait et en sortirait quand même gagnant.

Quand ils rentrèrent dans sa chambre, les petits contacts durant la soirée les avaient tous deux conduits à un état frénétique. Au moment où la porte se ferma derrière eux, Callum plaqua Maggie contre le mur et l'embrassa langoureusement.

Ses mains trouvèrent ses seins et il les caressa tout en délaçant l'avant de sa robe. Une fois libérée, il se pencha pour frôler sa poitrine de sa joue. Ses lèvres tétèrent, puis mordirent doucement ses mamelons durs jusqu'à ce qu'elle hoquetât.

Le son se répercuta directement contre son aine.

Il la tourna pour qu'elle fût face au mur et d'un geste fluide, il passa ses mains sous ses jupes pour retirer ses bas, puis leva la jambe de Maggie et la fit ployer au genou pour qu'elle soit pressée contre le mur et son corps, l'exposant joliment à ses bons soins.

— Ça va, mon amour ? chuchota-t-il.

Il savait que ses seins étaient plaqués contre le mur en pierre froid.

— Oïl, Callum, s'il te plaît, gémit-elle.

Il caressa ses fesses et l'arrière de ses cuisses, la taquinant et l'excitant.

— S'il te plaît quoi ? souffla-t-il.

— Touche-moi.

Oh, il la touchait. Il passa sa main vers le côté de sa cuisse, se pressa contre sa chaleur et sa moiteur. Avec la zone qui lui procurait du plaisir facilement accessible grâce à sa position, il la caressa du bout des doigts, de haut en bas. Offrant juste assez de plaisir pour qu'elle fût obligée de se presser contre lui si elle voulait plus.

Elle gémit encore et encore. La combinaison exaltante du son et de son odeur lui donnait la sensation d'être au bord de l'implosion. Il l'aida, jouant avec l'entrée de sa cavité de son autre main. Callum la sentit se contracter et enfonça un doigt à l'intérieur au moment où ses muscles se crispaient.

Elle batailla avec son pantalon, le libérant enfin assez pour frotter son érection contre son sexe à elle.

— *Callummm.*

Elle se tortilla et pencha ses hanches contre lui.

— Bon Dieu, Margaret, grogna-t-il d'une voix rauque.

Il se pressa à l'intérieur et elle cria quand il la remplit. Il s'arrêta, de peur de lui avoir fait mal.

— Maggie ?

— Oh, Callum. Ça fait *teeellement* de bien, siiiii profond.

Il ne survivrait peut-être pas à leur premier anniversaire si sa femme ne cessait pas de constamment le pousser au sommet de l'excitation. Callum plongea de nouveau et elle faillit monter au mur avec un hoquet. Il savait déjà qu'elle aimait cette position, mais se dit qu'ils seraient peut-être plus à l'aise sur le lit.

Au début, quand il commença à les déplacer, elle fit la moue, ce qu'il trouva provocateur et séduisant, alors il promit de l'apaiser en quelques secondes. Ils s'aidèrent l'un l'autre à se déshabiller, puis elle rampa sur le lit pour s'allonger et ils reprirent là où ils en étaient.

Il s'approcha d'elle en savourant la belle vue devant lui, tout en s'efforçant d'arranger ses cheveux sur le lit. Puis, il leva ses hanches et retrouva sa prise.

Il veillait à ne pas la pénétrer trop profondément par crainte de lui faire mal. Même ainsi, le plaisir était insoutenable. Cela n'aidait pas que Maggie se plaquât contre lui, rendant ses efforts pour ne pas la pénétrer trop profondément presque inutiles. Il se félicita pour le temps plus long qu'il avait tenu en elle. Peut-être une minute ou deux de plus, espérait-il.

Après, il la nettoya, comme il l'avait fait la veille, doucement mais avec minutie. Puis, ils se glissèrent sous les draps et Maggie se blottit contre son torse.

Callum la tint dans ses bras tandis qu'elle dormait, son esprit occupé à fomenter des plans pour la rendre heureuse.

Il veillerait à ce qu'elle ne se tracassât jamais au sujet de la magie qui les avait réunis, du marché que sa mère avait passé.

Elle était à lui et il était à elle.

Il n'y avait pas besoin d'autres explications.

CHAPITRE 27

Le dernier jour de Maggie à Seagrave commença par un réveil en sursaut seule au milieu de draps froids. Elle ouvrit les yeux d'un coup et soupira de soulagement en voyant Callum debout près de la fenêtre.

Oïl, elle était attachée.

Elle l'observa en silence, se délectant de sa silhouette. De ce bel homme fier, son mari. Ce guerrier d'un autre siècle qu'elle avait épousé quelques jours avant.

Déjà habillé, il avait la tête haute et semblait plongé dans ses pensées. Il dut sentir qu'elle l'observait car il se tourna pour lui faire face, ses yeux intensément brillants, et lui lança le plus délicieux des sourires. Son visage était plein d'excitation et de zèle devant ce qu'il pensait et cela se voyait à ses lèvres.

— Bonjour, mon amour.

— Bonjour.

Elle se rendit compte que l'utilisation de ce surnom ne la gênait pas. Cela ressemblait plus à un surnom affectueux qu'une intense déclaration.

Ce n'était pas qu'elle n'avait pas de sentiments profonds pour lui. Bien sûr que si. Mais elle n'était pas prête pour la pression et le poids de ce que *je t'aime* impliquait dans ce contexte. Elle ressentait de l'amour pour Callum, mais elle ne savait pas si elle était capable de se laisser aller plus loin.

Il y avait une vérité à ce qu'elle lui avait dit la veille. Elle se demandait bien si ce sort, cet enchantement ou peu importe, avait une porte de secours. C'était là tout le problème. Et si elle lui donnait son cœur et devait alors repartir ? Ou qu'on lui en donnait la chance ? La prendrait-elle ? Elle n'en était pas sûre et certaine.

Elle avait la sensation qu'elle pouvait être heureuse avec Callum. Mais elle ne savait pas si ce bonheur serait complet. Il restait encore ce truc qui la titillait à l'arrière de son crâne. Quelque chose lui disait que ce n'était pas fini.

Elle avait abandonné Céleste.

Pas volontairement. Mais quand même, elle avait juste... disparu. Si Maggie s'était sentie laissée pour compte par Callum la veille, que ressentait Céleste ? C'était ce qui la hantait toujours. Ce qu'elle n'arrivait pas à laisser couler.

Elle observa Callum servir une tasse de café du petit plateau sur le secrétaire à côté de lui et elle s'inquiéta d'avoir manqué le petit déjeuner.

— J'ai dormi jusque tard ? demanda-t-elle en acceptant la tasse.

Elle but une grosse gorgée et il secoua la tête.

— Non, j'étais debout plus tôt que d'habitude.

Il s'assit au bord du lit et aussitôt, elle sentit son énergie. Il vibrait presque d'enthousiasme. Elle voyait presque les rouages tourner dans sa tête.

Maggie s'étira et but une autre gorgée de sa tasse. C'était agréable de savourer le café au lit. Mais elle eut la sensation que cet étalage de son entrain et de sa vigueur impliquait qu'il était prêt à rentrer. À Dunhill. Puis, elle vit les sacoches sur le banc au bout de son lit et sourit avec mélancolie. Ses pensées étaient confirmées.

Il secoua la tête.

— Non, pas de mélancolie. Nous reviendrons. Au printemps.

Comme elle avait hâte. Soudain, elle se demanda si elle serait toujours là. Elle se rendit compte qu'elle ressentait un pincement de déception à l'idée qu'elle ne le soit plus et sa confusion grandit.

Comment pouvait-elle se donner entièrement à cet homme alors qu'elle doutait de sa présence permanente ici ? C'était quelque chose qu'elle devait travailler. Elle ne pouvait pas vivre un pied ici, un pied là-bas. Pas maintenant qu'ils étaient mariés. Ce n'était pas juste pour eux deux.

Pour l'instant, elle décida qu'elle serait *ici* et donnerait à Callum ce qu'il méritait. Une partenaire, une compagne et une amante qui le soutiendrait dans tout. Elle ne s'autoriserait pas à tomber trop amoureuse, c'est tout.

Maggie tendit la main pour caresser son visage, suivre sa cicatrice avant de passer ses doigts dans ses cheveux et de s'avancer pour l'embrasser. Elle aimait bel et bien embrasser cet homme. Surtout comme ça, quand il n'y avait pas d'attentes de plus. Ce n'était que l'intimité d'un geste, une étape après se donner la main, un contact qui solidifiait la proximité de leur couple.

— Je te promets qu'on reviendra.

Il lui prit la main et toucha sa bague.

— Je ne t'ai jamais dit combien j'aime cette bague. Elle est belle et unique.

— Je l'ai forgée en pensant à toi et à notre union.

Alors il l'avait faite.

— Je l'aime encore plus, murmura-t-elle en croisant son regard.

— Mon serment envers toi est aussi solide et infini que cette bague, Margaret. Cela inclut toute promesse que je t'ai faite, grande comme petite. Nous reverrons Seagrave, et la première fois sera au printemps.

Elle hocha fermement la tête. Elle le croyait bien sûr, c'était juste difficile de quitter Seagrave. Son effervescence et l'amitié qu'elle avait trouvée avec Gwen. Sans parler de tout ce qu'il s'était passé dans cette chambre. Tout ce qu'elle avait partagé ici avec Callum.

Puis, quelque chose la frappa. Dunhill devait être sa *maison*. Ainsi, elle serait la lady de la demeure. Elle commença à piétiner d'impatience, elle aussi. Ça serait agréable d'être de retour à Dunhill.

— Petit déjeuner ? demanda Callum, arrachant Maggie à ses pensées. Quand je suis allé chercher du café, la cuisinière préparait déjà tes plats préférés. Je crois qu'un trésor de délices est à rapporter à la maison.

L'entendre dire le mot *maison* la réchauffa de partout. Elle acquiesça.

— Oïl. Alors je t'aiderai à préparer les affaires.

— Ma sacoche est prête. J'ai pris la liberté de commencer pour toi aussi.

— Tu as rangé mes affaires ? Tu veux dire que tu as regardé dans mes affaires ?

Elle ne savait pas si elle devait apprécier ou se mettre en colère.

— J'ai plié tes robes et les ai placées sur des chaussures sans aucun doute non nécessaires pour le voyage. Puis j'ai mis l'ensemble dans la plus grande de tes sacoches.

Il lui expliquait comme si elle était sotte et qu'il était agacé qu'elle le questionne.

— Merci. Je crois.

— Pourquoi est-ce que ça t'embête ?

Elle avait touché un point sensible et se sentit un peu mal. Comment avait-elle pu oublier ? *Callum n'aime pas être remis en question.* Surtout le grand seigneur Callum. Elle supposait que c'était gentil de sa part de faire ses affaires. Il avait hâte de rentrer. Ce n'était pas comme si elle cachait quelque chose.

— Je ne sais pas si ça m'embête. Mais, et si j'avais des choses qui étaient privées ?

— *Ah*, comprit-il. Je n'ai pas fouillé, Margaret. Mais... tu as quelque chose à cacher ?

— Eh bien, j'ai quelques *étrangetés*, lui rappela-t-elle avec un sourire en coin.

Il sourit et son visage s'éclaira encore.

— Oïl, c'est vrai.

Il l'embrassa. Un autre de ses baisers où il recouvrait ses lèvres et les tirait très légèrement. Elle adorait ces baisers. Il pencha la tête alors, n'ayant visiblement pas en tête que ce baiser.

— Des étrangetés comme ton jeu de jacks ?

Elle s'esclaffa et hocha la tête, ne sachant pas comment expliquer ce qu'était un téléphone portable – à moins bien sûr qu'il ait déjà connaissance de celui de Gwen. Maggie espérait que les habitants ici prenaient la devise au sérieux.

Sinon, le monde allait être sérieusement changé par Gwendolyn MacGreggor et sa joyeuse bande de comparses.

Maggie aurait adoré s'attarder pour le petit déjeuner, mais elle voyait que Callum était déjà dix pas devant elle et avait hâte de partir. Ils prendraient un chemin moins direct sur le retour, puisqu'ils avaient un chariot plein d'approvisionnement pour l'hiver. Ainsi, ils devaient passer sur des routes assez larges pour le chariot. Cela voulait aussi dire que le temps de voyage jusqu'à la cabane avait presque doublé.

Elle prit un moment seule après le petit déjeuner pour absorber tout ce qui était arrivé lors de leur séjour à Seagrave. Gwen était en haut avec le bébé. Callum et Greylen étaient dehors, à vérifier la solidité du chariot et à dresser l'inventaire des réserves qu'ils emportaient à Dunhill.

Debout dans le grand vestibule, Maggie se tourna lentement, s'attelant à mémoriser la sensation d'être ici, parmi ces gens. Bien sûr, elle reviendrait, si la magie de la vieille sorcière le lui permettait, mais elle savait que ce ne serait jamais comme ça. La première fois.

Tant s'était produit ici la dernière semaine. Tant avait changé. Sa connexion avec Callum y était devenue très forte et elle s'était fait une nouvelle meilleure amie. Venir ici avait vraiment changé sa vie, encore une fois. Elle voulait s'assurer que ce soit un moment cristallisé dans son esprit.

Jamais oublié.

Maggie prit Gwen dans ses bras pour la saluer et pleura quand elles échangèrent un dernier regard.

— Je te verrai au printemps, affirma Gwen avec un hochement de tête.

Elle essuya ses yeux tandis que Greylen glissait un bras autour de sa femme. Maggie en fit de même, reconnaissante pour l'étreinte rassurante de Callum qui la menait au chariot et l'aida à monter. Elle se tourna et agita la main une dernière fois, pour dire au revoir aux MacGreggor et Seagrave.

Quand ils s'arrêtèrent pour manger, Maggie était un peu mieux. Même si elle se sentait encore bizarre pour différentes raisons. Elle fut alors frappée par l'idée qu'elle était assise dans un chariot tiré par un cheval, à côté de Callum, son mari, au XVe siècle.

Apprêtez-vous à entrer dans une autre dimension... résonna dans sa tête, extrait d'une vieille série qu'elle avait regardé en ligne. *Oui, elle y était.*

Se débarrassant de cette étrange sensation, Maggie aida Callum avec les chevaux, fit un rapide passage par un buisson à l'écart, puis plaça la couverture qu'Anna leur avait donnée. Callum attrapa le panier rempli des gourmandises de la cuisinière et s'étendit sur le flanc, riant quand elle s'exclama :

— De la salade de volaille ! Miam.

— Ah ah, c'est du poulet, la taquina-t-il.

— Eh bien, c'est un de mes plats préférés. Surtout fourré dans des roulés.

Ils marchèrent un peu après, juste pour se dégourdir les jambes, et repartirent. Le soleil se couchait quand la cabane apparut au loin.

Maggie s'émerveilla de la différence qu'une semaine pouvait faire.

CHAPITRE 28

Callum s'occupa des chevaux pendant que Maggie entrait mettre en place le dîner que la cuisinière avait préparé pour eux. Une fois tout ça fait, ils mangèrent à la petite table de la minuscule cuisine. Le plaisir de sa femme devant ce repas le fit éclater de rire alors qu'elle décrivait tout ce qu'elle mangeait dans une espèce de *retour dans son époque*.

— Mais *sérieusement*, Callum. Regarde, ce sont des médaillons de filet mignon à la sauce hollandaise.

— *Mais sérieusement*, Margaret, je suis sur le point de prendre ta portion et la manger moi-même.

L'expression de Maggie laissa place à l'inquiétude.

— Oh, tu as encore faim ? Tiens, vas-y. Je peux en manger une autre fois.

Il ne faisait que la taquiner, mais une Margaret d'O'Roarke montrait son amour et son affection.

— J'en ai eu plein.

Il se réadossa à son siège pour profiter des bruits de délice qu'elle lâchait en mangeant.

Ensuite, il l'aida à nettoyer et ils s'assirent devant le feu pour regarder les flammes qui crépitaient.

— Tu as de la musique sur ton... comment vous appelez ça ? Un téléphone ? demanda-t-il.

Elle était entre ses jambes, dos à son torse. Il n'avait entendu que quelques morceaux de l'étrange et au début effrayant appareil de Gwendolyn. Après son choc initial, il avait plutôt aimé ce qu'elle et Grey écoutaient.

Maggie s'esclaffa.

— J'en ai un, mais il est mort, là. Je n'avais même pas pensé à le charger avant d'en parler avec Gwen. Il faudra que je place la batterie dehors pour voir si ça marche.

— Comment ça ?

— Ma batterie de rechange peut récupérer de l'énergie grâce au soleil.

— Vraiment ?

Il se demandait comment c'était possible.

— Je crois. Enfin, avant ça marchait, précisa-t-elle en bougeant.

— Tourne-toi, et je te caresserai le dos et les fesses.

Elle rit.

— C'est subtil.

Il savait à quoi elle faisait allusion et rit aussi.

— Ce n'est pas à ça que je pensais.

Pas encore.

— Je sais que tu as mal partout, ajouta-t-il. On a eu une longue journée assis sur ce siège en bois. Même avec des coussins, ce n'est pas une prouesse facile.

Il tint bon plus longtemps qu'il ne l'aurait pensé, vu les grognements de plaisir de sa femme tandis qu'il massait doucement les zones tendres de son corps. Il lui fit l'amour auprès du feu après, au même endroit que celui où il avait lutté pour la garder en vie une semaine auparavant seulement.

Cette fois, au lieu du sexe frénétique qu'ils avaient eu jusque-là, leur passion se fit lente et langoureuse. Ce qui contenait une certaine force également. Longtemps après qu'elle se fut endormie, il la tint dans ses bras, puis la porta dans le lit, l'attira à lui et glissa sa tête sous son menton.

Il lui fallut du temps pour être emporté par le sommeil et il pensa à tout ce qui l'attendait à la maison. Il avait passé des heures à parler avec Grey, Dar, Aidan et Ronan de ramener à la vie Dunhill.

À la gratitude de Callum, Dar avait proposé de venir dans un mois. Peut-être un peu plus tard, en fonction de la complexité de projets familiaux qu'il devait gérer. Ce serait chouette d'accueillir son ami et frère chez lui.

Il avait beaucoup à accomplir et veillerait à ce que Maggie s'épanouît comme elle le méritait. Non qu'elle ne fût pas heureuse à Dunhill. Il pensait qu'elle l'était. Mais sachant combien elle aimait Seagrave, il avait décidé qu'il était temps de ramener Dunhill à sa gloire d'antan.

Tant de choses reposaient sur les épaules de Callum.

Maggie et son bonheur, *ici*, avec lui, qui devenait sa nouvelle vie.

Restaurer l'héritage que son père avait laissé pour lui. Bon Dieu, que devait penser le puissant Fergus Donnan O'Roarke de son fils ?

Et, enfin, et peut-être plus important, il honorerait le marché que sa mère avait passé pour lui.

CHAPITRE 29

D'après les comptes de Maggie, elle avait tenu quarante-six jours, douze heures et neuf minutes. Dont quarante-deux jours à Dunhill.

Elle avait fait de son mieux pour garder les murs érigés autour de son cœur, pour s'autopréserver, tout en soutenant son mari. Callum était un homme bon. Chaque jour, il devenait plus difficile de se dire qu'elle n'était pas amoureuse, qu'elle ne l'aimait pas comme *ça*.

L'autopréservation triomphait toujours. Pour l'instant. Tant qu'elle ne savait pas combien de temps elle resterait au XVe siècle, elle continuerait à résister.

D'un autre côté, elle avait fait vœu de le soutenir et de l'honorer dans tout ce qu'il faisait. Elle était sa femme, après tout, peu importe combien la magie ou la force du destin avaient interféré.

C'était quand même étonnant de penser que le moment où elle avait littéralement surgi devant sa porte avait amorcé la nouvelle moitié de la vie de Callum. La seconde moitié de sa vie.

Elle n'avait pas à se plaindre. La vie n'était pas mal, elle était même bonne. Qui croyait-elle tromper ? C'était incroyable. La plupart du temps, elle avait l'impression de marcher dans les airs. Elle était heureuse à ce point-là.

Quand elle l'avait dit à Callum, il avait ri et dit que c'était ainsi qu'elle lui était apparue presque dès le début. Une femme qui flottait dans le château au lieu de simplement marcher. Il dit qu'il appréciait de l'observer papillonner dans les couloirs et les escaliers, d'abord de loin quand ils venaient de se rencontrer, puis de plus près.

Dès qu'ils étaient rentrés de Seagrave, malgré l'arrivée du froid de l'hiver, Callum avait commencé à ouvrir Dunhill. Il l'avait fait avec un enthousiasme qu'elle ne lui connaissait pas. Pour être franche, elle ne l'avait jamais vu aussi occupé sur son domaine avant. Du lever du soleil au coucher, et certains jours, plus longtemps.

Bien sûr, à ce moment de l'année, les journées étaient courtes. Mais quand même, il travaillait sans relâche.

Semaine après semaine, Maggie remarqua que de plus en plus de gens habitaient leurs terres. Des cottages vides se remplirent. Leur nombre croissait. À cette allure, Dunhill pourrait tourner à plein régime d'ici le printemps.

Quand la météo difficile ou l'obscurité le forçaient à être à l'intérieur, Callum lui parlait de ramener le château à sa gloire d'antan. Maggie n'était pas sûre de ce qui l'animait autant, mais elle ne pouvait s'empêcher d'être emportée par son zèle.

À ses yeux, le domaine avait toujours été charmant. Même si à bien y réfléchir, son style ne correspondait qu'à Callum. Elle aimait l'idée d'en faire leur chez-eux, ensemble.

Ils avaient commencé par simplement ouvrir toutes les portes là-haut. Ensemble, ils étaient entrés dans chaque chambre et en avaient mentalement dressé l'inventaire. Ils avaient commencé à réorganiser les meubles, les tapisseries et les joncs, les vraies œuvres d'art et le bric-à-brac.

La chambre de Callum dans la tourelle, celle qu'il avait brièvement partagée avec Fiona, devint la leur au fil des semaines. Maggie était ravie de ramener des branches de pins fraîches et de la lavande séchée pour décorer et Nessa et Rose travaillèrent sur un nouveau couvre-lit en lin pour leur lit.

Les quartiers qui avaient été ceux de ses parents devinrent lentement une jolie suite pour les invités et non plus le sanctuaire qu'ils avaient été. Les vêtements et chaussures que Maggie pouvait utiliser avaient été déplacés dans son placard et l'espace dressing à l'autre bout du couloir. Le reste, pour l'instant, avait été rangé dans des coffres joliment sculptés par Callum lui-même.

Il lui avait dit que le mari de Rose pouvait retapisser n'importe quel meuble et elle commença à choisir de nouveaux tissus de l'atelier de couture, essayant différents motifs et couleurs au cours d'un après-midi.

Le changement chez Callum la remplissait de fierté et elle se demandait si c'était sa venue à elle, leur relation et leur mariage qui avaient fait la différence. Elle devait l'admettre, quand elle ne s'inquiétait pas avec des *et si*, elle le ressentait aussi.

L'optimisme et l'excitation d'un nouveau départ.

C'était assez pour se réveiller le matin avec une vigueur renouvelée et voir le monde différemment. Faire de cet endroit un foyer, voir Callum animé de cette même envie à ses côtés, donnait à Maggie une sensation de sécurité qu'elle n'avait pas connue depuis des années.

Callum lui faisait l'amour très tôt tous les matins. Souvent avant que le soleil ne se lève, tant il était impatient de commencer ses journées. Elle y prenait plaisir, bien sûr, de cette proximité avec lui, et était une participante volontaire et fervente. Maggie restait en retrait et s'empêchait de se donner entièrement à lui. Si elle voulait continuer à être heureuse ici, pendant qui sait combien de temps, elle avait la forte sensation qu'elle ne pouvait pas baisser sa garde.

Pas encore.

Chaque nuit, il lui tendait la main pour l'accompagner en haut et lui faisait l'amour avant qu'ils ne s'endorment. Elle n'avait jamais été très câline et était toujours surprise de voir que, depuis la toute première nuit passée ensemble, vraiment ensemble, à chaque fois qu'elle se réveillait, elle était collée à lui comme de la glue.

Elle s'excusa au début, mais la deuxième ou troisième nuit après leur retour, Callum lui dit :

— J'aime te serrer contre moi. J'aime quand tu es blottie contre moi aussi près que possible. Peut-être avons-nous besoin de ça, maintenant, après avoir été privés de contact avec une autre âme pendant si longtemps. Peut-être sommes-nous devenus une ancre l'un pour l'autre.

Il marquait un point. Gwen avait raison, ces hommes étaient plus sages qu'ils n'auraient dû l'être à leur âge et à leur époque.

Entre tout ce travail, Callum continuait de trouver du temps pour ses leçons d'escrime. Deux fois par semaine, il venait la trouver dans le grand salon, le solarium ou le petit salon où elle était à redécorer ou passer le temps en finissant de lire une histoire prise sur l'une des étagères. Elle avait découvert un grand nombre des livres préférés d'Isabeau et ils devenaient les siens aussi. Elle était souvent si plongée dans ce qu'elle faisait qu'il arrêta de lui demander de le rejoindre pour sa leçon et ordonnait simplement depuis la porte d'entrée :

— Va chercher ton épée, Margaret.

Il y avait quelque chose qu'elle trouvait très attachant, très spécial, quand il utilisait son nom en entier. À part pour les présentations, personne ne l'avait jamais vraiment appelée Margaret, pas même sa mère. Elle avait toujours été simplement Maggie.

Elle se rappelait comment Callum l'avait utilisé le soir de leur mariage et combien ça l'avait affectée. Il était dans un état aussi survolté que le sien et cela avait causé la perte de Maggie. Il y avait aussi une note de respect, d'autorité – elle était sa *femme*. Elle avait de l'importance. Alors quand il l'utilisait maintenant, cela avait de l'importance aussi.

C'était ainsi qu'elle se sentait avec lui et il lui montrait quotidiennement qu'elle était importante.

Une nuit, après le souper, elle s'endormit pendant qu'ils étaient allongés sur un canapé du grand salon. Quand elle se réveilla seule, elle partit à sa recherche et le trouva dans son bureau. Il était occupé à sculpter à la lueur de la bougie.

Intriguée, elle l'observa poser ce sur quoi il travaillait pour faire tourner son poignet et fléchir ses doigts un peu. Il se donnait à l'évidence beaucoup de mal à ce qu'il fabriquait. Quand il la vit, il lui lança un sourire et lui fit signe d'entrer. Elle ne l'avait jamais vu travailler sur quelque chose et elle était excitée à l'idée de voir sa nouvelle création.

Quand elle lui demanda ce qu'il sculptait, il tendit la main et la tira pour la faire contourner le bureau et l'asseoir sur ses genoux. Puis, il prit le petit objet et le posa au creux de sa main.

Ses yeux se remplirent de larmes en voyant la réplique d'un jack, si consciencieusement sculpté. Elle ne pouvait imaginer le temps passé à faire ça. Ni d'ailleurs, quand et où il avait *trouvé* ce temps-là. Son regard s'adoucit et elle lâcha d'une voix rauque :

— Callum.

Une larme s'échappa de son œil et elle secoua la tête.

— Tu as fait ça ? Pour *moi* ?

Sa voix se brisa. Il sourit doucement et essuya ses larmes. Puis, il prit un sachet accroché à un crochet de son bureau.

— Tends tes mains, demanda-t-il en soutenant son regard.

Il repoussa les cheveux de son visage derrière son épaule. Puis, il déversa le contenu du sachet dans ses mains en coupe... un jeu de jacks. Elle avait compté dix jacks parfaitement sculptés et il avait ajouté celui qu'il tenait à la pile.

— Je viens de finir le dernier.

Elle regarda les jolies pièces complexes. Chaque pic se terminait par un arrondi. Maggie était envahie par la gratitude et la sensation qu'il la connaissait réellement. Tellement submergée par quelque chose sur lequel elle n'arrivait pas à mettre le doigt qu'elle pleura. À la grande confusion de Callum, elle éclata carrément en sanglots pendant une minute. Il la tint dans ses bras, tapotant son dos tout en chuchotant pour la calmer avec des *chut, là, ça va aller.*

— Margaret, qu'y a-t-il ?

Elle sourit à travers ses larmes. Elle mit un moment à retrouver sa voix.

— *Ceci* est le cadeau le plus gentil et attentionné que j'aie reçu, Callum. Merci.

— Je voulais te procurer de la joie, pas des larmes.

— Tu as ramené plus de joie dans ma vie que je ne l'aurais jamais cru possible. Et ici, si loin dans le passé.

Elle était sincère. Il tint le sachet ouvert pour qu'elle remette les jacks à l'intérieur. Après, il l'accompagna au lit, où ils firent l'amour et où il lui chuchota des mots tendres à l'oreille.

Alors oui, tout allait parfaitement bien – *jusqu'à ce que ce ne soit plus le cas.*

Et ainsi, tout changea. Sa spirale dans les abysses commença le matin où elle eut soudain la sensation nauséeuse que l'on ressent quand on se sent vertigineux et qu'on a la bouche pâteuse. Callum était parti travailler dehors, alors il ne la vit pas vomir.

Maggie venait de passer en revue tout ce qu'elle avait mangé la veille avant de comprendre avec un sursaut que ses règles avaient du retard. Quelque chose qui ne lui était jamais arrivé de toute sa vie. Comme le soleil se lève et se couche, même dans deux siècles différents, les règles de Maggie étaient toujours à l'heure.

Elle était si ébahie que pendant un moment, elle oublia combien elle se sentait nauséeuse. Derek et elle n'avaient jamais eu la moindre peur sur une potentielle grossesse en des années ensemble et ils avaient *toujours* été prudents. Au fond de son esprit, Maggie s'inquiétait que cela implique qu'elle soit stérile. Ou qu'ils aient potentiellement besoin d'aide pour leur fertilité le moment venu.

Une intense vague de nausée la ramena au présent et elle s'accrocha à son ventre, en pensant à la vie que Callum et elle avaient peut-être créée ensemble. *Elle allait avoir un bébé avec lui.*

Elle laissa sa tête retomber en arrière alors que des larmes de joie et un rire remontaient, car elle savait avec conviction que c'était là ce qu'elle voulait. Maggie était si submergée par cet élan de joie qu'il l'étourdissait. Quelque chose devint soudain très clair pour elle. Elle aimait – A-I-M-A-I-T – cet homme et elle ne pouvait nier combien elle l'aimait.

Les murs s'effondrèrent et si Callum la regardait maintenant, il verrait clairement à travers elle. Il méritait son amour et elle lui dirait ce soir. Peu importe ce qu'il pourrait se passer, elle ne pouvait plus vivre dans la peur d'un *et si*.

Plus tard cet après-midi, alors qu'elle aidait Nessa et Rose à arranger l'un des bibelots d'Isabeau dans le grand hall, Maggie entendit des bruits de sabots dans la cour. Le sourire qu'elle avait lutté pour réprimer disparut aussitôt. Sachant ce qui avait suivi la dernière fois, elle s'inquiéta aussitôt.

Elle courut voir ce qu'il se passait et s'arrêta sur les marches en découvrant Callum dans toute sa gloire – son fier guerrier – entouré de ses camarades qui avançaient vers les portes du donjon. Son souffle se coupait toujours quand elle le voyait, parfois, et elle n'arrivait pas à croire que par un étrange coup du destin, il était son promis. Elle oublia même de préciser *dans ce siècle* cette fois-ci.

Maggie était figée sous l'arche du grand hall. Quand Callum la vit, il soutint son regard avec un air sérieux et déterminé. Elle était à ses côtés depuis des mois et en était venue à connaître chacune de ces facettes. La gentille âme qu'elle avait d'abord rencontrée et maintenant cet implacable guerrier.

Elle aimait chaque partie de lui. Chaque centimètre, l'intérieur comme l'extérieur. Comment avait-elle pu douter de ça ?

La profondeur de cet aveu était assourdissante et faillit la mettre à terre. Elle chancela. Puis, il fut là, à la maintenir.

Maggie s'accrocha à ses épaules.

— Où vas-tu ?

— Il y a des problèmes au sud.

— Attends.

Elle courut dans sa chambre et attrapa l'épée, revint le souffle court.

— Je ne l'ai pas vue depuis des années, s'étonna Dar.

Graham et lui avaient rejoint Callum sur les marches. Il plissa les yeux et une perplexité traversa son visage, comme tout le monde en voyant que la pierre se trouvait sur le pommeau.

Puis, étonnamment, Dar tendit la main et toucha la garde, prenant l'épée dans sa main. Il la souleva en l'air et écarquilla les yeux, tout comme Maggie, quand l'épée bourdonna et que la pierre étincela.

É-TIN-CE-LA.

Maggie sentit la réverbération à un mètre de là. La même que celle qu'elle avait sentie le jour où elle avait été transportée ici il y avait si longtemps. Si longtemps qu'elle avait cessé de compter les jours écoulés depuis son départ du XXIe siècle et avait commencé à compter ceux depuis son mariage à Callum.

Par réflexe, sa main avança vers l'épée, des images de chez elle, de Céleste et de la vie qu'elle avait laissée apparaissant dans sa tête. Puis, tout aussi soudainement, elle bondit en arrière, reculant aussi loin que possible, terrifiée de ce qu'elle avait failli faire, espérant qu'il n'était pas trop tard.

Je t'en prie, Dieu, ne me ramène pas. Pas maintenant. Elle continua de chantonner sa prière, les yeux fermés.

En entendant le claquement de l'épée au sol, elle ouvrit les yeux et vit Dar, dont le bras tremblait, ignorant ce qu'il se passait, mais assez intelligent pour lâcher. Les deux hommes la fixèrent un moment. Puis, quelque chose traversa le visage de Callum et il se pencha pour récupérer l'épée désormais inanimée, dont la pierre avait repris son aspect normal.

CHAPITRE 30

Callum s'approcha de sa femme, qui s'était retirée à l'abri derrière une colonne en pierre.

— Maggie.

Ses propres pensées allaient à toute allure suite à ce dont il venait d'être témoin. *Était-ce possible ?* Ses gestes avaient été très parlants. Sa peur était évidente sur son visage. La voir dans cet état-là le poussa à écarter ses pensées et tendre la main.

— Viens, mon amour.

Les yeux de Maggie allèrent de la pierre à Dar, puis à lui.

— Ça s'est arrêté. Regarde.

Il retourna l'épée dans sa main pour lui montrer, mais elle eut un geste de recul. Il essaya de donner l'épée à Dar, mais il secoua la tête comme s'il tenait entre ses mains un fléau et le lançait en l'air.

Soupirant, Callum posa l'épée et approcha sa femme.

— Margaret. S'il te plaît.

— Callum, le prévint Dar. Il faut partir.

Il le savait et les grognements des hommes augmentaient. Mais il était déchiré à l'idée de la laisser ainsi. Debout devant elle, Callum secoua la tête et Maggie leva les yeux vers lui.

— Je vais...

— Fais attention, souffla-t-elle. S'il te plaît, Callum.

Il lui rendit son regard qui observait chaque partie de son visage. C'était le même regard qu'elle avait quand ils étaient au lac et qu'elle avait cru se noyer. Avant qu'il pût dire quelque chose, elle se tourna et courut dans le donjon, dans les escaliers.

Ce fut en marchant vers les écuries, le poids de l'épée dans sa main, que le tourbillonnement dans sa tête se clarifia assez pour qu'il comprît ce qu'il s'était passé. Il monta son cheval, réfléchissant encore.

Sa femme l'avait choisi.

On lui avait donné une chance. Il l'avait vu, l'épée s'était illuminée pour la première fois depuis qu'elle était arrivée à l'abbaye.

Elle l'avait choisi lui.

Pendant un instant, il avait ressenti une immense peur quand l'épée avait tremblé dans la main de Dar. La demi-seconde où la main de Maggie s'était avancée dans sa direction l'avait presque tué. Puis, elle avait bondi en arrière, comme brûlée, le visage empli de terreur.

Callum sut alors sans l'ombre d'un doute qu'elle l'aimait. Elle aimait la vie qu'ils avaient et qu'ils construisaient ensemble. Bon Dieu, tout ce qu'il faisait était pour elle. Son bonheur transcendait tout, mais il en avait fini de calmer sa peur.

Il réglerait ça une bonne fois pour toutes.

Ordonnant à son cheval de faire volte-face, Callum avança vers le donjon plutôt que les portes de Dunhill.

Le bruit de ses pas dut l'avertir de sa présence, car elle ouvrit la porte de leur chambre au moment où il l'atteignait, recula en voyant son regard déterminé et la position de sa mâchoire.

— Dis-moi, Margaret.

Il avançait tandis qu'elle continuait à reculer.

— Te dire quoi, Callum ? murmura-t-elle sans trop le regarder dans les yeux.

— Ce que tu as fait exprès de ne *pas* dire malgré tes

sentiments. Ce que tu m'as demandé de ne pas dire non plus. Ça suffit avec ça. Tu m'entends, ça suffit !

— S'il te plaît, ne le fais pas.

— J'ai eu aussi peur que toi.

Bon Dieu, son cœur lui semblait pris dans un étau parfois, tant il l'aimait. C'était la dernière chose qu'il voulait. La dernière. Ressentir ça encore. Et voilà que c'était le cas, seulement c'était plus profond après leur expérience et leurs pertes. Dès le début, il avait eu la sensation que la place de Maggie était à ses côtés. Ce n'était pas par principe, ni par droit, ce qui sonnait machiste. Mais grâce à Dieu, au destin, peu importe. La place de Maggie était à ses côtés, c'était écrit dans leurs cœurs. Il le sentait et il savait qu'elle aussi.

— Mais seulement parce que nous n'arrêtons pas de contourner le sujet. Ce bonheur, c'est à nous de le prendre et bon Dieu, prenons-le.

Elle secoua la tête, ses boucles douces suivant le mouvement. Il s'avança pour se poster devant elle et souleva doucement son menton. L'arrière de ses doigts touchait son cou.

— Dis-le.

Un ordre, quoique doux.

— S'il te plaît, Callum.

Il attendit qu'elle croisât son regard.

— Je t'aime, Margaret Siobhan Sinclair O'Roarke.

Une sensation de liberté l'envahit à dire ses mots, mais elle hoqueta et recula.

— Ne le dis pas à voix haute, chuchota-t-elle en pleurs. As-tu vu ce qu'il vient de se passer ! C'était ma faute !

— Qu'est-ce qui est ta faute ?

— Je l'ai pensé. J'y ai pensé et maintenant, l'épée veut me ramener. On est bel et bien maudits, insista-t-elle en hochant la tête.

— Non !

Dans tous les cas, il ne pensait pas que l'épée voulait la

renvoyer. Et il ne la laisserait pas partir. En vérité, l'épée ne s'était pas allumée pour Maggie.

Elle l'avait fait pour Dar.

Quant au reste, il s'engagerait sur le même sujet encore.

— Nous ne sommes *pas* maudits, Maggie. Nous ne sommes *pas* responsables de la mort de Fiona et de Derek. Nous ne revivons pas le même cauchemar encore et encore. Le destin ne serait jamais aussi cruel. Je te le jure.

Il le répéta encore deux fois, sachant que c'était une de ses peurs. Il était déterminé à trouver cette enchanteresse au printemps et mettre fin à ça.

Elle lui lança un regard et son cœur se brisa. Il avait peur de ce qu'elle dirait.

— Et si on l'*était*, Callum ? J'ai eu un immense sentiment de joie, plus tôt. J'ai pensé à ces choses sur toi et moi et regarde ce qu'il s'est passé. Elle a étincelé ! Et si l'on devait continuer à vivre encore et encore ces sentiments, pour tout perdre à la fin. Et si...

— Ça suffit.

Callum secoua la tête et avança d'un pas pour la prendre dans ses bras. Elle se raidit un moment avant de se détendre dans son étreinte. Il adorait la serrer contre lui. Sa silhouette logeait parfaitement contre lui. Elle se blottit dans ses bras et frotta sa joue contre son torse.

— Regarde-moi, Maggie.

Elle s'écarta, ses yeux écarquillés remplis de confiance.

— Je sais que tu as peur. Il y a une raison à ce qu'on soit ensemble, Margaret Siobhan. Je ne sais pas comment ou pourquoi, simplement qu'elle existe.

Il prit son visage dans ses mains et l'embrassa.

— Dis-moi.

Elle sembla sur le point de parler, mais rien ne vint.

— Dis-moi.

— Je... je... je suis enceinte.

La déclaration l'étourdit. Comme s'il avait pris un coup, il chancela en arrière, puis se composa un masque. Margaret était stérile. Il en était sûr. Elle avait passé dix ans avec Derek en étant en âge de procréer. Comprendre ça l'avait dévasté sur le moment, mais il y avait beaucoup réfléchi et s'était fait à l'idée de ne pas pouvoir avoir des enfants. En fait, il en était venu à croire que c'était pour le mieux.

Margaret, lui et leur amour seraient suffisants.

Callum se tourna pour regarder par la fenêtre alors que traversaient spontanément dans son esprit des souvenirs de la dernière fois qu'il avait entendu ces mots-là. Et l'horreur qui avait suivi. Quand il se retourna vers Maggie, il ne savait pas quoi dire. Comment dire ce qu'il ressentait, les bonnes choses comme les mauvaises.

Alors il dit la seule chose qui lui vint.

— Je dois y aller.

Puis, il se tourna et partit.

CHAPITRE 31

Les portes de Seagrave s'ouvrirent en grand, acceptant en silence l'arrivée de Maggie, qui montait les marches de devant. Gwen arpentait le vestibule, bébé en main, et se tourna pour voir qui venait. Elle sursauta en la voyant.

— Maggie ? Que fais-tu ici ? demanda-t-elle en la rejoignant sur le seuil.

Maggie attrapa la main libre de Gwen.

— Je... je... j'avais juste besoin d'un endroit où réfléchir. Un endroit où je sais...

Mais elle ne savait pas.

Elle avait fui.

Maggie était restée plantée au centre de la chambre qu'elle avait partagée avec Callum, le cœur brisé. Elle voulait lui dire qu'elle l'aimait et à la place, elle avait lâché qu'elle était enceinte. Le regard qu'il lui avait lancé, le silence qui avait suivi et son détournement délibéré pour partir l'avaient brisée.

Elle était si abasourdie qu'elle n'avait pas pu bouger avant de l'entendre partir à cheval avec ses hommes quelques minutes plus tard. Tremblante, elle avait essuyé ses larmes et, ne sachant pas quoi faire, elle avait pris sa sacoche. Elle avait emporté quelques vêtements et ses trésors, le jeu de jacks qu'elle avait ramené avec elle, son téléphone et, niché entre ses robes et ses sous-vêtements, le nouveau jeu que Callum lui avait fait.

Sur le seuil de sa chambre, elle s'était saisie de l'épée de Callum, la remplaçante. Priant Dieu de ne pas avoir à se défendre.

Elle avait laissé un mot à Nessa et Rose, même si elles le montreraient aussitôt à Albert. Mais que pouvaient-ils vraiment faire ? Ce n'était pas comme s'ils pouvaient envoyer un message à Callum et lui dire qu'elle était partie.

Edward avait déjà terminé son travail à l'écurie pour la nuit. Avec tous les cavaliers partis peu de temps avant, elle put prendre sa jument sans que personne le sache. Elle avait suivi le chemin qui la mènerait à la cabane, contente de pouvoir s'en souvenir. Là, sa jument et elle s'étaient reposées un peu. Avec la pleine lune guidant ses pas, elle était repartie. Et après plusieurs heures, elle était arrivée à Seagrave au lever du soleil.

Elle était encore alimentée par l'adrénaline, mais sous la surface, l'épuisement pointait et hurlait.

— Attends.

Gwen marqua une pause et regarda par-dessus l'épaule de Maggie la basse-cour.

— Où est Callum ?

Elle écarquilla alors les yeux et serra sa main, dans un état frénétique, juste avant que ses soupçons soient confirmés.

— Il ne sait pas que tu es là, n'est-ce pas ? s'écria presque Gwen.

Là-dessus, elle jeta un regard aux hommes près de la porte. *De toute façon, ils ont entendu.*

Maggie se contenta de secouer la tête.

— Callum est parti avec Dar et ses hommes. Ils partaient... ils partaient avec leurs épées.

— Oh, bon Dieu.

Gwen baissa les yeux et sembla penser à quelque chose une fraction de seconde avant d'appeler en criant :

— Mon chéri !

Maggie lui serra la main.

— Gwen, que fais-tu ?

— Il va le découvrir. Il faut lui dire maintenant. Je te le dis, il vaut mieux arracher le pansement vite. C'est la seule manière.

Greylen descendit l'escalier, le petit garçon dans les bras. Ils se rendaient visiblement à la cuisine pour le petit déjeuner. Il lança à Maggie un sourire perplexe, puis demanda à sa femme pourquoi elle l'avait appelée.

— Maggie vient séjourner avec nous.

Ce fut tout ce que Gwen dit et Maggie la remercia silencieusement.

Greylen secoua la tête, leva les yeux au ciel et commenta :

— Oïl, ma femme, je le vois bien.

Le sarcasme était léger, mais sur le coup, elle leur envia l'affection et l'amour qu'ils partageaient.

Gwen soupira.

— Greylen, Maggie vient séjourner avec nous.

Il leva les yeux au ciel quand elle se répéta.

— Il faut excuser ma femme, Maggie. Elle a tendance à faire des accès de folie.

Il regarda Gwen affectueusement, puis un instant plus tard, tourna d'un coup sa tête dans la direction de Maggie et, soudain, il devint le laird du XVe siècle et guerrier qu'elle le savait être.

— Callum ne sait pas que tu es ici ? Tu es venue seule ?

Il regarda dans la cour.

— Tu as chevauché jusqu'ici sans qu'il le sache, sans que personne ne le sache ?

Il avait haussé la voix à chaque mot, jusqu'à ce que Gwen pose une main sur son bras pour essayer de le calmer. Leurs enfants ne tressaillirent pas, visiblement habitués au vacarme.

— Sais-tu comment il a perdu sa femme ? As-tu la moindre idée de ce qu'il pourrait penser quand il rentrera et que tu ne seras pas là, que tu auras fui ? Toute seule ! hurla-t-il pour de bon.

Maggie sentit son cœur plonger, se rendant compte qu'elle

venait de recréer la pire peur de Callum. Son masque se décomposa et elle commença à pleurer. Entre deux sanglots, elle s'étrangla en essayant de parler.

— Je... je lui ai dit que j'étais enceinte.

Sous les rugissements de Greylen, elle tomba à genoux et resta sur le sol en pierre froide pendant que Gwen essayait de la calmer.

CHAPITRE 32

Maggie dépérit à Seagrave pendant cinq longues nuits et six journées encore plus longues. Elle pouvait à peine manger, pas seulement à cause des nausées matinales, mais parce qu'elle avait le cœur malade. Elle ne savait même pas que c'était un vrai truc. Avoir le cœur malade.

C'était réel.

Cela l'affaiblissait plus que tout ce qu'elle avait traversé ces dernières années. Et ça en disait long. Tout ce qu'elle voulait était rejouer cette journée à Dunhill. Avoir une chance de dire à Callum que si on lui donnait le choix entre retourner à sa vie dans le futur et créer un futur *ici*, maintenant, avec lui, le choix ne se poserait même pas.

Elle le choisirait lui.

Incontestablement, chaque fois.

Elle lèverait tous les drapeaux blancs nécessaires en signe de reddition. Plus encore, elle se battrait pour eux. Elle l'aimait. Elle était amoureuse de lui. Et elle ferait tout, *donnerait* tout pour une chance de réparer les choses.

Elle voyait maintenant que c'était le choc qu'elle avait lu sur son visage quand elle lui avait dit qu'elle était enceinte. Avec Dar qui le pressait de partir pour un voyage dangereux et visiblement important et la surprise de sa déclaration, elle comprenait sa réaction.

Selon Greylen, Callum avait eu la sensation qu'elle ne pouvait pas avoir d'enfant. Elle comprenait pourquoi il avait pensé ça et honnêtement, elle était surprise qu'il y ait pensé. Mais c'était Callum, qui concoctait des plans de leur vie à toute vitesse alors qu'elle chancelait au bord du vide, terrifiée à l'idée de franchir la ligne.

Elle se sentait petite et égoïste maintenant d'avoir gardé un morceau d'elle protégé de Callum. L'homme qui lui avait donné tout ce qu'il pouvait. Et dire qu'elle n'avait pas réussi à lui dire combien elle l'aimait et l'adorait.

C'était différent d'être à Seagrave cette fois. Quelques semaines avant, Maggie avait hâte de revenir.

Maintenant elle n'avait qu'une envie : rentrer.

Greylen refusait de la laisser partir, même avec une escorte. Il lui avait dit qu'il avait envoyé un mot à Callum indiquant qu'elle était ici et en sécurité et resterait sous leurs bons soins jusqu'à ce qu'il puisse venir la chercher. Il avait dit qu'elle était sous leurs bons soins pour faire bonne mesure. Au début, Greylen avait été en colère au nom de son ami, ce que Maggie comprenait. C'était une bénédiction qu'il se soit calmé peu de temps après.

Isabelle et Gavin, qu'elle avait eu hâte de rencontrer, quoique sous d'autres circonstances, étaient en visite pour quelques semaines aussi. Ils étaient sur le palier dans l'escalier quand elle était arrivée et avaient vu toute la scène en contrebas. Inutile de dire que Maggie n'avait pas fait la meilleure impression. Pourtant, il s'avéra qu'ils étaient très bien. Même si ce n'était pas une surprise connaissant Gwen et Greylen.

Maggie était la cible de beaucoup de regards compatissants et de mots rassurants des hommes et Gwen et Isabelle faisaient de leur mieux pour lui donner le sourire. Elle partagea son jeu de jacks avec elles. Pas celui que Callum lui avait fait, celui-ci elle ne fit que le leur montrer. Tellement fière de vanter ses talents. Elle avait même ajouté en montrant sa main qu'il avait forgé son alliance lui-même. Cela ne les dérangea pas les deux premiers jours, mais après ça, elles levèrent les yeux au ciel, lasses de la voir chanter ses louanges.

Elle essaya, vraiment. Mais tout ce qu'elle voulait, c'était voir Callum. Lui assurer qu'elle allait bien. Lui dire qu'elle l'aimait. Et le supplier. Le SUP-PLIER de la pardonner. Elle espérait qu'ils pourraient revenir en arrière, trouver une meilleure façon d'être qu'avant.

Tard un après-midi, elle était devant la fenêtre de sa chambre quand soudain, la silhouette d'un cavalier apparut au loin à l'horizon. Des frissons la parcoururent à la vue de celui qu'elle espérait être son mari, le père de son enfant. Le visage et les mains pressés contre la vitre, elle retint son souffle jusqu'à distinguer ses couleurs dansant dans le vent à l'arrière de sa selle. Les larmes ruisselèrent sur son visage et elle le regarda galoper sur le grand chemin menant à la crête au-delà des murs de Seagrave.

Les portes du château s'ouvrirent à son approche et elle courut.

Alors qu'elle tournait au palier, les portes du donjon s'ouvrirent à la volée, et Callum cria son nom.

— *Margaret Siobhan O'Roarke !*

Il marqua une pause et ajouta :

— *Montre-toi !*

Elle courut dans le vestibule et franchit les portes, s'arrêtant sur le seuil. Callum se tenait là, épée sortie, comme s'il comptait mener une bataille. Ce fut là que Maggie vit dans quel état il était vraiment.

Elle se figea et ses mains se plaquèrent sur sa bouche.

Le côté gauche de son visage était couvert de sang séché. Cela concernait également ses vêtements de ce même côté. Il frotta son bras libre sur son front quand elle apparut, concentré sur elle, puis chancela et s'effondra. Il tomba au sol si durement que des panaches de poussière volèrent autour de lui.

Maggie hurla, d'un cri terrifiant qui venait du plus profond de ses poumons. Puis, elle courut et se laissa choir à côté de lui, sanglotant son nom.

— *Non ! Callum ! Non, non, non !*

Le reste se déroula dans un flou digne d'un maudit film d'horreur. Quelqu'un la tira de son corps et la tint en arrière tandis que Greylen retournait Callum et l'appelait. Gwen fut la suivante, elle s'agenouilla à côté de lui, chercha son pouls. Elle commença à secouer la tête et là-dessus, Maggie supposa le pire et recommença à hurler.

Son pire cauchemar reprenait vie.

Encore et encore.

Pour la deuxième fois en deux siècles, elle devait vivre le deuil.

Ils étaient bien *maudits*.

La culpabilité la consumait. Pourquoi lui avait-elle caché ses sentiments ? Cela semblait inutile maintenant, il ne saurait jamais combien il avait été important pour elle. Combien elle l'aimait. Qu'ils allaient avoir un bébé. Elle pleurait si fort qu'elle commença à hoqueter et s'étouffer.

— Pose-la, Kevin, cria Gwen à leur homme.

Comme un chien, sur ses mains et ses genoux, Maggie pleura et toussa si fort qu'elle vomit, puis se roula en boule.

Le regard vide, elle fixa le corps de Callum, observa des hommes courir vers lui en portant une vieille porte en bois. Elle continua à le fixer quand Greylen et Gavin le tournèrent sur le côté pour pouvoir passer le brancard improvisé sous lui et le rouler dessus.

Il fallut six hommes pour porter son poids. Elle tripota la terre devant elle dans une vague tentative de le toucher, juste avant qu'ils ne l'emmènent dans le donjon. Maggie rassembla assez de force pour chasser les mains qui essayaient de la déplacer.

Elle voulait rester ici et mourir.

Malgré ses derniers vœux, quelqu'un la souleva. Le *chut* réconfortant et berçant venait à sa surprise de Greylen.

— Il va bien, Maggie, dit-il d'une voix calme. Il est juste

épuisé, pas vraiment blessé. Il est arrivé à la hâte, il ne s'est pas arrêté pour se reposer. Tout ce dont il a besoin, c'est de dormir et boire. Gwen dit qu'il se portera comme un charme, même si je ne sais pas ce que ça veut dire.

Un pauvre chat grognait de douleur quelque part. C'était un terrible son et Maggie voulait qu'il s'arrête. Puis, alors que Greylen la tenait contre elle et la berçait, elle se rendit compte que le son se taisait maintenant qu'elle se calmait et venait donc d'elle.

Toujours désorientée et perdue, elle fut portée derrière Callum dans une pièce proche de la cuisine que Maggie n'avait jamais vue avant. Elle ne pouvait la décrire que comme une infirmerie. Ce n'était pas du tout du matériel dernier cri. Il semblerait quand même que Gwen puisse prodiguer un semblant d'aide lorsque nécessaire.

Greylen la posa sur une chaise à côté d'une table en ardoise sur laquelle ils transférèrent Callum. Puis, Gwen demanda de l'eau chaude et regarda Maggie.

— Aide-moi à le laver, ensuite ils pourront l'amener là-haut.

Elles le baignèrent à la main et Maggie frotta la terre de ses cheveux avant de les laver et les rincer. Greylen revint avec un pantalon doux se fermant par un cordon, qu'elles lui enfilèrent. Puis, ils l'emmenèrent en haut sur la porte nettoyée entourée d'un drap propre, visiblement utilisée pour transférer les patients.

Gwen lui assura qu'il allait bien. Elle ne pouvait pas dire quand il avait été blessé, mais elle expliqua à Maggie que les blessures à la tête saignaient beaucoup, leur donnant l'air pire qu'elles ne l'étaient vraiment. Elle avait laissé un pot de crème sur la table de chevet pour que Maggie puisse la réappliquer quand nécessaire.

Maggie se trouvait désormais à côté de Callum et glissait les couvertures autour de lui. Elle passa ses doigts dans ses cheveux pendant qu'Anna préparait un bain chaud dans sa chambre.

Elle était dans tous ses états.

Quand Maggie comprit enfin que Callum irait bien, qu'elle n'avait pas besoin de monter la garde toute la soirée, elle se blottit dans le lit à côté de lui.

Au début, elle s'inquiéta de le gêner, mais par réflexe, il l'attira à lui.

Ce fut la dernière chose dont elle se souvint après lui avoir murmuré :

— Je t'aime.

CHAPITRE 33

Callum se réveilla lentement. Les yeux lourds et le corps à vif. Le parfum doux de Maggie et son corps blotti tout contre lui étaient un baume vital pour son âme. Il inspira profondément, les paupières encore trop lourdes pour les ouvrir. Puis, à son grand dam, ses épaules tremblèrent de l'intérieur et cédèrent à des sanglots déchirants tandis que ses bras se serraient autour de Maggie.

Il sentit ses larmes sur son torse et comprit qu'elle pleurait avec lui. Bon Dieu. C'était la pire semaine de sa vie. Même savoir qu'elle était saine et sauve n'apaisait que peu son esprit.

Il avait fait fuir sa femme enceinte. Sa belle Margaret, entravée par quelque chose qui échappait à son contrôle. Sa tristesse de quitter Céleste, sa peur d'aimer et perdre de nouveau, ses doutes quant à la pérennité de sa présence ici, avec lui.

Pour lui, rien de tout ça n'était un véritable affront.

Margaret était devenue la raison pour laquelle il se levait très tôt chaque matin rempli de l'envie de vivre à nouveau au maximum. Le destin, la chance et Dieu leur avaient donné cette possibilité, cette chance d'un amour et d'une vie remplie.

À partir de maintenant, ce ne serait pas en vain.

Il ouvrit les yeux, souleva doucement sa femme sur l'oreiller.

Il passa lentement sa main sur son visage, puis la posa sur sa nuque. Il secoua la tête en la regardant.

— Margaret.

C'était un râle, mais il parvint à reprendre :

— Tu m'as manqué, mon amour.

Ce n'était pas ce qu'il avait eu l'intention de dire en premier, mais cela le submergeait et était sorti tout seul. Il approcha ses lèvres de son front et de ses yeux.

— Je n'aurais jamais pensé qu'on aurait un bébé à nous.

— Mais ? demanda-t-elle pleine d'attente, inquiète.

— Non, il n'y a pas de mais. Nous pouvons remplir tout Dunhill si c'est la volonté du destin.

— Je t'aime, Callum.

— Je sais bien, Margaret.

— Vraiment ?

Le soulagement était lisible dans ses yeux. Il sourit.

— Oïl, tu me le montres chaque jour, mon amour. Dans tout ce que tu fais. Je t'aime plus que la vie elle-même, Margaret d'O'Roarke. Tu es le soleil qui nourrit mon âme. Mon tout.

— Je t'aime aussi, Callum d'O'Roarke. Tu me rends plus heureuse que je ne l'aurais cru possible.

— Même ici ?

— Oïl, même ici.

— Alors il est temps qu'on vive, qu'on aime et soit vraiment heureux.

— Qu'il en soit ainsi, chuchota-t-elle.

Il caressa sa joue et l'embrassa.

— Oïl, mon amour. Qu'il en soit ainsi.

ÉPILOGUE

Maggie et Callum marchaient main dans la main à la fête foraine de printemps, se faufilaient autour des tentes où les familles campaient la nuit, en direction des étals où des marchands vendaient leurs produits. Ils s'étaient déjà arrêtés deux fois pour goûter de la nourriture délicieuse, mais Maggie pensait déjà à ce qu'ils feraient ensuite. Son ventre était rond et tendu par leur bébé qui grandissait en elle.

Dernièrement, elle semblait se prendre d'affection pour presque tout et n'importe quoi.

Dar, qui séjournait à Dunhill ces dernières semaines, leur cria d'attendre. C'était la troisième fois que quelque chose attirait son attention et Maggie s'esclaffa, tirant la main de Callum pour désigner son ami. Son mari sauta sur l'occasion et l'attira à lui pour un baiser le temps que Dar les rattrape.

Il les rejoignit avec un grand sourire au visage, que Maggie lui retourna. Elle s'était attachée à lui depuis qu'il séjournait avec eux. Elle aimait qu'il soit là. En fait, il avait repris la suite des invités qui avait été la chambre des parents de Callum.

Il était drôle, mais intense et avait vraiment bon cœur. Le gars restait à Dunhill pour aider Callum alors qu'il était épuisé jusqu'à la corde. Littéralement. Maggie le suspectait d'avoir une affection particulière pour Callum, comme lui en avait une pour Grey.

Son obsession pour les histoires du XXIe siècle lui rappelait ce mec dans le premier *Terminator*. Dans le sens inverse, puisque Dar vivait dans le passé et était fasciné par le futur.

Une semaine plus tôt à peu près, elle s'était ouverte à lui sur comment elle était arrivée au XVe siècle. Elle ne savait pas que Callum avait parlé à *tous* ses camarades de son origine. C'était logique, se disait-elle, puisqu'ils savaient pour Gwen. Une fois sûre que Dar n'aurait pas peur d'elle, elle avait découvert que c'était plutôt l'inverse : il était captivé par le futur et avait plein de questions pour elle. Alors Maggie lui avait raconté des histoires et montré ce qu'elle pouvait sur son téléphone. Elle avait fini par réussir à le recharger avec sa batterie solaire.

Quand elle avait fondu en larmes un soir en parlant de combien Céleste lui manquait et de sa peur qu'elle pense que Maggie l'avait abandonnée, Dar avait proposé de lui transmettre un message. Maggie avait la sensation qu'il était plus transporté par Céleste que par l'idée du futur en lui-même, mais quand même. Il fixait souvent sa photo pendant tout un temps. C'était mignon.

Dar avait repris l'épée pour voir si elle s'illuminait. Elle l'avait fait. Pour l'instant, ils avaient tous décidé qu'il valait mieux qu'ils appliquent une règle : Dar ne toucherait pas l'épée. La dernière chose qu'ils voulaient était qu'il voyage dans le temps Dieu sait où avant qu'il ne soit vraiment prêt.

Au moment où Dar les atteignait, l'attention de Maggie fut attirée par quelque chose d'autre. Elle hoqueta et serra très fort la main de Callum. Les yeux sur une femme avec de beaux cheveux rouges et des yeux d'un vert si vibrant qu'ils semblaient luire.

Elle était jeune – bien, bien plus jeune que quand Maggie l'avait d'abord rencontrée, mais elle était sûre d'elle. La femme inclina la tête et sourit, s'arrêtant devant eux. Elle regarda Maggie, puis Callum, puis Maggie et enfin son ventre. Elle le recouvrit de sa main.

— Je vois que vous vous êtes trouvés. Un autre garçon pour poursuivre la lignée. Ton père Fergus serait très fier.

Elle sourit chaleureusement à Callum et Maggie resta plantée là, abasourdie.

— Pour répondre à votre question, vous êtes l'âme sœur véritable l'un de l'autre. Vous vous étiez déjà trouvés, mais parfois, le destin est capricieux. Le marché que ta mère a passé, Callum, vous a donné une autre chance.

Puis, comme si les choses n'étaient pas assez étranges, elle désigna Dar.

— Préparez-le bien. Le futur ne sera peut-être pas prêt pour lui, mais lui le sera. Céleste attend. Le temps est presque venu.

Là-dessus, elle partit. Maggie se tordit le cou pour voir où elle était partie. Mais c'était comme si elle avait disparu. Peut-être était-ce le cas.

Son mari se tourna vers elle, lui souriant avec tout l'amour qu'il lui montrait chaque jour.

— Ma reine, es-tu satisfaite maintenant ?

Elle inclina timidement la tête et tira une révérence comme s'il était roi.

— Mon grand Seigneur, je suis maintenant et pour toujours à ton service.

LA PAROLE

⸺

Extrait du troisième tome de la saga

⸺

Écosse, 1431

— Allez-vous-en !

Darach MacKenna cracha ces mots, puis froissa le parchemin dans ses mains, fusillant du regard celui qui le lui avait transmis. Sans détourner les yeux, il le jeta dans le feu, puis se tourna et avança d'un pas lourd, laissant la délégation d'hommes ébahis derrière lui.

— Vous ne pouvez pas rejeter un tel ordre, s'écria l'un des hommes dans son dos.

Dar s'arrêta net, son corps entier se raidissant comme s'il était bel et bien le puissant chêne qui lui avait donné son nom[1]. Grand et large d'épaules, il savait que sa taille intimidait et

---

1. Darach signifie chêne en gaélique écossais.

effrayait et, à des moments pareils, il l'utilisait à son avantage. Quand il se retourna, les quatre hommes reculèrent d'un pas tandis qu'il revenait à eux. Dar montra le feu du doigt, avec toute la force de son bras musclé.

— Je viens de le faire, déclara-t-il fermement.

Sa colère bouillonnait. Il doutait que ces hommes sachent combien leur situation était précaire, car sur le moment, il avait très envie d'un coup sanglant pour mettre fin à cette querelle. Conscient qu'il ne devait pas continuer à nourrir de telles pensées, Dar se changea les idées en examinant le feu, où l'ordre s'était déjà décomposé en cendres. Bien que sa forme se voie toujours légèrement sur le petit bois qui crépitait, ce n'était plus que de la poussière et un rappel morne de l'inconstance de la vie, de la façon dont tout pouvait changer en un claquement de doigts.

— Je n'irai pas le voir, décréta Dar en se retournant vers les hommes, plus calme. Dites à Lachlan que malgré les rumeurs, il n'est pas mon souverain.

Ni mon père, pensa-t-il.

— Je ne tiendrai pas compte de ses convocations, ajouta-t-il.

Il était vrai que Lachlan n'avait pas fait de déclaration publique, mais ce n'était qu'une question de temps. Lachlan MacTavish était (ou du moins avait été, à ses yeux) un homme de sagesse et d'honneur. Quelqu'un que Darach avait profondément admiré, jusqu'à il y avait quelque temps. Respecté, même. Que Dieu l'aide, il avait imité cet homme. Un homme connu pour ses bonnes actions et son grand honneur ; qui s'était si bien élevé qu'il était doté d'un immense pouvoir et vénéré. Que Dar comme Lachlan portent les armoiries du griffon l'avait à une époque attiré vers Lachlan, même s'il s'était dit que c'était une coïncidence. Malgré tout, il l'avait lue comme un message des dieux : tous deux étaient frères. *Frères,* pas père et fils.

Tout avait changé d'un coup quand la mère de Dar était décédée à l'automne précédent. Quand elle avait demandé à voir cet homme, le jeune homme était perplexe, mais avait transmis le message. Puis Dieu avait apaisé son âme torturée et elle avait avoué ses péchés. Le plus important étant que pendant le court moment où son père avait été présumé mort, elle avait partagé la couche de Lachlan MacTavish. Avec une force qu'il ne pensait pas qu'elle possédait toujours dans son état affaibli, elle avait admis l'avoir profondément aimé, tout en tenant la main de son fils.

Un souvenir lui était alors revenu : une fois, des années auparavant, il avait demandé à MacTavish pourquoi il ne s'était jamais marié. Il n'oublierait jamais l'intensité qu'il avait vue dans ses yeux quand celui-ci avait tendu la main et tapoté le médaillon que Dar portait. Ni la force de sa main sur son torse ni les mots durs de Lachlan.

— Le griffon ne connaît qu'une partenaire toute sa vie.

À l'époque, la réponse n'était pas claire, voire insuffisante au mieux, mais sur le lit de mort de sa mère, Dar en avait enfin compris le sens – et qui ce grand homme avait aimé et perdu. MacTavish avait porté le poids de ses vœux sans jamais se marier.

Deux jours plus tard, Lachlan MacTavish était entré chez lui comme le grand guerrier fier qu'il était, avançant droit vers la chambre de sa mère. Assis sur une chaise à son chevet, Dar s'était levé quand l'homme était entré. Ils avaient échangé un bref signe de tête pour se saluer et il avait dit au revoir à sa mère, comme il le faisait toujours. Cette fois, il avait eu la sensation que ce serait le dernier. Que la visite de Lachlan était la seule chose à laquelle elle s'était accrochée.

Une heure plus tard, Dar avait vu depuis une alcôve MacTavish descendre l'escalier et se diriger vers les portes. L'homme puissant était resté planté un instant dans le vestibule vide. Les doigts sur les yeux, il avait lâché un soupir rempli de douleur et Dar était presque sûr d'avoir entendu le nom de sa mère s'échapper de ses lèvres. Il ne l'avait pas revu depuis et il ne ressentait que de la rage, envers lui ou envers la situation, peut-être même les deux, il ne savait plus trop.

Maintenant, il reconnaissait cette même colère que son oncle, le frère de son père, ressentait envers *lui*. Dar ne pouvait plus lui en vouloir. Il en avait envie, mais les sentiments de son oncle étaient légitimes. Et à présent, ces sentiments proclamaient bâtard l'enfant jadis chéri.

Dar aimait l'homme qu'il avait cru être son père – qui était son père, qui l'avait élevé – et qui, s'il avait su la transgression de sa mère, ne l'avait jamais montré.

— Lui viendra à vous, Dar, le prévint l'un des hommes, le tirant de sa rêverie. Ne prenez pas sa patience pour de l'assentiment. Et je vous promets ceci : il n'attendra pas plus longtemps.

Avec l'approche printemps, Lachlan avait déjà au moins attendu deux saisons. Enhardi par ce savoir, Dar campa sur ses positions et leur indiqua la porte d'un geste de la main. Quelques grognements plus tard, la délégation de Lachlan avait enfin compris : convocation officielle ou non, il ne repartirait pas avec eux. Il les laissa sortir seuls.

Reconnaissant de leur départ et soulagé de pouvoir repousser toute cette affaire dans un coin de son esprit, au moins pour l'instant, Dar monta dans sa chambre. Une fois à l'intérieur, il retira sa tunique, ses bottes et son pantalon et entra dans le bain chaud et fumant qui l'attendait. Les domestiques ne ressentaient aucune malveillance à son égard – bâtard ou non – et leur loyauté se voyait. Ses muscles se détendirent lentement et il appuya sa nuque sur le rebord, se débarrassant de la tension qui s'y trouvait. Il tourna la tête d'un côté puis de l'autre jusqu'à ce que son cou craque et lâcha un soupir de soulagement.

Pourtant, son soulagement fut de courte durée. En vérité, il se sentait comme un homme sans foyer, alors que toute sa vie, sa maison, *cette* maison – Remshire – avait fait sa fierté. Et désormais, il devait récupérer ses affaires personnelles et repartir le matin venu.

Il repéra le carnet sur sa table de chevet du coin de l'œil. En cuir relié, rempli de parchemins et de notes méticuleuses qu'il avait prises ces derniers mois pour s'aider à se faire un chemin dans le futur. *Un* nouveau *futur, maintenant,* songea-t-il.

Tu peux bien venir, Lachlan, tu ne me trouveras pas ici.

Mes livres vous attendent sur votre site de vente en ligne, chez votre libraire ou dans votre bibliothèque préférés.

À PROPOS DE L'AUTEURE

Kim Sakwa est l'auteure de multiples romances best-sellers, comme *La Prophétie, Le Prix, La Parole, La Promesse, Jamais un adieu, Jamais trop tard* et *Jamais dire jamais*. Quand elle n'écrit pas, elle aime écouter les playlists qu'elle crée pour ses romans. C'est une romantique inconditionnelle, accro aux "et ils vécurent heureux et eurent beaucoup d'enfants".

AUTRES TITRES DE KIM SAKWA

Les Lairds des Highlands

La Prophétie

Le Prix

La Parole

La Promesse

Le Trophée: À paraître (date à déterminer)

Les frères Montgomery

Jamais un adieu

Jamais trop tard

Jamais dire jamais: À paraître (date à déterminer)